미소의 날개

미소의 날개

발행일	2016년 03월 25일		
지은이	이 철 민		
펴낸이	손 형 국		
펴낸곳	(주)북랩		
편집인	선일영	편집	김향인, 서대종, 권유선, 김예지
디자인	이현수, 신혜림, 윤미리내, 임혜수	제작	박기성, 황동현, 구성우
마케팅	김회란, 박진관, 김아름		
출판등록	2004. 12. 1(제2012-000051호)		
주소	서울시 금천구 가산디지털 1로 168, 우림라이온스밸리 B동 B113, 114호		
홈페이지	www.book.co.kr		
전화번호	(02)2026-5777	팩스	(02)2026-5747
ISBN	979-11-5585-986-5 03810(종이책)		979-11-5585-987-2 05810(전자책)

이 도서의 국립중앙도서관 출판예정도서목록(CIP)은 서지정보유통지원시스템 홈페이지(http://seoji.nl.go.kr)와
국가자료공동목록시스템(http://www.nl.go.kr/kolisnet)에서 이용하실 수 있습니다.
(CIP제어번호: CIP2016007242)

성공한 사람들은 예외없이 기개가 남다르다고 합니다.
어려움에도 꺾이지 않았던 당신의 의기를 책에 담아보지 않으시렵니까?
책으로 펴내고 싶은 원고를 메일(book@book.co.kr)로 보내주세요.
성공출판의 파트너 북랩이 함께하겠습니다.

미소의 날개

이철민 장편소설

취업에 실패하고 남자친구에게 버림받은
한 취업준비생의 결연한 선택

북랩 book Lab

프롤로그

　　강산대학교 사회학과 졸업반인 한미소는 취업문제 때문에 하루하
루 피 말리는 삶을 살고 있다. 어학연수 기간까지 포함해, 약 5년간
취업 문제로 신경을 곤두세웠다. 하지만 지금까지 아무런 소득도 없
이 취업의 높은 문만 실감했다. 신입생 때부터 꾸준한 학점관리와
일하고 싶은 마케팅 쪽 공부도 병행했지만, 정작 그녀의 이력서를 주
의 깊게 보는 기업은 한 군데도 없었다.

　　현실의 장벽을 뼈저리게 실감할수록 토익 점수에 대한 콤플렉스
도 커져만 갔다. 토익 점수에 목숨을 걸면서 오랜 시간 동안 토익 공
부에 매달렸지만, 미소는 지금까지도 800점을 넘지 못했다. 때문에
취업원서를 접수할 때마다 알 수 없는 불안감에 시달려야 했다.

　　'토익 점수 인플레이션 현상만 없었더라면…'

　　미소는 최근 들어 부쩍 높아진 토익 점수가 원망스러웠지만, 그것
보다 더 큰 스트레스는 아무리 공부해도 향상되지 않는 성적이었다.

　　'난 원래 영어공부에 소질이 없었던 거야.'

　　미소는 패배의식 속에서 허우적거리고 있었고, 토익책만 보면 자

신도 모르게 위축됐다. 게다가 시간이 갈수록 취업 스트레스가 미소를 억누르자, 그녀는 눈에 띄게 야위어갔다. 항상 단정했던 머리는 조금씩 흐트러졌고, 눈빛은 초점을 잃어 맥이 풀린 상태였다. 최근에는 소화기능에도 이상이 생겨 음식섭취에 불균형이 생기자 얼굴에는 핏기가 없어졌고 볼의 살은 쏙 들어갔다.

'취업이 뭐길래 날 이토록 비참하게 만드나?'

미소는 거울에 비친 자신의 모습을 보면서 인생의 패배자가 되어버린 듯한 느낌을 강하게 받았다. 하지만 그것은 비단 미소의 문제만은 아니었다.

대한민국은 I.M.F 이후 고학력 실업자를 대량으로 양산해 내면서 대학생들을 현실주의자로 만들어 버렸다. 아무리 철저하게 준비하고 노력해도 일자리는 한정되어 있고, 해마다 경쟁자는 늘어나는 상황이었기 때문에 남들보다 뛰어난 성적을 가지고 있다고 해서 보장되는 것은 아무것도 없었다. 상황이 이렇다 보니. 대학생들은 신입생 시절부터 동기들보다 더 좋은 학점과 토익성적을 얻기 위해 목숨을 걸게 되었고 그 결과 인간관계는 점점 삭막해져 갔다.

그뿐만이 아니었다. I.M.F 이후 평생직장 개념이 사라지면서 직장인들은 언제 구조조정 당할지 몰라 전전긍긍하였고, 이런 사회적 현상을 잘 알고 있었던 대학생들은 선배의 전철을 밟지 않기 위해 정년이 보장되는 공무원 시험 준비에 열을 올리게 되었다.

미래에 대한 두려움으로 대학생들이 점점 모험보다 안정을 택하는 경향이 심해지자, 그들보다 먼저 사회에 나와 안정적인 위치에 있는 사람들은 요즘 젊은이들은 '도전정신이 없고 나약하다'며 비판도 많이 했다. 하지만 '사오정'과 '이태백'이 난무하는 현실 속에서 용기를 가지고 자신이 원하는 길을 간다는 건 정말 어려운 일이었다. 현재 자신이 마음속에 품고 있는 원대한 꿈보다 내일 당장 먹고 사는 것이 중요했기에 그들이 선택할 수 있는 폭은 그리 넓지 않았다.

이러한 현상을 잘 반영하듯 미소의 주변에도 공무원 시험을 준비하는 사람이 많았다. 아무리 경쟁률을 낮게 잡아도 50:1은 기본이었지만 중간에 그만두겠다는 사람은 찾아볼 수 없었다. 어차피 대기업 경쟁률도 그것 이상이었기 때문에 상당수 학생에게는 공무원의 철밥통이 더 매력적으로 보였을 것이다.

하지만 미소는 여러 가지 사정 때문에 공무원 시험 준비를 할 수 없었다. 그래서 미소는 계속되는 취업 실패 속에서도 이를 악물고 주어진 현실을 무조건 극복해야만 했다.

'취업은 선택이 아니라 의무다.'

미소는 날마다 잠자리에 들기 전에 최면을 걸면서 각오를 되새겼지만, 에베레스트 산보다 더 높아 보이는 취업의 장벽 때문에 깊은 신음을 해야만 했다.

THE WINGS OF MISO

1

'귀하와 같은 인제를 채용하지 못해서 죄송합니다. 다음번에 더 좋은 기회가 있으면 연락드리도록 하겠습니다.'

오늘로써 미소는 35번째 불합격 통보 이메일을 받았다. 이제는 너무 흔한 일이 되었지만 계속되는 실패로 미소는 깊은 좌절감에 빠졌다. 그동안 혼이 담긴 노력을 했다고 자부했지만, 미소의 이력서는 항상 쓰레기통에 처박히는 신세였기에 자신감이 계속해서 떨어졌다.

'끝이 보이지 않는 이 암흑 터널을 벗어날 수 있을까?'

순간, 삶에 대한 두려움으로 온몸이 부르르 떨렸다. 하지만 미소의 이런 근심과는 전혀 상관없이 취업 시장의 현실은 냉정하기만 했다.

하루 간격으로 날아오는 똑같은 메일에 낙담했는지 그녀는 황급히 컴퓨터실에서 빠져나왔다. 평상시 같았으면 오후에는 지원할 기업체를 찾기 위해 눈이 빠질 정도로 인터넷 취업정보를 검색했겠지만 오늘따라 모든 게 귀찮게 느껴졌다. 그녀는 예고도 없이 찾아온 우울증 때문에 기분이 상당히 침체 되어 있었고 어떻게든 이 상태를 빨리 벗어나야겠다고 생각했다. 미소는 두툼한 코트 속에 양손을 꼭 넣은 상태로 캠퍼스 한가운데를 걸었다. 추운 겨울바람이 그녀의 뺨을 매섭게 때렸지만, 그녀의 심장은 이미 꽁꽁 얼어붙은 상태였기 때문에 추위를 느낄 겨를이 없었다.

미소는 자신의 비참한 처지와는 상관없이, 한국 최고의 기업 삼엘전자에 근무 중인 애인 윤주상만 생각하면 기분이 저절로 좋아졌다. 그는 강산대 경영학과를 수석으로 졸업한 인재였으며, 큰 키와 수려한 외모를 가진 멋진 남자였다. 게다가 성격까지도 자상해서 늘 미소의 마음을 기쁘게 해주던 세심한 스타일의 멋진 이성이었다.

그래서 미소는 지난 3년간 주상과 캠퍼스 연인으로 보낸 시간이 꿈만 같았다. 비록 취업 준비하는 데 많은 시간을 소비했지만, 자신을 항상 아껴주던 그가 있었기 때문에 그나마 힘든 시간을 수월하게 보낼 수 있었다. 하지만 주상은 지나치다 싶을 정도로 아파트와 돈에 대한 욕망이 강해서 때때로 그녀를 불안하게 만들기도 했다. 자기 소유의 집과 재물에 대한 탐욕은 인간 본성의 한 부분이기 때문에 미소는 주상의 심정을 충분히 이해하려고 했지만, 대화를 나누다 보면 그 범위를 벗어날 때가 너무 많았다.

'오빠에게 말 못할 무슨 사정이 있나?'

미소는 가끔씩 대화가 격해질 때마다 주상의 거주환경이나 돈에 대한 콤플렉스가 무엇인지 매우 궁금했지만, 그의 자존심을 생각해 차마 말문을 열지 못했다.

'훤칠하고 자상한 오빠한테 설마 그런 콤플렉스가 있겠어?'

미소는 지금까지 스스로에게 눈먼 이성의 가면을 씌우면서 그에 대한 사랑을 계속 키워왔다. 그 덕분에 지금까지 아무 일 없이 두 사람의 관계가 유지될 수 있었다.

미소는 나뭇잎이 다 떨어진 교정을 주상에 대한 생각으로 가득 채우면서 걷다가, 갑자기 그에게 위로받고 싶은 욕망이 솟구쳐 오르는 것을 느낄 수 있었다. 그것은 너무 뜨거워서 주체할 수 없을 정도였다.

'오빠에게 전화하면 분명히 나에게 힘이 되어줄 거야.'

미소는 점심시간이 이미 끝났다는 건 잘 알고 있었지만, 주상의 목소리가 너무나 듣고 싶은 나머지 결국 단축키 1번을 길게 눌렀다. 그리고 그가 전화를 받을 때까지 자신이 며칠 전 선물한 컬러링을 감상하고 있었다.

"여보세요?"

대기시간이 너무 길어 막 끊으려던 찰나에 주상이 전화를 받았다.

"오빠, 난데 통화 가능해?"

미소의 목소리는 굉장히 들떠 있었다.

"내가 근무시간에는 전화하지 말라고 했는데 왜 전화했어?"

전화선을 타고 넘어오는 주상의 목소리가 전에 없이 냉랭하자 순식간에 미소의 기분은 가라앉고 말았다.

"그럼 나중에 전화할까?"

힘이 쭉 빠진 상태에서 그녀가 물었다.

"내가 시간적인 여유가 생기면 알아서 전화할 테니깐 앞으로 근무시간에는 절대 전화하지 마. 알았어?"

주상이 미소를 거칠게 몰아붙이자, 위로를 받으려고 했던 미소는 오히려 마음속에 더 깊은 상처만 받게 되었다.

"알았어."

　전화를 끊은 후, 미소의 눈가에는 눈물이 가득 맺혀있었고 주상에게서 정체를 알 수 없는 불길한 징후들을 느끼기 시작했지만, 그래도 그가 자신과 이별할 거라는 생각은 꿈에도 하지 않았다. 자신의 순수한 사랑은 영원할 거라고 생각했고 어떤 일이 있어도 주상은 자신과 영원히 함께할 거라고 믿어 의심치 않았다. 그러나 취업대란과 아파트값이 폭등하는 현실 속에서 주상은 점점 더 현실적이고 세속적인 남성으로 변신해 가고 있었다.

2

윤주상은 미소의 전화를 냉정하게 끊은 후, 잠시 하고 있던 일을 중단한 채 깊은 상념에 빠져들었다. 그는 미소를 진심으로 사랑했지만, 능력도 없고 전형적인 서민층 집안의 딸인 그녀가 요새 영 마음에 들지 않았다. 반면, 자신과 맞은편에 앉아서 근무하는 입사 동기 오미란은 한국 최고의 명문대인 민국대를 졸업한 유능한 커리어 우먼인 데다가, 첫눈에 반할 만큼 뛰어난 미모의 소유자였다. 게다가 그녀는 삼엘전자에서 가장 크게 납품하는 연매출 5천억 원인 중견기업 사장의 딸이었기 때문에 앞으로 집안의 재산이 계속해서 늘어날 것이 분명했다.

'오미란과 결혼하면 죽을 때까지 부자로 살 수 있다.'

순간 주상은 자신의 어려운 가정형편이 눈에 아른거렸다. 중학교 3학년 때 자신의 아버지가 폐암으로 돌아간 이후, 그의 어머니는 닥치는 대로 식당 일을 하면서 하나뿐인 아들을 대학까지 가르쳤다. 주상은 그런 어머니에게 꼭 효도하고 싶었다. 무엇보다도 집 선물을 하고 싶었다. 음식과 입을 옷이 부족한 환경은 참을 수 있었지만, 집이 없어서 당한 서러움을 생각하면 지금도 자다가 벌떡 일어설 정도였기 때문이다.

집주인의 바지 가락을 잡고 월세금을 조금만 연기해 달랐던 어머니의 모습과 돈을 조금 모아서 전세를 살 때, 집주인이 땅값, 아파트 값 폭등을 이유로 해마다 전세금을 올리는 모습을 보며 주상은 끓어오르는 분노를 잠재울 수 없었다.

'사회 나가면 3년 안에 반드시 집을 장만하고야 말겠다.'

그는 긴 밤을 전세금 걱정 때문에 잠 못 드는 어머니를 볼 때마다 속으로 수천 번씩 다짐하고 또 다짐했다. 그러나 현실은 그리 만만하지 않았다. 최근 아파트값은 그 유례를 찾기 힘들 만큼 폭등에 폭등을 거듭하고 있었다. 서울에서 아파트를 살려면 최소한 4억 원이 있어야 할 것 같았다.

'어느 세월에 그 돈을 모은단 말인가?'

주상은 아파트값을 생각하면 한숨이 먼저 나왔다. 설사 대출을 받아서 사더라도 최소 10년을 꼬박 빚을 갚는 데 보내야 할 것 같은 생각이 들자, 자신이 대학 시절부터 꿈꿔왔던 청사진이 점점 흐려지는 걸 느꼈다.

'이 난관을 어떻게 하면 헤쳐나갈 수 있을까?'

입사 때부터 밤낮으로 이런 고민을 하다 보니 평범한 서민층 아니 그보다 못하다고 판단되는 미소가 점점 더 싫어지기 시작했다. 그는 진심으로 미소를 사랑하고 있었지만 그건 마음에 불과할 뿐, 머리는 미소를 내치고 유능한 커리어 우먼이자, 자신의 오랜 소망을 실현하게 해 줄 미란을 잡으라고 명령하고 있었다.

그는 몹시 혼란스러웠다. 3년간 미치도록 사랑했던 미소와 경제적인 이유로 헤어져야 한다는 것이 양심에 무척 걸렸다.

'누군가 내 생각에 맞장구 좀 쳐 주었으면 좋겠는데…'

그는 자신을 합리화시키고 싶었다. 힘들게 살아왔던 과거가 있는 만큼 잘 살고 싶은 게 정말 죄인 지 확인하고 싶은 마음이 굴뚝 같았다.

'누가 좋을까?'

주상은 잠깐 골똘히 생각하더니 무릎을 탁 치면서 큰 소리로 말했다.

"호수가 딱이야."

그는 굉장한 것을 발견한 것처럼 몹시 흥분했다. 마음의 결단이 서자, 즉시 핸드폰으로 호수에게 전화를 걸었다.

'따르릉 따르릉…'

컬러링이 없는 구시대적인 지루한 기다림이 이어지고 있었다.

'핸드폰에 음악 좀 넣지.'

주상은 속으로 투덜거리며 후배의 응답을 기다렸다.

"선배님 잘 지내고 계시죠?"

전화를 막 끊으려던 찰나에, 호수가 활기찬 목소리로 안부를 물었다.

"나야 뭐 그럭저럭 회사생활 하고 있지. 근데 너는 어떻게 지내?"

주상이 물었다.

"저야 7급 공무원 시험 준비하느라 정신없죠. 근데 선배님 회사 일로 한창 바쁘실 것 같은데 웬일로 저에게…"

호수는 지난 1년 동안 연락 한번 없다가, 느닷없이 전화한 주상의 목적이 궁금한 듯 보였다.

　"호수, 정말 섭섭한데."

　주상의 말투에는 무게감이 잔뜩 실려 있었다.

　"왜요?"

　"우리가 보통 사이냐? 기억 안 나? 나 회장 너 부회장으로 마케팅 연구 동아리를 1년간 이끌어 간 사실을 벌써 다 잊어버린 거야?"

　주상의 말에 호수는 정색하면서 대답했다.

　"제 말뜻은 그게 아니고, 우리나라에서 최고연봉만큼이나 일도 제일 힘들기로 유명한 삼엘전자에서 일하느라 정신이 하나도 없으실 텐데, 저한테 안부 전화까지 해주신 선배한테 너무 감격해서 그런 겁니다."

　호수는 어떤 상황에서든 사람 기분을 맞추는데 남다른 소질을 가지고 있었다.

　"자식, 별것도 아닌 것 가지고."

　주상은 억지웃음을 지으면서 말했다.

　"호수야!"

　그가 정답게 후배의 이름을 다시 불렀다.

　"네, 선배님."

　"오늘 괜찮다면 저녁에 술 한 잔 어때? 내가 거하게 한 번 쏜다. 마침 오늘이 월급날이거든."

　"정말이에요, 선배님?"

공무원 시험 준비하느라 떨어진 체력을 보충할 생각을 하니 호수는 자신도 모르게 엔도르핀이 도는 게 느껴졌다.

"그럼 내가 사랑스러운 후배에게 거짓말을 하겠니? 저녁 7시까지 강남역으로 나와라. 내가 오늘은 일찍 퇴근해서 널 만나러 가마."

주상의 목소리에도 힘이 넘치기 시작했다.

"선배님, 정말 감사합니다."

"약속 시간 1분도 늦지 마라. 내 성격 알지?"

주상은 반 협박투로 말했다.

"선배님, 걱정하지 마시고 일 열심히 하세요."

"너도 자지 말고 공무원 시험에만 매진해라."

"알겠습니다."

호수는 오래간만의 외출에 기분이 들뜨기 시작했다.

3

　호수는 학원, 학교, 집을 왔다 갔다 하며, 다람쥐 쳇바퀴 도는 생활을 6개월 정도 하다가, 오래간만에 외출할 생각을 하니 참 묘한 설렘을 느꼈다. 강산대에 처음 입학했을 때에는 동기들과 매일같이 술독에 빠져 살았다. 동아리에서 한창 바쁘게 활동할 시절에는 당시 회장이었던 주상을 주축으로 해서 밤새도록 술을 마시던 일이 참 많았었는데, 언제부터인가 호수는 삶의 무게를 심하게 느끼면서 서서히 그런 자리를 회피하게 되었다. 게다가 공무원 시험 준비를 한 이후부터는 그나마 가끔씩 나가던 술자리도 완전히 외면할 정도로 철저히 자신만의 치열한 삶을 살아가고 있었다.

　'나에게 있어 제일 중요한 것은 먹고 사는 문제야.'

　호수는 날이 갈수록 생존에 대한 두려움이 커지자, 정신을 가다듬고 코피가 매일 터질 정도로 열심히 공무원 시험 준비에 매진 또 매진하였다. 하지만 이런 호수도 오늘만큼은 모든 걸 잠시 다 잊은 채 휴식을 취하고 싶었다. 그만큼 그는 상당히 지쳐있었다.

　'자 이제 슬슬 나가볼까?'

　호수는 약속한 시각이 성큼 다가오자, 두꺼운 외투를 챙겨 입고 감옥 같았던 도서관을 황급히 빠져나왔다.

'정말 상쾌한 기분이야.'

그는 속으로 중얼거리면서 지하철역으로 향했다. 시험공부에 매진하느라 밤 11시 이전에 집에 들어가 본 적이 없었던 호수는 저녁 6시에 탑승한 지하철 풍경이 매우 낯설게만 느껴졌다.

'왜 이렇게 사람이 많은 거야.'

끊임없이 몰려드는 인파에 숨이 막힐 지경이었다. 언제나 한적한 자리에 앉아서 두 눈을 감은 채 편안하게 집에 갔던 그였지만, 오늘만큼은 퇴근하는 사람들과 끊임없이 자리싸움을 벌이면서 약속장소로 가야 했다. 힘들게 목적지에 도착했을 때쯤 호수의 이마는 땀방울로 흥건히 젖어있었다.

"휴우, 무지하게 힘드네."

강남역 출구를 빠져나오기 무섭게 호수는 한숨을 크게 쉬면서 말했다.

'시간이 좀 남는 것 같은데 뭐 하고 있지?'

순간, 그는 무의식적으로 시계를 체크했다. 시곗바늘은 6시 45분을 지나고 있었다.

'사람 구경이나 좀 할까?'

고개를 천천히 돌려 끊임없이 인파가 쏟아져 나오는 거리의 중심에 시선을 서서히 고정했다. 예전부터 호수는 강남역은 1년 내내 사람 냄새가 물씬 풍기는 살아있는 도시라서, 그 풍경을 가만히 보고 있으면 흥겨움이 절로 묻어 나오는 곳이라고 생각했다. 혼자서 어디론가 바쁘게 움직이고 있는 사람들, 퇴근 후 삼삼오오 모여 호프집을 향해 들어가는 직장인, 그리고 열심히 무언가를 팔고 있는 거리의 상인들, 하지만 그 무엇보다 호수의 눈길을 사로잡은 건 서로 팔짱을 끼고 다정하게 거리를 걷고 있는 연인들이었다.

'나도 애인이 있었으면 좋겠는데⋯'

지금까지 대학생활을 하면서 단 한 번도 여자 친구를 사귀어 본 적이 없었기에, 조금 전 보았던 닭살 커플의 잔상은 호수의 머릿속에서 좀처럼 사라지지 않았다.

"공호수, 무슨 생각을 하고 있어?"

깊은 상념에 빠져있던 호수를 깨운 건 주상이었다.

"선배님, 생각보다 일찍 오셨네요?"

호수가 약간 놀란 표정으로 말했다.

"그런가?"

주상은 갑자기 뭔가 쑥스러운 듯 머리를 긁적였다.

"선배님, 정말 세련되고 멋있어진 것 같습니다."

호수는 명품 양복에 핑크빛 넥타이를 맨 주상이 매우 부러운 듯 보였다.

"이거 다 빛 좋은 개살구란다. 사랑스러운 후배야. 물론 지금 내가 한 말을 잘 이해하지 못하겠지만."

주상의 말을 이해할 수 없다는 듯 호수는 고개를 갸우뚱거렸다.

"그나저나 너 뭐 먹고 싶니? 내가 오늘 무엇이든 다 쏠 테니 돈 걱정 하지 말고 먹고 싶은 거 있으면 말해."

주상은 호수의 눈빛을 부드럽게 쳐다보면서 말했다.

"정말입니까, 선배님?"

"물론이지. 오늘만큼은 눈치 보지 말라고. 나도 마음 단단히 먹고 나왔으니깐."

'자린고비 선배가 웬일이지?'

호수는 평상시 전혀 볼 수 없었던 주상의 모습이 적응되지 않았다. 동아리 회장 시절에 성격이 좋고 술을 좋아했던 그였지만, 어려운 집안 형편상 후배들에게 물질적으로 베푼 적이 거의 없었기 때문이었다.

"뭐 먹을 거야? 빨리 결정해."

생각에 잠겨있던 호수를 주상은 가만히 두지 않으려는 듯 보였다.

"꽃등심이 먹고 싶습니다."

주상의 재촉에 호수는 얼떨결에 평상시 먹고 싶었던 고기를 말했다.

"그래. 그럼 어서 가자고."

주상은 호수의 대답이 끝나기 무섭게 강남에서 제일 유명한 고깃집으로 그를 데려갔다.

미소의 날개

4

"**선배님,** 정말 상상을 초월합니다."

초록가든 내부에 들어서자마자 그 크기에 압도당한 듯 호수는 입을 크게 벌린 상태에서 자신도 모르게 감탄사를 내뱉고 있었다. 그리고 주상은 호수의 이런 만족스러운 모습을 보고 목에 힘을 주며 말했다.

"어때 멋지지?"

"선배님, 대단해요. 고깃집이라고 볼 수 없는 고급스럽고 세련된 인테리어, 쾌적한 실내공기 그리고…"

"자식, 놀라기는. 내가 앞으로 자주 데리고 올 테니깐 이제 고기 좀 먹자."

주상은 테이블에 앉은 후 호수에게 메뉴판을 건네면서 말했다. 그리고 결정권을 넘겨받은 호수는 더 이상 고민하지 않고 평상시 굶주렸던 배를 두둑이 채울 수 있는 메뉴를 선택했다.

잠시 후, 호수가 주문한 음식이 나오고 몇 분 뒤에 고기도 어느 정도 구워지자 강산대학교에 다녔던 두 명의 사내는 소주잔을 주고받으면서 그동안 있었던 일들에 대해 이야기꽃을 피우느라 정신이 없는 것 같았다.

"동기들 취직하기 힘들지?"

주상은 가벼운 소재로 대화를 나누다가, 현실적인 문제로 화제를 돌렸다.

"선배님, 말도 마세요. 이건 완전 전쟁입니다. 주변에 제대로 취업한 동기나 후배가 거의 없을 정도이니 도대체 어떻게 살라는 얘기인지…."

호수가 자신도 모르게 한숨을 짓자 주상도 동조하듯 말했다.

"참 안타까운 현실이야. 토익 900점이 넘고, 6개월 이상 어학연수는 기본이고 게다가 컴퓨터 실력과 전공 실력까지 갖추었음에도 취직은 정말 하늘의 별 따기니 이래서 우리가 희망을 가지고 살 수 있겠니?"

주상의 말을 들은 후 호수는 상황을 좀 더 구체적으로 설명했다.

"선배, 그나마 경영학과는 괜찮은 편이에요. 저희 사회학과는 거의 낭떠러지 수준입니다. 아무도 거들떠보지 않는 비인기학과여서 면접 보기도 힘들어요. 오죽했으면 동기들끼리 우리는 토익 만점 받아도 취직 못 할 거라고 생각하겠어요."

호수는 동기들이 처한 심각한 상황을 생각하니 갑자기 입맛이 쓰라렸다.

"호수야, 한 잔 더 마셔라. 괴로울 때는 소주가 최고지."

주상은 소주 예찬론을 펴면서 호수에게 술을 계속 권했고 현실에 대한 암담함으로 마음이 울적했던 호수는 그가 따라주는 술을 쉴 새 없이 마셨더니 어느새 취기가 올라왔다. 그의 얼굴은 알코올로 인해 붉게 물들어 있었다.

주상은 호수의 취한 모습을 보면서 이제 자신이 정말로 하고 싶었던 얘기를 해도 될 것 같다는 판단이 섰다. 솔직히 말하면 자존심 상하는 얘기이지만 주상은 꼭 호수한테서 자신의 정당함을 인정받고 싶었다.

"호수야!"

주상은 그의 이름을 힘있게 불렀다.

"네, 선배님."

대답하는 모습에서, 호수의 정신이 아직 멀쩡한 것 같이 보였지만 주상은 개의치 않았다.

"내가 미소하고 3년 넘게 사귀고 있는 거 알고 있지?"

"물론이죠, 선배님. 약간 과장해서 말하자면 이 사실을 강산대에서 모르고 있는 사람이 몇 명이나 있겠습니까?"

호수가 반문하듯 묻자, 순간 주상은 심장이 멎는 것만 같았다. 하지만 금방 평정을 되찾고 침착하게 자신의 감정을 말하기 시작했다.

"호수야! 나도 정말 이러면 안 되는 거 알지만, 미소에 대한 나의 사랑이 요새 많이 식어가고 있어 정말 괴롭다."

"선배님! 뭐라고요?"

그의 말이 끝나기 무섭게 호수는 술이 다 깬 듯 놀란 표정으로 물었다.

"미소에 대한 사랑이 급격히 식어가고 있다고."

그가 마지못해 대답했다.

"주상 선배님."

호수의 눈은 조금 전과 달리 의식이 또렷했으며 술잔을 들고 있던 오른손은 부들부들 떨고 있었다.

"너 갑자기 왜 그래?"

예상치 못했던 호수의 반응에 주상은 굉장히 당혹스러워 보였다. 호수는 자신의 속마음을 들키지 않기 위해 마음을 굳게 먹고 아무 일도 없었다는 표정으로 그의 물음에 대답했다.

"선배님은 미소를 무척 아끼고 사랑했잖아요. 그 진지하고 자상한 모습에 얼마나 많은 사람이 부러워했는데, 왜 갑자기 마음이 변하신 거예요?"

호수의 질문에 주상은 매우 곤혹스러운 듯 어렵게 말문을 열었다.

"너도 알다시피 우리 집 가정형편이 매우 어렵잖아. 어머니 혼자 10년 넘게 고생하고 계셔서 그 속사정을 말하자면 책 한 권으로도 부족하지. 그래서 난 항상 어머니를 내 집에서 편하게 모셔야겠다는 생각을 지난 몇 년 동안 단 하루도 빠지지 않고 했어."

주상은 잠깐 울먹이다가 말을 계속 이었다.

"난 아주 잘 살고 싶었어. 집 없는 자의 서러움은 더 이상 겪고 싶지 않았고 내 집에서 떵떵거리며 살고 싶어 했지. 하지만 너도 알다시피 서울의 집값은 나 같은 사회 초년생들이 사기에는 꿈같은 금액이지. 아마 10년을 꼬박 모아도 살 수 있을지 확신이 서지 않더군."

주상은 이런 상황에서도 자신의 욕망을 근사하게 미화했다.

"선배님 능력이 좋으니깐 금방 승진해서 멋진 집을 사들일 수 있으실 거라고 생각합니다."

호수가 주상의 말을 이해하지 못한 것 같자, 그는 구체적으로 자신의 회사생활을 간략하게 언급했다.

"그게 아니란다. 호수야."

주상은 잠시 주의를 환기한 후 좀 더 강하게 자기 생각을 전달했다.

"지금 내가 근무하고 있는 삼엘전자에는 대학 시절에 절대 볼 수 없었던 인재들이 넘쳐. 눈에 보이지 않는 경쟁이 상상할 수 없을 정도야. 사실 난 매일 밤 12까지 근무하고 다음 날 7시까지 출근해도 내가 그들을 이기고 승진할 수 있을지 확신이 서지 않아. 아니 솔직히 말하면 10년도 못 버틸 것 같다는 생각에 악몽을 가끔씩 꾸기도 해."

"정말입니까?"

호수가 놀란 듯 묻자 주상은 말없이 고개를 끄덕이면서 소주를 들이켰다.

"난 정말 미소를 사랑하는데…"

주상이 눈물을 글썽이자 호수는 손수건을 내밀면서 말했다.

"선배, 눈물 닦으세요."

호수도 가슴이 무척 아픈 듯 표정이 굳어있었다.

"넌 내 심정 이해할 수 있겠니?"

주상의 물음에 호수는 그의 심정을 대변하듯 말했다.

"선배님은 미소를 자기 목숨처럼 사랑했는데 미소가 직장도 없고 집안도 별 볼 일 없는 것 같아서 심적 고통이 상상을 초월했나 봅니다."

호수의 말에 주상이 침묵으로 동조하자, 그는 계속해서 자기 생각을 말했다.

"선배님 심정은 겪어보지 않은 사람은 절대 이해할 수 없겠죠. 가난에 대한 저주, 그리고 거기로부터 탈출하고 싶은 선배님의 간절한 욕망을 이해합니다. 그러나 한편으로는 미소처럼 상냥하고 인격적으로 훌륭한 여성에게 단순히 경제적인 문제 때문에 이별을 고하는 건 나중에 후회할 소지를 만들어 놓는 것 같아서 한편으로는 매우 불안합니다."

바로 직전과 달리 호수의 목소리에서는 미세한 떨림이 느껴졌다.

"나도 알아. 내가 비겁한 남자라는 걸. 너 말대로 캠퍼스에서 모르는 사람이 없을 정도로 우린 정말 멋진 커플이었는데, 내가 잘살고 싶은 욕망 때문에 현재 같은 회사 동기이며 아버지가 매우 부자인 미란이라는 여성을 사랑하고 있지."

"선배님, 그건 사랑이 아니잖아요?"

호수가 반문하듯 묻자, 주상도 더 이상 부인하지 않았다.

"너 말이 맞아. 솔직히 말하면 난 한 여성을 사랑하고 있는 게 아니라 사랑이라는 가면 속에서 나의 욕망을 실현하고 싶은 거지."

그는 매우 솔직하게 자신의 속마음을 털어놓았다. 남자 대 남자로서 비겁한 변명을 하고 싶지 않았기에 평상시에 꼭꼭 마음속에 감추어 놓았던 자신의 욕망과 생각을 조금씩 조금씩 세상 밖으로 내놓고 있었다.

"선배님, 미소를 그렇게 사랑하는데 직장 동료 여성과 한 평생을 살 수 있겠어요?"

호수는 주상의 심정을 충분히 이해했지만 그래도 그의 마음을 돌려놓고 싶었다. 왜냐하면 자신이 가장 아꼈던 미소가 계속되는 취직 실패 속에서 실연의 아픔까지 당한다면 감당해야 할 충격이 너무나도 클 것이기 때문에.

'어떻게든 주상 선배의 마음을 돌려놓아야 할 텐데…'

그는 초조함에 연신 소주잔을 거푸 비우며 불안한 심리를 감추고자 했다. 하지만 주상은 이미 마음의 결심을 굳힌 듯 이제 얼굴에는 비장함까지 잔뜩 묻어 나왔다. 그리고 그는 다시 말문을 열었다.

"호수야, 난 미소를 매우 사랑해. 그러나 너도 나중에 알겠지만 삶은 냉정한 현실이야. 사랑이라는 허울 좋은 감정으로만 살 수 없단 말이지."

"선배님, 많이 변하셨네요. 취직한 지 1년밖에 안 됐는데 완전히 딴 사람과 술을 마시고 있는 것 같아서 약간 서글픈 생각이 듭니다."

호수의 말에 주상은 굉장히 미안한 표정을 지으면서 대답했다.

"나도 정말 할 말이 없구나. 그러나 사랑하는 미소를 능력과 경제력이 부족하다는 이유만으로 내가 가지고 있는 따뜻한 심장을 팔아야만 하는 내 비참한 처지를 조금만 이해해줬으면 한다."

주상은 정중하게 호수의 이해를 구했다.

"선배, 거듭 말하지만 저는 선배의 심정을 충분히 이해합니다. 다만 아쉬운 것은 미소 같은 여자가 드문데 과연 이게 올바른 선택인지 한 번만 더 심사숙고했으면 좋겠다는 게 저의 솔직한 생각입니다."

호수도 미소를 3년째 짝사랑하고 있었지만, 지금은 그녀의 행복이 우선이었기 때문에 그는 주상이 변심하는 걸 진심으로 원하지 않았다.

"호수야, 난 네가 무슨 말을 하고 싶은 줄 알아. 그러나 난 이미 돌아올 수 없는 강을 건넜으니 이제는 어쩔 도리가 없구나."

그가 모든 것을 체념한 듯 고개를 푹 숙이면서 말하자. 문득 호수도 더 이상 그를 설득하는 것이 무의미하다는 것을 깨달았다.

'물질의 굴레에 한 번 빠져들면 헤어나오기 힘들지.'

호수는 안타까운 마음을 금할 수 없었지만, 이왕 일이 이렇게 된 거 기분 좋게 주상을 위로하자고 마음을 고쳐먹고 그에게 술 한 잔을 따라주면서 말했다.

"선배의 마음 다 이해하니깐 이제 그만 자책하시고 술이나 마음껏 마시죠. 오래간만에 만났으니 재미있게 놀아야 하지 않겠어요?"

호수의 따뜻한 말 한마디에 주상은 매우 감격한 것 같았다.

"호수 너밖에 없구나. 나의 이 심정을 이해해 주는 사람은…."

"뭘요, 선배. 인생이 다 그런 거죠."

"마치 네가 내 인생의 스승 같구나."

주상의 말에 호수는 쑥스러운 듯 말했다.

"과찬의 말씀입니다."

호수는 겸손하게 대답한 후, 주상의 얼굴을 살며시 쳐다보았다.

'솔직히 고백할까?'

호수는 그의 표정을 주시하면서 미소에 대한 자신의 감정을 말하고 싶었지만, 혹시나 일이 더 복잡하게 얽힐까 봐, 그는 고민 끝에 진실의 문을 여는 작업을 포기했다.

"호수야, 무슨 걱정 있니?"

주상은 갑자기 어두워진 그의 표정에서 무언가를 감지한 듯 보였다.

"아닙니다."

호수는 평상시보다 과장된 손짓으로 자신의 마음을 숨기자, 주상도 더 이상 묻지 않았다. 다만 계속해서 술을 권했다.

"호수야, 오늘 밤새도록 마시는 거다."

그의 제안에 호수는 호탕하게 웃으면서 말했다.

"물론입니다. 선배, 우리 오래간만에 동아리 시절로 돌아가는 겁니다."

두 남자는 감정이 통한 듯 서로 물끄러미 쳐다보며 눈빛을 주고받고 있었다.

5

그날 밤, 미소는 집에 돌아온 지후 밥도 먹지
않고 나라월드 개인 홈페이지 접속해서 자신의 사진첩을 감상하고
있었다. 평소 같았으면 학교에서 이메일로 전송한 이력서를 인사담
당자가 확인해 보았는지, 꼼꼼히 확인한 후 결과가 기대에 미치지 못
하면 밤새도록 구직할 업체를 다시 물색하는 게 저녁 일과였던 그녀
였지만, 오늘따라 이상하게도 그 일이 내키지 않았다. 미소의 잠재의
식 속에서 주상이 떠나갈까 봐 매우 불안했기 때문이었다. 그런 일
은 절대 자신에게 발생하지 않을 거라고 확신하고 싶었지만, 마음속
깊은 곳에서는 벌써 이상 징후를 감지한 듯했다. 그래서 미소는 무
의식적으로 이러한 자신의 심리상태를 잊기 위해 언제 봐도 항상 행
복해 보이는 연애 시절의 사진들을 보고 있었다. 해운대, 정동진, 경
주 불국사, 꽂지 해수욕장, 남산타워 그리고 놀이동산에서 찍은 수
많은 사진들 속의 연인은 누가 보아도 세상에서 가장 잘 어울리는
멋진 커플로 보였다.

'오빠 만나서 참 행복했는데.'

미소는 사진을 보면서 점점 추억여행 속으로 깊이 빠지게 되자 자

신도 모르게 눈물이 주르르 흘러내렸다.

'내가 왜 이러지?'

미소는 매우 놀란 듯 재빨리 티슈를 하나 꺼내 들고 자신의 눈물을 닦았다. 이때 누군가가 자신의 방문을 노크하는 소리가 들렸다.

'똑똑.'

방문을 두드리는 소리는 매우 부드러웠다.

"누구세요?"

미소가 물었다.

"애비다. 미소야, 잠시 들어가도 되겠니?"

미소의 방문을 두드린 사람은 바로 그녀의 아버지인 한성구였다.

'아버지가 어떻게 이 시간에?'

순간, 미소는 너무 놀랐다. 아버지는 치킨 프랜차이즈점을 운영하고 있었기 때문에 항상 새벽 2시가 다 돼서야 만신창이가 된 몸을 이끌고 집에 들어왔었다. 그러나 지금은 아직 8시밖에 안 되었기 때문에 미소는 속으로 매우 의아했다.

"들어오세요. 아버지."

미소는 아버지가 들어오는 짧은 순간에도 눈물을 최대한 없애기 위해 휴지로 연신 눈을 닦고 있었다.

"미소야! 취직준비를 하느라 고생이 많지?"

한성구는 미소의 방에 들어오자마자 자상한 말투로 딸을 위로했다.

"아니에요, 아버지. 전 괜찮아요."

미소는 최대한 자신의 기분을 드러내지 않으려 했다. 지난 24년간 자신을 키우느라 온갖 고생을 다 한 아버지에게 더 이상 짐이 되고 싶지 않았기 때문이었다. 미소는 이제 아버지 앞에서 자랑스러운 딸이 되고 싶었다, 물론 현실은 그녀 앞에서 냉혹했지만 말이다.

"아버지, 이 시간에 웬일이세요?"

미소가 물었다.

"웬일이긴, 사랑하는 우리 예쁜 딸 취업 준비하는데 힘내라고 내가 직접 만든 프라이드 치킨 배달하러 왔지."

그는 이렇게 말한 후, 왼손에 들고 있던 따끈따끈한 치킨을 기쁜 마음으로 미소의 책상 위에 올려놓으면서 말했다.

"네가 좋아하는 다리와 날개만 넣어서 최대한 맛있게 만든 거니깐, 먹고 꼭 힘내라 알았지?"

"아버지, 이렇게까지 하지 않으셔도 되는데…."

미소는 힘들 때일수록 더욱 빛나 보이는 아버지의 사랑 앞에 가슴이 뭉클해졌다.

"미소야! 취직하느라 무척 힘들지? 이 애비는 다 알고 있단다. 능력 있어도 직장 하나 구하기 힘든 오늘의 현실을…. 그러니 너무 두려워하지 말고 네가 가고 싶은 길을 계속 가거라. 이 아버지는 항상 우리 딸 뒤에서 열심히 응원해 줄 테니깐."

아직 다 마르지 않은 자신의 눈물을 살며시 닦아주는 아버지를 보고, 그녀는 감정이 북받쳐서 아버지를 와락 껴안았다. 그리고 또다시 눈물을 흘리기 시작했다.

"우리 딸, 많이 힘들었구나."

한성구는 눈물로 범벅된 미소의 얼굴을 보면서 그동안 남몰래 받았을 딸의 고통을 생각하니 가슴이 찢어지는 것 같았다.

"아니에요. 아버지, 저 하나도 힘들지 않아요."

미소는 눈물을 훔치면서도 아버지에게 성인이 된 자신의 모습을 보여주고 싶었다.

"아니다. 모든 일이 다 이 못난 애비 탓이다. 내가 부유했다면 이런 일이 발생하지 않았을 텐데…."

그가 탄식하듯 말하자 미소는 아버지를 위로했다.

"아버지, 저 정말 괜찮아요. 올해 안에 취직할 수 있을 거 같으니깐 걱정하지 마세요."

미소는 아버지에게 걱정을 끼치지 않으려 노력했지만, 한성구는 사회생활만 30년 넘게 해온 사람이었기에 누구보다도 눈치가 빠른 사람이었다. 그는 미소가 무슨 일을 당했는지 왜 좌절감과 패배의식이 가득하고 자신이 들어오기 전에 눈물을 흘렸는지를 얘기를 듣지 않았어도 직감적으로 알고 있었다. 그러나 그는 아버지로서 해 줄 수 있는 일이 많지 않다는 걸 잘 알고 있었기 때문에 딸의 얼굴을 보기가 미안해졌다.

'우리 딸이 이 힘든 고비를 잘 넘겨야 할 텐데….'

그는 간절히 빌었다. 미소는 이런 아버지의 모습을 보고 큰 감동을 받았다. 이제까지 살아오면서 아버지의 사랑을 잘 느끼지 못했는데, 숨이 턱 막히는 큰 시련 속에서 아버지의 큰 사랑을 느낄 수 있었다. 그녀가 진정으로 사랑했던 애인 주상은 점점 어려워지는 상황 속에서 현실적으로 발 빠르게 변화하면서 그녀를 멀리하고 있었다. 하지만 미소가 평소에 소홀히 했던 아버지는 이 어려운 상황에서 아무런 대가도 없이 그녀에게 큰 힘이 되어주고 있었다. 부정의 힘은 참으로 놀라웠다.

"아버지. 정말 고마워요."

미소는 태어난 날 이후 처음으로 아버지에게 감사의 마음을 전하면서 철이 없었던 지난날을 반성하고 있었다. 그리고 한 성구는 이런 딸의 모습이 너무 대견스러운 듯 자신도 모르게 눈물을 흘렸다.

"고맙구나."

그는 미소가 자신의 마음을 진심으로 이해해 준 것 같아서 주체할 수 없는 감정의 동요가 일어났다.

"아버지, 슬퍼서 우는 거예요?"

미소가 물었다.

"아니 너무 기뻐서 우는 거란다. 이게 도대체 몇 년 만인지 모르겠구나."

"아버지, 저 힘낼게요."

미소가 빙그레 웃으면서 말하자 한성구도 이제야 안심이 된다는 듯 얼굴에 다시 평온함이 찾아들었다.

6

　미소는 아버지가 나간 후, 나라월드 미니홈피 방명록에 글을 남긴 두 명의 친구 글을 읽기 시작했다. '힘내고 열심히 살자'라는 제목으로 격려 메시지를 남긴 주혜연은 미소가 가장 좋아하는 절친한 대학 동기였다. 물론 혜연은 현재 대부분의 대학생들이 그러하듯이 공무원 시험에 전념하고 있었으므로 예전처럼 미소와 보내는 시간이 적어졌지만, 여전히 정신적으로 가장 잘 맞는 최고의 친구였다. 미소는 그런 혜연의 글을 읽으면서 아주 반가웠고 지금 당장 예전처럼 즐겁게 생맥주 한잔하기 위해 불러내고 싶었다. 하지만 메신저가 오프라인 상태에 있는 걸 보니 공부를 열심히 하고 있을 것 같아서 다음 기회에 전화하기로 했다.

　'먹고 사는 게 뭔지…'

　미소는 아쉬움을 달래면서 다음 글을 읽기 시작했다. '아직도 취직 못했냐?'라는 타이틀로 미소의 심기를 건드린 글을 남긴 사람은 친하게 지내기도 했지만, 그녀의 자존심을 자주 긁어대던 김주리였다. 그녀는 토익 성적도 별로고 학점도 그렇게 뛰어나지는 않았지만, 아버지가 한국 최고의 통신회사인 바로통신의 실세들과 잘 아는 관계였다. 그녀는 바로통신에 낙하산으로 손쉽게 입사할 수 있었고, 주위의 부러움을 한몸에 받고 있었다. 대학가에 몰아친 취업 대란의 무서운 태풍은 주리에게는 아무것도 아니었다. 사실 그녀는 마음만 먹으면 언제든지 천하의 바로통신을 접고 다른 회사로 옮겨 갈 수 있는 막강한 배경을 가지고 있었다. 이런 좋은 환경에 있는 주리가 미소에게 위로의 말을 못 해줄지언정 오히려 비꼬는 말투로 방명록에 글을 남기니 아무리 순한 성격의 미소일지도 참기가 힘들었다.

'도대체 주리는 왜 이러는 걸까?'

미소는 속으로 의아하게 생각하면서 잠시 과거로 여행을 떠났다.

미소와 주리는 2학년 때부터 절친하게 지내왔다. 신입생 때는 가끔가다 점심만 같이 하는 사이였다. 하지만 그녀의 배경만 보고 접근했던 수많은 친구와 선배들은 그녀의 오만과 허영에 혀를 내두르며 하나씩 그녀를 떠나갔다. 결국 주리는 1학년을 마칠 즈음에도 마음을 나눌 친구가 단 한 명도 없었다.

그러나 미소는 달랐다. 그녀는 항상 웃음 띤 얼굴과 친절한 태도로 모두에게 외면 받는 주리와 사심 없이 지냈고 주리도 자신을 진심으로 대하는 미소의 태도에 큰 감동을 받아 지금까지 친구로 지내고 있었다. 물론 미소와 친하게 지내면서 그녀의 가장 절친한 친구인 혜연이 하고도 자연스럽게 안면을 트게 되었다. 그 셋은 같이 쇼핑도 하고 카페에서 수다도 떨면서 우정을 쌓아왔다. 하지만 주리는 아직까지도 천성을 버리지 못했다. 항상 고치려고 하긴 했지만, 마음속에 깊숙이 자리 잡은 오만함과 무례함은 친구가 취업 때문에 신음하고 있는 어려운 상황에서도 불쑥 튀어나왔다. 그 말은 미소의 가슴에 깊은 상처를 주었다.

미소는 주리의 글을 읽은 후, 다시 우울해졌다. 아버지와 혜연이 실어줬던 큰 힘이 한순간에 모두 원상태로 돌아가 버린 듯한 허무함이 들었다. 미소는 시시각각 변하는 자신의 심리상태를 돌이켜 보면서 인간이 얼마나 나약한 존재인지 절실히 느끼고 있었다.

'말 한마디에 사람이 죽을 수도 있고 살 수도 있겠구나.'

그녀는 눈에 보이지는 않지만, 갈기갈기 찢어진 그녀의 영혼을 달래면서 한편으로는 주리도 이해하려고 노력했다.

'주리도 다 사정이 있으니깐 나한테 그랬겠지.'

미소는 자신의 심장에 커다란 구멍이 뚫렸음에도 변함없이 주리를 신뢰하고 싶었다. 그것이야말로 진정한 우정이라고 생각했다.

'주리도 언젠가 내 마음을 알아줄 날이 있겠지.'

미소는 더 이상 주리의 우정을 의심하고 싶지 않아서 조용히 눈을 감고 명상에 잠겼다. 깊은 숨을 들이마셨다 내쉬는 수련의 과정을 통해 마음속에 쌓여있던 나쁜 감정들을 밖으로 내뱉었다.

'기분이 점점 좋아지고 있어.'

미소는 명상에 집중하면서 그 효과를 마음속 깊은 곳까지 만끽하고 있었지만 안타깝게도 그녀의 이런 행복은 방안을 통째로 집어삼킬 정도로 울려대는 핸드폰 벨 소리 때문에 곧 깨져버리고 말았다.

'이 시간에 주상 오빠가 웬일이지?'

미소는 그의 핸드폰 벨 소리만 따로 설정해 놓았기 때문에 그녀의 귓가에 울리는 핸드폰 벨 소리의 주인이 누구인지 즉각 알아차릴 수 있었다. 하지만 새벽 1시가 다 돼서 전화를 건 주상의 행동이 영 꺼림칙한 듯 쉽사리 전화를 듣지 못했다. 미소는 옷맵시를 가다듬으며 시간을 끌었다. 평소 같으면 바로 받았겠지만, 지금은 영 내키지가 않았다. 남들 다 자는 시간에 전화하는 남자의 심리란 무엇일까?

미소는 그의 심리상태를 읽어내려고 눈에 힘을 잔뜩 주고 있어, 표정이 일그러졌다. 벨 소리는 계속해서 울러댔다. 여러 번 울러대는 전화를 10분 동안 받지 않았음에도 불구하고 주상은 계속해서 걸었다. 결국, 미소는 전화를 받았다.

"주상 오빠, 이 시간에 웬일이야?"

미소는 평소보다 훨씬 반갑게 전화를 받았다. 하지만 주상은 호수와 술을 잔뜩 마셔서 이미 정신이 온전하지 못했다.

"미소야 나 정말 널 사랑해 근데 말이지…"

미소를 향한 마음만은 진심인 것 같았지만, 주상이 흐느끼면서 말끝을 흐리자 미소는 매우 걱정 되었다.

"오빠, 많이 취한 것 같네. 도대체 누구랑 이렇게 술을 마신 거야?"

"나 오늘 내가 가장 아끼는 후배 호수하고 3차까지 마셨어. 왜냐하면, 나도 내 마음을 다스릴 길이 없어서 괴로워 미치겠더라. 나도 내 마음을 모르겠다고."

주상은 술의 힘을 빌려 진심을 말하고 싶어 하는 것 같았다.

"오빠, 지금 무슨 소리를 하는 거야?"

미소가 물었지만, 그는 전화를 끊으려 했다.

"미소야, 자세한 건 이번 주 일요일에 만나서 얘기하자. 약속 장소와 시간은 내일쯤 다시 보낼게. 나도 생각을 정리할 시간이 필요하거든."

그는 즉각적인 대답을 피했지만, 미소는 불길한 느낌을 받았다.

"오빠, 하고 싶은 얘기가 있으면 지금 전화상으로 하자. 이틀이나 기다리는 것은 정말 고문이거든. 오빠, 지금 내 말 듣고 있는 거야?"

미소는 주상과의 대화를 계속해서 시도했지만, 그의 핸드폰은 이미 배터리의 수명이 다했다.

"오빠! 뭐라고 말 좀 해봐."

미소는 답답하고 초조한 마음에 이미 전원이 끊긴 핸드폰에 고함을 쳤다. 그녀의 불안한 심리적 고통은 눈에 보이지 않는 전파를 타고 창문 밖으로 넘어갔다. 주상과의 짧은 통화 후, 미소는 창밖으로 자신의 마음과 눈을 고정했다. 고등학교 시절부터 항상 괴로운 일이 있으면 그녀는 항상 창밖의 별과 다정하게 대화를 나누는 습관이 있었다. 별은 비록 말이 없는 생명체였지만 미소가 무슨 말을 하든 그녀의 얘기를 다 들어주었다. 미소는 항상 별을 자신의 벗으로 생각하면서 말을 하는 버릇이 있었다. 오늘도 미소는 자신의 복잡한 심정을 별에게 토로하기 시작했다.

"별아! 나 지금 우울해서 미칠 것 같아. 왜냐하면, 사랑하는 남자와의 애정전선에 문제가 생긴 것 같아서 불안하거든. 난 분명 좋은 직장도 잡을 수 있고 능력 있는 커리어 우먼이 돼서 내가 사랑하는 그이한테 떳떳해질 수 있을 것 같은데, 그는 별로 시간이 없나봐. 물론 그가 직접 말한 건 아니지만, 여자의 육감으로 그런 징후를 느낄 수 있어. 나도 행복해지고 싶은데 세상의 모든 남자들이 우리 아빠 같지는 않은가 봐. 나 오늘 아빠한테 눈물 펑펑 흘리면서 내가 마음 속 깊숙이 숨겨두었던 상처나 좋지 않은 경험들을 다 털어냈을 땐 정말 뭐든지 다 할 수 있을 것 같았어. 하지만 조금 전 주상 오빠의 슬픈 목소리를 들으니 다시 원점으로 돌아간 것 같아. 내 불길한 직감이 맞지 않았으면 좋겠는데…. 별아 난 어떡하면 좋니? 나의 이 슬픈 마음을 이해할 수 있겠니?"

미소가 그녀의 솔직한 심정을 별에 고백하자 그것은 미소의 말을 다 이해한 듯 조금 전 보다 더 환하게 빛났다. 자신이 가지고 있는 희망의 빛을 미소에게 살며시 비추어주는 것 같았다. 미소도 말 없는 친구 별의 메시지를 알아들은 듯 조용히 창문을 닫고 자신의 침실로 발걸음을 옮겨갔다.

미소의 날개

7

 다음 날, 미소는 평상시보다 학교에 조금 늦게 갔다. 전날 너무 많은 스트레스를 받아서 몸은 만신창이가 되어 있었지만, 이 험한 정글의 세계에서 어떻게든 살아남아야 했기에 무겁고 음침한 마음을 겨우 진정시키고 평상시처럼 취업사이트를 열심히 검색하면서 자신의 진로를 결정하기 위해 최선을 다했다. 물론 미소도 나약한 인간이기 때문에 앞으로 이틀 후 주상이 무슨 말을 할까 걱정이 많이 되었지만, 그런 생각이 들수록 미소는 마음을 더욱더 굳게 먹었다.

 '어떻게든 취직을 해야 해.'

 미소의 강박관념은 상상을 초월했다. 최선을 다했음에도 오전 시간이 다 지나갈 때까지 마음에 드는 기업체를 찾지 못했다. 미소는 점심을 먹으러 가기 전까지 목표로 한 두 군데 업체를 더 찾아내기 위해 혈안이 되어있었다. 그녀의 눈빛은 살아있었고 새벽에 받았던 충격을 모두 잊은 것처럼 강한 집중력으로 정상을 향해 미친 듯이 달려가고 있었다.

 "미소야, 점심 먹고 해야지."

한창 구직광고 검색에 열을 올리고 있을 때쯤, 누군가가 부드러운 목소리로 자신의 이름을 부르자 미소는 천천히 고개를 돌렸다.

"누구세요?"

미소는 앉아 있었기 때문에 서 있는 사람이 누군지 볼 수 없었다.

"나야 공호수. 너는 이제 선배도 못 알아보니?"

예상하지 못했던 호수의 출현에 미소는 매우 놀랐다.

"공 선배, 학원에 있어야 하는 거 아니에요?"

미소는 호수와 친한 선후배 사이는 아니었지만, 그가 금요일에는 공무원시험 특강을 듣느라 학교에 나오지 않는다는 사실쯤은 알고 있었다.

"내 얼굴에 뭐라도 묻었니?"

호수는 멍하니 자신의 얼굴만 쳐다보고 있는 미소에게 말했다.

"아니요. 저는 그냥 갑자기 나타난 선배의 모습이 믿기지 않아서."

"그럼 내가 번지수를 잘못 짚은 건가?"

호수의 말에 미소는 손을 흔들면서 정색을 했다.

"선배, 제 말은 그게 아니라…."

호수는 중간에 미소의 말을 가로챘다.

"알아. 무슨 말을 하려고 하는지. 그러니깐 어서 점심이나 먹으러 가자. 내가 강산대에서 최고로 유명한 해오름에서 한턱낼 테니깐"

"정말이에요?"

미소는 순식간에 표정이 바뀌며 어린아이처럼 마냥 좋아했다. 그리고 이런 모습을 말없이 지켜보는 호수도 마음이 조금 놓였다.

'미소는 정말 괜찮은 건가?'

주상의 마음을 자세히 알고 있었던 호수는 그가 지난 3년간 몰래 짝사랑했던 미소가 너무 걱정된 나머지 행정법 특강 강의도 빠진 채 미소에게 달려왔다.

"선배, 근데 오늘 웬일이세요?"

미소는 그가 학교에 온 이유가 몹시 궁금한 듯 보였다.

"취업 준비생이 학교에 공부하러 오지."

호수는 모른 체하며 딱 잡아떼려고 했지만 이미 자신을 쳐다보는 미소의 눈빛이 심상치 않다는 걸 느꼈다.

"공 선배님, 거짓말하지 마세요. 얼굴 벌게져 있으니깐."

미소는 생각보다 예리했다.

"내 얼굴 원래 이래. 너도 알잖아?"

그가 반문하자. 미소는 방긋 웃으면서 말했다.

"그런가요?"

미소도 눈치가 빨랐기 때문에 더 이상 자세한 건 묻지 않고 호수와 함께 식당을 향해 천천히 걸어갔다. 호수는 미소의 날카로운 질문이 잠잠해지자 그제야 안심이 되는 듯 한숨을 크게 내쉬면서 생각했다.

'아직 내세울 것도 하나 없는 데 벌써 내 감정을 들키면 곤란하지 ….'

호수는 자신이 처해있는 상황을 너무 잘 알고 있는 현실주의자였다.

해오름에서 된장찌개와 제육볶음을 맛있게 먹은 후, 미소와 호수는 자연스럽게 학교 근처에 있는 카페로 발걸음을 옮겼다. 이곳 커피는 학교에서 파는 자판기 커피보다 값도 훨씬 비싸지만, 돈을 더 주고 마시는 것만큼 커피의 품질도 우수 했다. 잠시 쉬었다 가기에도 분위기가 꽤 괜찮아서 미소는 친구들과 자주 여기에 와서 수다를 떨곤 했다. 물론 오늘은 그 상대가 같은 학과 선배인 호수로 바뀌어서 약간 어색했지만 말이다.

"선배, 커피 맛 괜찮죠?"

미소는 향이 살아있는 카페라떼를 한 모금 마시면서 물었다.

"웅. 커피 맛 죽이는데. 허구한 날 200원짜리 자판기 커피만 먹다가 고급 커피를 마시니 뭐라고 해야 할까, 기분이 편안해지는 느낌이 드는데?"

"선배, 이런 커피 한 번도 안 먹어 보셨어요?"

미소는 믿을 수 없다는 말투였다.

"웅, 처음이야. 하지만 앞으로 자주 올 것 같아."

호수가 내심 미소를 의식하면서 말하자 그녀도 뭔가 눈치를 챘다.

"그럼 선배 앞으로 저랑 자주 여기에 와요. 물론 내가 취직을 해버리면 조금 힘들겠지만."

미소의 말에 호수가 웃으면서 말했다.

"그럼 앞으로 자주 못 올 것 같은데?"

"정말이요, 선배?"

미소가 해맑은 표정으로 되묻자 호수가 조용히 고개를 끄덕이면서 말했다.

"당연히 그래야지. 미소는 조만간 좋은 데 취직할 거야."

호수는 미소의 행복을 진심으로 바랐지만, 한편으로는 미소가 학교에 좀 더 남아서 취직준비를 하길 바라는 오묘한 심정에 휩싸였다.

'그래도 취업 관문을 뚫어야지.'

호수는 아쉽지만 그래도 미소의 축복을 빌어주는 것이 옳은 것 같았다. 그는 커피를 마시는 동안 미소에 대한 자신의 좋은 감정을 다시 한 번 확인할 수 있어서 기분이 좋았다. 그리고 미소는 이 사실을 아는지 모르는지 방긋방긋 웃으면서 커피 향에 무척 심취한 듯 굉장히 행복해 보였다. 하지만 미소의 내면은 그 아픔을 가늠하기 어려울 정도로 매우 힘든 상태에 놓여있었다.

8

그날 밤, 미소는 가장 입사 하고 싶었던 로라 월드로부터 불합격통보 메일을 받았다. 이제는 너무나도 흔한 일이 되어버려 많이 무뎌졌다고 생각했지만, 오늘은 그 충격이 제법 컸다. 미소는 저녁도 거른 채 자신의 방에서 소리 없이 계속 흐느꼈다.

'정말 여기서 꼭 일하고 싶었는데.'

미소는 아쉬운 마음에 눈물이 마르지 않았다. 조금도 줄지 않는 깊은 슬픔과 좌절감 속에 밤은 점점 깊어만 갔다. 내일을 위해 숙면을 취하고 마음을 정리해야 했지만, 미소는 끝없는 슬픔에 빠졌다. 그녀는 멍하니 책상에 앉아 자신의 운명을 탓했다. 사랑했던 애인은 조금씩 변해가는 것 같고, 온 힘을 다해서 지원했던 회사는 자신을 보지도 않고 냉정하게 내치니, 세상 어느 곳에 마음을 의지해야 할지 종잡을 수 없었다.

'난 왜 이리 불운할까?'

미소는 아무것도 되는 일 없는 요즘, 세상 살맛이 조금도 나지 않았다.

새벽 3시쯤 돼서야 울다가 지친 나머지 방바닥에 엎드린 채로 잠이 들었다. 하지만 그녀의 단잠은 그리 오래가지 않았다. 문자메시지 통보 알람이 30초 간격으로 울리는 바람에 어렵게 잠을 청했던 미소의 귀를 계속해서 괴롭혔기 때문이었다. 그녀는 짜증을 내며 어둠 속에서 핸드폰을 찾았다.

'도대체 이 시간에 누가 메시지를 보낸 거야!'

미소는 배려 없는 행동에 화가 난 듯 이마를 잔뜩 찌푸렸다. 간신히 집어 든 핸드폰의 문자메시지를 흐릿한 눈으로 읽어 내려가기 시작했다.

'미소야! 내가 너에게 꼭 할 말이 있어. 이번 주 일요일 3시 우리가 첫 데이트를 했던 추억의 잔 카페로 나와. 사랑한다.'

그녀는 문자메시지를 확인한 후, 갑자기 불안해졌다.

'오빠는 왜 이 시간에 문자를 보낸 거지?'

미소는 최근 들어 낯선 행동을 자주 보이는 주상의 모습에 점점 더 불길한 생각이 들었다. 대학 시절에는 항상 자상하고 절제력 있던 멋진 남자였는데 최근 며칠 사이 보여준 그의 행동은 상식선에서 이해할 수 없는 일들뿐이었다.

'도대체 나에게 무슨 일이 생기려고 이러는 거지?'

미소는 잠깐 눈을 감고 술에 취해 거리를 헤매고 있을 주상의 모습이 떠올렸다. 무언가를 감추고 있는 것만 같은 그의 모습이 미소의 머릿속을 빠르게 스쳐 지나갔다.

'주상 오빠의 정신력은 멀쩡한 게 분명해.'

미소는 술에 취한 상태에서도 일요일 날 구체적인 약속장소를 정하지 않았던 사실을 기억하고 새벽에 문자를 한 그의 머릿속이 또렷이 보이기 시작했다.

'주상 오빠는 술에 의지해 현실을 잊고 싶은 것 같은데.'

생각이 여기까지 미치자, 그의 진짜 속마음을 확인해 보고 싶은 마음이 굴뚝같았다. 미소는 핸드폰을 만지작거리면서 잠깐 갈팡질팡했다. 하지만 끝내 전화를 하지 못하고 마음을 접어야 했다. 심장은 시간이 흐를수록 타들어 갔고, 스트레스를 너무 받아 입술 주변에 물집이 생겼지만, 미소는 마지막까지 그녀의 사랑이 지켜지길 간절히 바랐다.

9

아침 햇살이 창문을 타고 넘어와 미소의 눈에 살며시 비추어질 때쯤 그녀는 겨우 눈을 뜰 수 있었다.

'지금이 몇 시지?'

미소는 무의식적으로 벽시계를 바라본 후 망연자실했다. 시계는 12시 35분을 가리키고 있었다. 그녀는 도저히 믿을 수 없었다. 아무리 새벽 늦게 잠을 청했다 하더라도 지금까지 정오를 넘겨 일어난 적은 한 번도 없었기 때문에 마음이 다급해졌다. 미소는 직장인도 아니었고 그 어떤 사람도 그녀에게 학교에 일찍 나와서 취업준비를 하라고 말한 적은 없다. 하지만 그녀는 이렇게라도 하지 않으면 도저히 헤어 나올 수 없을 것 같은 패배의식이 온몸으로 스며드는 것 같았기에, 항상 바쁘게 살기로 다짐했다.

급한 마음에 머리를 감지 않아 미소의 모발상태는 형편없었고, 게다가 기초화장조차도 제대로 하지 않아 얼굴은 푸석해 보였다. 이런 자신의 모습을 거울로 보면서 아름다워지고 싶은 욕망을 절실히 느꼈지만, 이내 취업도 하지 못한 채 방황하고 있는 현실을 직시했다.

취업만 하면 그동안 숨겨왔던 욕망을 마음껏 발산할 수 있을 거라고 생각했다. TV나 패션잡지에서 보았던 예쁘고 섹시한 투피스나 구두를 마음껏 구매하면서 행복한 생활을 영위할 수 있을 것 같았다. 그녀는 아직 현실을 몰랐기 때문에 그녀의 소박한 꿈은 조만간 이루어질 수 있을 거라고 생각했다. 주상처럼, 웅장하고 멋있는 빌딩에서 간절히 원했던 마케팅 일을 할 수 있을 거라고 믿어 의심치 않았다. 그렇게만 된다면, 미소는 자신의 사랑도 지키고 앞으로의 인생도 탄탄대로가 될 거라는 생각이 들자, 우울해 보이는 현재 자신의 모습을 용서할 수 있을 것 같았다.

기본적인 준비를 마치고 서둘러 학교에 가기 위해 급히 방문을 열어 신발장으로 빠르게 걸어갔다. 그녀는 패배의식에 빠지지 않기 위해 무의식적으로 모든 걸 빨리하려 했다. 미소가 아파트 문을 열고 바깥으로 나가려는 순간, 다정한 아버지의 목소리가 그녀의 발걸음을 멈춰 세웠다.

"네가 좋아하는 생태찌개 끓여 놓았으니 밥 먹고 학교 가라."

아버지는 새벽 2시에 일을 마치고 돌아왔음에도, 집 안 청소도 깨끗이 해놓고 게다가 미소가 좋아하는 음식까지 준비해 놓았다. 그는 어떻게든 딸에게 힘이 되어 주고 싶었다.

"아버지, 언제 이런 걸 준비하셨어요?"

미소의 물음에 아버지는 딸의 눈을 바라보며 말없이 웃기만 했다. 이런 아버지의 모습을 보면서 세상 사람이 그녀를 다 버려도 아버지만큼은 그녀를 받아줄 것 같은 행복한 느낌을 받았다. 미소는 바쁜 걸음을 멈추고 아버지가 그녀를 위해 준비한 맛있는 음식을 기쁜 맘으로 먹기 시작했다.

그녀가 맛있게 점심을 먹은 뒤 학교에 도착했을 때, 그녀의 지정석은 이미 책을 잔뜩 쌓아놓은 낯선 학생이 차지했다.

'저 사람은 누군데 감히 내 자리를!'

순간, 미소는 알 수 없는 짜증이 밀려왔다. 하지만 그녀가 화낸다고 해서 자리를 차지할 수 없었기 때문에 미소는 오늘의 일정을 변경하기로 마음먹었다.

'하루 종일 취업원서나 써야겠는걸.'

미소는 기획안 작성하는 법을 연구하려던 생각을 접어두고, 정보검색실로 가서 취업정보 찾기에 매진하기로 했다. 다행히 토요일 오후라서 그런지 그곳에 도착했을 때, 평상시보다 학생이 별로 없었다. 대기자가 없어 눈치를 보지 않고 마음껏 컴퓨터를 이용하면서 부지런히 취업준비를 했다.

'오늘따라 유난히 이력서 쓸 데가 없네.'

텅 빈 정보 검색실에서 취업사이트 구석구석을 두 시간 넘게 검색했지만, 괜찮은 기업을 찾을 수 없어 굉장히 난감했다.

'하반기 공채는 이제 완전히 끝난 건가?'

미소는 올해 취업에 실패할까 봐 마음이 몹시 심란했고 연봉은 조금 적지만 중소기업에라도 들어가 밥벌이라도 해야 하나 고민했다. 하지만 미소는 친척들과 선배들이 중소기업에 들어가서 경제적 고통을 받고 평생 그곳에서 벗어나지 못하는 삶을 여러 번 봤기 때문에 그곳이 두려웠다.

'그곳에 가고는 싶으나, 평생의 덫이 될까 봐 망설여진다.'

만약 자수성가한 기성세대가 미소의 이러한 생각을 안다면 아직 배가 덜 고프다고 생각할지도 모르겠다. 그들은 전후 세대로서 이 것보다 훨씬 심한 가난도 이겨냈고 '한강의 기적'이라고 불리는 경제 대국도 건설했기 때문에 미소와 같은 요즘 세대 젊은이를 나약한 사 람이라고 생각할 것이 분명했다.

'먼저 아무 일이라도 해라. 그렇게 나약해서 어떻게 세상을 살아갈 래?'

미소는 실체를 모르는 기성세대들이 자신을 향해 손가락질하는 것 같아서 마음은 심란했지만 그렇다고 선뜻 행동으로 옮길 수는 없었다.

'높은 연봉 받으면서 미래를 설계했으면 좋겠는데…'

미소의 이런 생각은 그녀와 동시대를 사는 젊은이들의 생각과 거 의 일치했다.

10

미소는 긴 시간을 괜찮은 기업 찾기에 투자했지만, 결국 한 군데도 지원하지 못한 채 정보검색실에서 나왔다.

'오늘이 최악인 걸.'

미소는 오늘따라 이상하게 꼬이는 일과가 영 못마땅했다. 그런 그녀의 얼굴은 평소보다 더 심하게 수심으로 가득 차 있었다. 미소의 마음은 울적했고 우울증 초기 증세를 보이기도 했지만 그녀는 애써 이런 사실을 외면하려고 했다. 스스로 강인하다고 세뇌했다. 어떤 시련이라도 이겨낼 수 있다면 멋진 커리어 우먼이 돼서 꿈을 성취할 수 있을 거라고 믿었다. 현실은 매우 냉랭했고, 주변의 졸업한 동기들 중에서 취직한 사람은 거의 손에 꼽을 정도로 취업 장벽은 한없이 높았지만, 그녀는 좌절하는 일은 없을 거라고 생각했다. 하지만 이미 미소의 속마음은 패배의식과 좌절감으로 깊게 물들어 있어서 쉽게 회복하기는 어려워 보였다.

그날 저녁, 미소는 답답한 마음을 달래기 위해 가장 절친한 친구 혜연을 남산타워에서 만나기로 했다. 사실 혜연은 공무원 준비뿐만 아니라 밥벌이를 위한 다른 아르바이트도 많이 해야 했기 때문에 나오기가 쉽지 않았다. 하지만 미소의 부탁을 차마 거절할 수 없어 모든 일정을 취소하고 기쁜 마음으로 약속 장소에 나타났다. 미소는 한 달 만에 혜연이를 보자 기분이 아주 좋아졌다. 불과 몇 시간 전만 해도 우울했지만, 마음이 통하는 친구 얼굴을 보니 근심이 바람처럼 사라졌다. 그런 기분은 혜연도 마찬가지였다. 저녁 과외 아르바이트를 취소하고 나온 보람이 있을 만큼 미소는 언제 봐도 기분을 좋게 해주는 멋있는 친구였다.

"그동안 잘 지냈니?"

미소의 물음에 혜연이는 약간 어색한 웃음을 지으면서 말했다.

"나야 항상 똑같지 뭐, 공무원 준비하고 애들 가르치고."

"힘들지는 않아?"

"힘들어도 해야지 어떡해. 나 말고 집안 생계를 책임질 사람이 없는데."

미소는 혜연이의 말을 듣고 깜짝 놀란 표정으로 물었다.

"아버지, 어머니가 일하시잖아?"

미소는 혜연의 부모님이 무슨 일을 하시는 줄 알고 있었기에 그녀의 말을 선뜻 이해할 수 없었다. 곧바로 이어진 혜연의 대답은 바로 미소의 궁금증을 해소해 주었다.

"너도 알다시피 우리 아버지는 건설 노동자시고 어머니는 식당에서 일하잖아?"

"그렇지."

미소가 고개를 끄덕이자 혜연은 계속 말을 이어 나갔다.

"근데 아버지는 일하시다가 아파트 3층에서 떨어져 허리를 심하게 다치셨고 어머니는 그전부터 앓아오던 관절염이 심해져서 일을 나가지 못해."

혜연이 자신의 처지를 울먹이면서 말하자 순간 미소는 가슴이 메였다.

"미소야, 나 요즘에 과외 4개나 하고 가끔은 호텔 서빙 아르바이트도 해. 근데도 시험 준비를 할 돈이 모자라 밤마다 잠이 오지 않아."

"먹고 사는 게 뭔지."

미소는 그녀가 가장 좋아하는 혜연이를 도울 수 없다는 사실이 너무 안타까웠다. 좋은 직장에 취직만 했다면 친구의 공부를 위해 기꺼이 도움의 손길을 내밀고 싶었지만, 미소의 처지는 누구를 도울 만한 상황이 아니었다.

"혜연아, 미안해. 나도 너를 돕고 싶은데 내 상황도 너무 힘들어서…."

미소는 미안해서 마음에 있는 말을 다 하진 못했지만, 혜연은 그녀의 진심을 전부 알아차린 것 같았다.

"미소야, 그렇게까지 말하지 않아도 난 네 마음을 다 이해할 수 있어. 내가 너 같은 친구를 사귀게 되어서 얼마나 자랑스러워 하는 줄 알지?"

미소의 생각대로 혜연은 역시 속이 깊은 친구였다. 하지만 미소는 그녀가 자신처럼 겉으로는 태연한 척하지만 속으로는 우울증이 심한 것 같아 마음이 안쓰러웠다. 미소는 혜연이를 위로해 주고 싶었다. 두 사람 다 똑같은 처지였지만, 그나마 상황이 나았던 미소는 소중한 친구를 위해 오늘 저녁은 정말 맛있는 음식을 대접해 그녀를 기쁘게 해주고 싶었다. 그래서 미소는 주상과 딱 한 번 가본 타워 레스토랑에 혜연이를 끌고 갔다.

그곳에서 그녀들은 아까 다 나누지 못했던 대화를 계속해서 이어 나갔다. 타워 레스토랑의 분위기는 굉장히 낭만적이었고 주위 사람들은 대부분 연인이어서 순간 쑥스럽기도 했다. 하지만 이것이 그녀들의 살아가는 이야기를 막지는 못했다.

"혜연아! 공무원 준비는 잘 돼 가?"

미소는 이전보다 더 진지하게 물었다.

"아까도 말했다시피 상황이 점점 힘들어지고 있어, 내년에 붙지 않으면 난 이제 선택의 여지가 없는데…. 삶이 너무 고달파서 그런지 책이 눈에 잘 들어오지 않아."

혜연의 얼굴에는 어둠의 그림자가 잔뜩 끼어있었다. 미소는 혜연의 말을 듣고 깊은 상념에 빠졌다. 서울이 한눈에 내려다보이는 전망 좋은 레스토랑에 앉아 있었지만, 그녀는 이런 낭만을 느낄만한 마음의 여유가 전혀 없었다. 불과 1년 전만 해도 주상과 함께 달콤한 사랑 이야기를 속삭이던 장소였는데, 지금은 삶의 문제를 고민하는 장소로 바뀐 것이었다.

짧은 시간 동안 생각을 정리한 미소는 천천히 다시 말문을 열었다.

"난 악바리 근성이 강한 너의 정신력과 의지력을 믿어. 지금은 앞이 보이지 않는 어두컴컴한 골짜기를 지나고 있지만, 이것만 잘 참아내면 우리에게도 희망의 빛이 보일 거야."

미소는 오래전 책에서 본 내용을 상기시키면서 혜연을 위로하고자 했다.

"미소야 아주 고마워. 근데 나 요즘 들어 자꾸 현실 세계에서 날아가는 꿈을 가끔 꿔."

혜연의 말을 듣고 미소는 고개를 갸우뚱거리면서 물었다.

"그게 무슨 말이야?"

"별 뜻은 아니야. 그냥 먹고 사는 문제가 없는 곳으로 도망가고 싶은 나의 간절한 욕망이 그런 식으로 표출되는 것 같아."

혜연은 24살의 나이에 가정의 생계를 책임져야 하고 공무원 시험 공부까지 해야 하는 현실의 중압감이 생각보다 무척 큰 것 같았다.

"혜연아, 그러면 공무원 시험 말고 다른 일반 회사에 취직해 보는 건 어때?"

"그건 안 돼."

그녀는 단호하게 대답했다.

"왜?"

"나한텐 안정적인 직업이 중요해. 솔직히 일반회사 가서 얼마나 오래 버틸 수 있을지 아무도 장담할 수 없잖아."

혜연은 어렸을 때부터 수입이 불규칙했던 가정에서 성장했기 때문에 안정에 대한 욕망이 다른 사람들보다 훨씬 컸다. 그녀의 대답을 듣고, 미소는 고개를 끄덕였다. 대학 시절부터 여러 번 친구의 가정 형편을 들었기 때문에 미소는 혜연을 이해할 수 있었다.

미소는 힘없이 바깥 전망을 감상하고 있는 그녀의 얼굴을 물끄러미 쳐다보았다. 살이 쭉 빠진 날카로운 얼굴은 윤기가 없었으며 눈빛에서는 강렬한 힘도 느낄 수 없었다. 게다가 혜연이 가장 자랑스러워했던 빛나는 머리카락은 극심한 스트레스로 인해 본래의 색을 잃어, 아름다운 자태를 뿜어내지 못했다. 미소가 한눈에 보아도 알 수 있을 만큼 그녀의 머리카락은 하루가 다르게 줄어만 갔다.

물론 혜연도 이런 증상에 대해서 잘 알고 있었다. 하지만 극심한 생활고 속에서 머리를 위해 돈을 투자한다는 것은 그녀에게 있어서는 너무나 힘든 결정이었다. 때때로 집안이 부유해서 풍족하게 사는 자기 또래 친구들이 너무 부러웠다. 아름다움에 대한 욕망도 강했고 자신을 위한 삶을 살고 싶었지만, 현실은 그녀의 발목을 강하게 붙잡고 있었다. 실체가 없음에도, 혜연은 그것으로 인해 정신이 황폐해졌고 현실에 대한 도피의욕도 나날이 커져만 갔다.

힘든 상황 속에서도 혜연은 항상 밝게 웃으며 살았다. 물론 그것은 철저한 연기였지만 말이다. 그녀는 가난했다. 보통사람은 생각조차 못 할 만큼 뼛속 깊은 가난이었다. 그래서 혜연은 남들 앞에서 내세울 만한 게 없었지만, 사람들과는 잘 지내고 싶은 마음이 강렬했기에 항상 고민했다. 자신이 다른 사람들에게 가장 확실하게 내보일 수 있는 것이 무엇인지 생각하고 또 생각했다.

오랜 시간 동안 고민한 끝에 그녀가 타인 앞에 자랑스럽게 선보일 수 있는 것은 오직 친절한 태도와 상냥한 웃음뿐이라고 생각했다. 그래서 미소를 제외하고 그녀를 알고 있는 모든 사람은 그녀가 원래 밝은 성격의 소유자라고 생각했다. 심지어 주리마저도 혜연의 원래 성격을 제대로 알지 못했다. 오직 혜연의 베스트 친구인 미소만이 그녀가 쉽사리 치유될 수 없는 상처를 마음속에 잔뜩 품은 채 살아가고 있음을 알고 있었다.

미소는 혜연이 걱정되어서 그런지 먹고 있는 돈가스 맛을 제대로 느끼지 못했다. 그녀의 포크 질은 힘이 없었고 입은 들어오는 음식에 어쩔 수 없이 공간을 내어주는 것 같았다. 미소는 돈가스 하나를 입에 넣은 상태에서 조금 전 혜연이가 현실 세계에서 날아가고 싶다고 한 말을 곱씹어 보았다.

'이게 도대체 무슨 의미이지?'

미소는 아무리 생각해 보아도 그것의 진정한 의미를 잡아낼 수 없을 것 같았다. 미소는 궁금증을 해소하기 위해 혜연의 눈을 살며시 주시하면서 물었다.

"아직도 날아가고 싶니?"

"응."

혜연은 망설이지도 않고 즉각 응답했다.

"그런데 말이야…"

미소는 한 번 숨을 크게 들이쉰 다음 다시 말했다.

"이게 무슨 의미인지 다시 한 번만 말해 줄 수 있어?"

그녀의 질문이 끝나기 무섭게 혜연은 아무렇지도 않다는 듯 대답했다.

"아까 말한 그대로야. 난 먹고 사는 문제가 없는 곳이라면 어디든지 날개를 펴고 날아가고 싶어."

"그게 다야?"

미소는 의심스러운지 혜연을 쳐다보는 눈빛이 전에 없이 강렬했다.

"그건 무슨 의미야?"

혜연이 반문하자 미소는 순간 움찔했다.

"내 말뜻은 그게 아니고 뭔가 숨어있는 의도가 있을 것 같아서."

"다른 사람은 몰라도 내가 너한테 숨길 게 뭐가 있겠이. 난 말이야. 내 마음속에 있는 모든 것을 활짝 다 펼쳐서 너에게 보여줄 수도 있어. 왜냐하면, 넌 내가 유일하게 믿음을 준 친구니깐."

미소는 혜연의 진심 어린 말을 듣고 마음속에 정체를 알 수 없는 잔잔한 감동의 파도가 물밀 듯이 밀려 올라오는 것을 느꼈다. 하지만 미소는 친구의 말을 경청하느라 왼손으로 물컵을 꽉 쥐고 있는 혜연의 손을 보지 못했다. 그녀는 미소에게 자신의 심정을 피력할때, 평소와 달리 컵을 쥔 왼쪽 손이 미세하게 떨리고 있었다. 혜연은 미소에게조차 숨기고 싶은 얘기가 있었다. 차마 말할 수 없는….

미소는 혜연의 말을 들은 후, 이제는 절망의 날개를 접고 희망의 날개를 활짝 펴서 세상을 향해 도전하자고 목에 힘을 주어 말했다.

"그거 정말 좋은 생각이야."

혜연은 그녀가 친구에게 유일하게 감추고 있는 속마음이 들통 날까 봐 평소보다 더 활기차게 의견에 동조했다.

"우리 건배 할까?"

미소는 그녀의 오른손 옆에 놓여있던 맥주병을 들고 혜연의 잔에 따르면서 말했다.

"미소야, 진짜 고마워."

혜연은 참기 힘든 삶의 고통 속에서도 이렇게 자신을 위로해주는 진실한 친구가 있다는 생각이 들자, 자신도 모르게 눈물이 주르륵 흘렀다. 미소는 이유를 듣지 않아도 혜연이 흘리고 있는 눈물의 의미를 알고 있었다. 그래서 아무 말 없이 혜연의 눈을 부드럽게 쳐다보면서 그녀에게 감사했다.

"혜연아, 우리 다시 날 수 있겠지?"

미소가 울먹이면서 묻자 혜연은 말없이 고개를 끄덕였다. 그날 밤은 그렇게 깊어만 갔다.

11

이제저녁은 혜연과의 진실한 우정을 확인한 뜻깊은 시간이었기에 미소는 행복했다. 잠자리에 드는 순간까지도 혜연이가 고마웠고 그런 친구가 있어 뿌듯하다는 생각을 멈출 수 없었다. 하지만 앞으로 세 시간 후, 주상과 만날 생각을 하니 온몸에 긴장감이 감돌았다. 입속은 바짝 타들어 갔고, 초조한 마음에 눈빛은 초점을 잃은 지 오래였다. 게다가 너무 많은 생각을 해서 그런지 피부가 누렇게 떠, 화장은 좀처럼 위력을 발휘하지 못했다. 미소는 거울 앞에 앉아 손톱을 다듬고 머리를 손질하면서 오늘 자신한테 발생할 일을 나름대로 예상해 보았다.

며칠 전부터 주상의 마음을 직감적으로 느끼고 있었지만, 이런 사실을 인정하고 싶지 않았다. 직감이 가르쳐 주는 것을 머릿속에서 분명히 보았지만, 그 순간만큼은 진실의 눈을 감고 싶은 마음이 너무 간절했다. 주상을 너무 사랑했기 때문에 그 사랑을 잃고 싶지 않았다. 첫사랑이라서 더더욱 지키고 싶었다. 자신의 마음과는 상관없이 열렬히 사랑한 한 남자의 배신으로 첫사랑이 무참히 깨지는 모습을 보고 싶지 않았다.

"안 돼! 그것만은 절대 안 돼."

미소가 자신도 모르게 화장대에서 비명을 지르듯 큰 소리로 말하자, 이것을 들은 아버지가 너무 놀란 나머지 그녀의 방문을 열고 들어왔다.

"미소야, 도대체 무슨 일이니?"

아버지의 말투에는 걱정스러움이 잔뜩 묻어났다.

"아무것도 아니에요."

"정말이니?"

"네. 아버지, 저 아무 일도 없어요."

미소가 거듭 괜찮다고 말하자, 아버지도 어쩔 수 없는 듯 방문을 닫고 다시 거실로 돌아갔다.

"휴우, 정말 다행이네."

미소는 안도의 한숨을 내뱉은 후 미처 끝내지 못한 머리 손질을 다시 하기 시작했다.

평상시보다 훨씬 아름다운 자태를 뽐내면서 미소가 학교 앞 추억의 잔 카페에 도착했을 때, 주상은 이미 자신이 좋아하는 카페라테를 마시면서 물끄러미 창밖을 쳐다보고 있었다. 보통 때보다 옷차림이 훨씬 형편없었으며, 머리는 감지 않은 듯 푸석푸석해 보였다. 게다가 운동화를 신고 나왔고 그의 손엔 2년 전에 함께 맞춘 커플링도 없었다. 그는 사랑하는 애인에 대한 격식을 전혀 갖추지 않은 채 약속 장소로 나왔다. 미소는 이런 그의 모습을 보자 참을 수 없는 분노가 솟구쳤고 그가 눈치채지 못하게 커플링을 살며시 빼서 왼쪽 팔에 걸려있던 토트백에 재빨리 집어넣었다.

'나쁜 새끼.'

그녀는 주상을 향해 한바탕 욕을 퍼부어 주고 싶었지만, 화를 꾹 참은 채 그 앞에 당당히 걸어갔다.

"오빠 나 왔어."

그녀의 목소리에서 무게감이 느껴졌다. 하지만 그는 미소에게 눈길도 주지 않고 창밖의 풍경만 주시했다. 미소는 그의 이런 모습을 보자 다시 한 번 억눌렀던 감정이 폭발하는 걸 느꼈다. 그녀는 그를 미치도록 사랑했는데, 낯선 사람을 대하듯 너무 냉랭한 그 모습 앞에서 더 이상 그를 상대하고 싶지 않았다. 카페 밖으로 달려나가고 싶은 충동이 강하게 일어났다. 하지만 미소는 이렇게 비열한 태도를 보이는 그에게 한 가닥 희망을 걸고 있는 자신의 모습을 보자 소스라치듯 놀랐다.

'내가 왜 이런 사람한테 사랑을 구걸하는 걸까?'

미소는 스스로도 자신의 마음을 알 길이 없었다. 겉으로 드러난 모든 것들은 이미 그녀의 편이 아니었지만, 그래도 미소는 그가 직접 입을 열기 전까지 그의 마음을 더 이상 추측하고 싶지 않았다. 화를 겨우 진정시키고 평소 즐겨 마시던 카페라떼를 시킨 후 푹신푹신한 소파에 허리를 깊숙이 묻고 편안하게 커피를 기다리기 시작했다. 그들의 침묵은 한 시간 동안 이어졌다. 미소는 다 식어버린 커피를 여전히 마시고 있었으며 주상은 창밖을 보고 있진 않았지만, 의식적으로 미소의 눈과 마주치지 않으려 애썼다. 여태껏 보지 못한 초조한 모습을 보이면서….

"미소야…"

그는 물 한 모금을 마신 후, 마침내 길고 길었던 침묵을 깨뜨리는 첫 마디를 던졌다.

"오빠…"

미소의 말에는 긴장감이 잔뜩 배어있었다.

"오늘 너에게 꼭 할 말이 있어."

"무슨 할 말?"

미소의 대답에는 미세한 떨림이 가득했다.

"난 너를 진심으로 사랑하지만, 이쯤에서 헤어지는 게 서로를 위해 좋을 것 같아."

미소는 이별이라는 말을 듣는 순간 심장이 멈추는 것 같은 충격을 받았지만, 그렇다고 감정적으로 대할 수는 없었다.

"사랑한다면서 헤어지는 게 말이 된다고 생각해?"

미소는 강하게 그의 말을 반박했지만, 그는 눈도 깜빡하지 않았다.

"너를 진심으로 사랑하지만 나하고는 성격 차이가 너무 심한 것 같아서."

"그럼 우리가 지금까지 함께한 시간은 뭐야? 우리 정말 잘 지냈잖아."

미소는 서서히 울부짖고 있었다.

"그건 너의 착각이야. 나는 오래전부터 너하고 헤어질 생각만 했단 말이야."

"거짓말하지 마, 오빠. 나는 오빠가 진심으로 나를 아껴주었다는
거 다 알아."

그녀의 대답을 들은 주상은 어이없다는 표정을 지으면서 말했다.

"미소야! 솔직히 말하면 나는 지금까지 너를 사랑하지 않았어. 나
도 그냥 다른 친구들처럼 남들에게 자랑할 만한 여자 친구가 필요했
던 것뿐이리고."

"오빠! 왜 사람이 솔직하지 못해? 헤어지는 마당에 자신을 속일 필
요까지는 없잖아."

"내가 너한테 뭘 속이고 있는데?"

주상은 카페에 몇 안 되는 사람들이 다 들을 수 있을 정도로 크게
말했다.

"나는 다 알고 있다고!"

미소의 말을 듣고 주상은 그녀가 제정신이 아니라고 생각했다.

"도대체 네가 뭘 아는데? 내가 널 진심으로 사랑했다는 거 말하는
거야?"

미소가 아무 대답도 없이 그냥 듣기만 하자, 그는 계속해서 말을
이어나갔다.

"내가 너를 사랑하지 않았다고 말했지. 난 단지 이성 친구가 필요
해 지금까지 연기했던 거뿐이라고. 내 말 알아듣겠어?"

그가 자신의 속마음을 감추려 하자, 미소도 더는 참을 수가 없는
듯 참아왔던 말을 내뱉기 시작했다.

"오빠, 왜 내가 취직도 못 하고 집안도 별 볼 일 없어서 헤어진다고 말 못 해? 그 말이 그렇게 어려운 거였어?"

순간 그는 망치로 크게 얻어맞은 느낌을 받았다.

'미소가 어떻게 내 마음을 알았지?'

주상은 갑자기 자신의 머릿속이 복잡해지는 걸 느꼈다. 어떻게 해서든지 이 상황을 잘 수습해야만 했다. 그래서 더 강하게 미소를 자극해서 그녀가 자신에게 환멸을 느끼도록 유도해야겠다고 생각했다. 주상은 미소의 말을 인정하면서 말했다.

"그래, 네 말이 맞아. 솔직히 말하면 나는 네가 능력도 없고 집안도 거지 같아서 꼴도 보기 싫어. 나는 정말 잘 살고 싶은데 너는 나한테 아무런 도움이 되지 않잖아. 지난 10년간 남의 집에서 비참하게 살아왔는데 앞으로도 그럴 수는 없어."

"오빠, 우리 둘이 맞벌이해서 아파트 사고 애 키우면 되잖아. 조금만 기다려주면 금방 취직해서 돈 벌 텐데 왜 그렇게 성질이 급해?"

"너는 서울의 아파트값이 얼마인 줄 알고 말하는 거야? 그런 일은 절대 없겠지만 설사 우리 둘이 맞벌이해도 아파트 살려면 10년간 꼬박 저축해야 하고 게다가 대출이라도 받으면 우리 삶은 평생 저당 잡혀서 살게 되는데 내가 미쳤다고 너하고 결혼하겠어? 넌 결혼이 현실인 것도 모르니?"

순간, 미소는 주상의 노골적인 발언에 온몸이 부르르 떨리면서 눈물이 왈칵 쏟아지려고 했다. 며칠 전부터 다 예상하고 각오한 일이었지만 그의 말은 포기하지 않고 어떻게든 잘 해보려고 했던 미소의 결심을 한 번에 무너뜨릴 만큼 꽤 충격적이었다.

"오빠…."

미소는 주상에게 자기 생각을 좀 더 구체적으로 말하고 싶었지만, 갑자기 목이 메어 말을 잊지 못했다. 그러자 주상은 미소를 완전히 무너트리려고 작정한 듯 회심의 미소를 지으면서 좀 더 강하게 그녀를 벼랑 끝으로 내몰았다.

"니는 지금 취직을 할 수 있을 거라고 엄청난 착각을 하는 것 같은데, 제발 주제 파악 좀 해라. 어떤 기업에서 사회학과를 선뜻 뽑아주겠니? 경영학과도 줄줄이 미역국 먹고 하향 지원하는 판국에. 넌 머리를 폼으로 달고 사니?"

주상은 취업시장의 현실을 제대로 모르는 미소가 한심스러웠다. 그녀는 그의 말을 들은 후, 인간의 모습을 완전히 상실한 그에게서 엄청난 배신감과 절망감을 느꼈다. 좀 더 과장해서 말하자면, 미소는 삶의 낭떠러지에 서 있는 것 같았고 영혼은 심각하게 파멸되고 있었다. 여성만이 가지고 있는 섬세한 직감을 통해 그가 어떻게 나올지 나름대로 예상하고 나왔다. 그러나 미소에게 그가 보여준 행동은 정말 상상 이상이었다. 더 이상 의지할 곳도 없는 불쌍한 한 여성에게 그는 피도 눈물도 없는 잔인함을 보여주었다.

순간 미소는 혜연이가 생각났다. 먹고 사는 문제가 없는 곳이라면 어디든지 날아가고 싶다던 말이 이상할 정도로 가슴에 와 닿았다. 겉으로는 웃으려고 했지만, 마음속에는 분노, 질투, 애증 등이 가득 찼다. 미소는 너무 괴로워서 더 이상 그의 말을 듣고 싶지 않았다.

하지만 그는 사랑했던 애인의 절망스런 표정을 보고도 전혀 마음의 동요 없이 그가 하고 싶은 말을 거침없이 내뱉었다.

"한미소, 울지 말고 계속 들어. 오늘 이 시간 이후로 나라월드 개인홈페이지에서 너하고 일촌 관계를 끊은 후 공개적으로 올려놓았던 우리 둘만의 연애사진을 모두 삭제할 거야. 그리고 나의 새로운 애인인 미란이 사진을 올릴 예정이니깐, 너도 나처럼 사진 다 삭제하고 내 흔적을 완전히 지워버려."

주상이 심하게 다그치듯 말하자, 그녀는 지난 3년간의 사랑이 꿈처럼 느껴졌다.

'아! 내가 백일몽을 꾼 것인가?'

미소는 이성을 되찾고 눈을 살며시 뜨면서 스스로 질문을 던졌다. 하지만 직접 말을 듣고도 현실을 인정하고 싶지 않았다. 자신의 가슴을 설레게 했던 사람을 이제 다시는 만날 수 없다고 생각하니 억장이 무너지는 것 같았다. 심한 모욕감을 느꼈고 그가 저주스러웠지만, 자신의 반쪽을 잃어버렸다는 슬픔과 증오와 애증의 감정이 동시에 교차했다.

주상은 점점 더 심하게 독설을 퍼부었다. 그는 부에 대한 열망으로 이미 이성을 잃은 지 오래였다. 순수했던 사랑의 감정, 한 여자에 대한 애틋함은 물질에 대한 욕망 때문에 사라져 버렸다. 그에게 필요한 건 오로지 돈이었다. 다른 사람보다 돈이 많아야 지난 세월의 수모를 두 번 다시 당하지 않을 거라고 굳게 믿고 있었다. 그래서 미소의 절망스런 눈빛을 보고서도 전혀 동정하지 않았다. 그는 자신의 신분을 상승시켜줄 새 애인만을 생각하며 미소에게 영원히 치유되지 않을 상처를 줬다.

'인간이 어쩌면 그리 잔인할 수 있을까?'

미소는 짧은 기간에 너무나 세속적으로 변한 그를 보며, 대학 시절 순수하고 자상했던 그의 모습이 계속 떠올랐다. 그녀는 고통 속에서 신음하고 있었다. 그의 말을 계속 듣고 있으면 마음속에 담아 두었던 울분이 터질 것만 같았다. 그것만큼은 막아야 했다. 누구의 말처럼, 끝내는 것을 잘해야 그녀도 마음이 편할 것 같아서….

미소는 소파에 깊숙이 묻었던 허리를 곧추세우고 자리에서 일어났다. 그러자 주상은 어이가 없다는 표정으로 말했다.

"내 말 아직 안 끝났어."

"알아."

미소의 대답이 전에 없이 냉랭하자 그의 얼굴은 경직되었다. 하지만 그는 전혀 개의치 않고 그녀가 확실하게 마음을 정리했는지 마지막까지 확인하고 싶어 했다.

"나한테 앞으로 전화하지 마. 만약 전화하면…."

"나 바보 아니거든. 그러니깐, 이제 그만해."

그녀는 증오에 찬 눈빛으로 말한 후, 카페 밖으로 서둘러 나왔다. 이런 모습을 지켜보고 있던 주상은 이제야 안심이 되는 듯 핸드폰을 들고 그의 새로운 애인인 미란한테 전화를 걸었다. 자기 인생의 최대 걸림돌이라고 생각했던 미소가 생각보다 순수하게 물러서자 기분이 매우 좋아 보였고 통화하는 내내 활기찼다.

미소가 카페에서 뛰쳐나왔을 때, 한겨울이라서 그런지 날씨가 매우 쌀쌀했고 하늘은 눈이 내리려는 듯 흐렸다. 장갑도 없고 구두를 신어 손과 발이 모두 마비되는 것 같았다. 하지만 이런 것들도 바로 직전에 그녀가 당한 시련에 비하면 아무것도 아니었다. 미소는 외투에 손을 깊숙이 넣고 총총걸음으로 거리를 걸었다. 추운 날씨에도 불구하고 연말이라 그런지 거리에는 사람들로 북적였다. 많은 인파 속에서 미소는 하나의 희미한 점에 불과했지만, 너무나 슬퍼 보였기에 유독 다른 사람보다 눈에 띄었다. 거리에는 커플들이 많았다.

세월이 지나도 늘 변하지 않을 듯 오늘도 수많은 남녀는 무엇이 그리 즐거운지 서로서로 즐겁게 속삭이면서 인생을 즐기고 있었다.

'정말 행복해 보이는구나.'

미소는 팔짱을 낀 채 어디론가 가고 있는 커플들의 모습이 너무 부러웠고 자신도 다른 연인들처럼 그와 함께 즐겁게 보냈던 시간이 주마등처럼 스쳐 지나갔다.

'나도 한때 저런 시절이 있었는데 어쩌다가 이렇게 되었는지…'

미소는 가슴 뜨겁게 사랑한 한 남자하고 헤어진 현실이 너무 슬픈 나머지 가던 걸음을 멈추고 혼자 술집에 들어가 소주를 마시기 시작했다.

12

미소는 취기기 잔뜩 올라온 상태에서 술집에서 나온 후, 추가로 소주 3병과 안주를 손에 쥐고 집 근처에 있는 한강공원으로 천천히 걸어갔다. 오늘따라 찬바람이 강하게 불어 심장이 얼어붙을 것만 같았다. 하지만 그녀는 전혀 아랑곳하지 않고 한강 한구석에 자리를 잡았다. 숨도 쉬지 않고 소주를 벌컥벌컥 마시기 시작했다.

"아, 정말 좋다."

미소는 울분을 다른 형태로 쏟아내고 있었다. 평상시 잘 먹지도 못하는 소주를 병째로 들고 콜라 마시듯 미친 사람처럼 들이켰다.

"아! 이제는 정말 취한 것 같은데."

미소는 자신이 이성을 잃어가고 있다는 것을 느꼈지만, 현실의 고통이 너무 커 술을 계속 몸속에 퍼붓고 싶었다.

"술, 술, 술을 마셔야 해. 지금 이 순간 나를 위로해 줄 수 있는 건 오직 이 소주뿐이라고."

미소는 눈물을 흘리면서 울부짖었다.

"윤주상, 네가 그렇게 잘났냐? 내가 도대체 뭐가 모자라서 이렇게 버림을 받아야 하는데."

미소는 그를 향해 한바탕 악을 질렀지만 그래도 여전히 분이 풀리지 않는 듯 또다시 소주를 벌컥벌컥 마시기 시작했다. 이 추운 겨울에 얼어 죽으려고 작정한 사람처럼 보였다. 미소의 마음은 한겨울보다 더 꽁꽁 얼어붙었고 그 무엇도 그녀를 위로해 줄 수 없었다.

차라리 감정이 식어서 버림받았다면 좋았을 것을 왜 취업 때문에 이런 비참한 기분을 느껴야 하는지 이해할 수 없었다. 순수한 사랑의 감정에 대한 믿음이 깨져서 심장이 찢어질 것 같았다. 적어도 미소에게 이것은 오랜 세월 동안 마음속에 품었던 신념이었다. 하지만 물질 만능주의 시대에서 순수한 사랑의 감정은 한낱 보잘것없는 휴짓조각에 불과했다. 이런 생각이 들수록 미소는 소주를 통해 머리와 심장을 마비시키고 싶은 생각이 더욱더 간절해졌다.

불행인지 다행인지, 한강 지역을 순찰하고 있던 한 경찰이 그런 미소를 방해했다.

"학생, 여기서 뭐 해?"

경찰은 오토바이에서 내린 후 큰 소리로 말하며 재빨리 미소 곁으로 다가왔지만, 그녀는 영 못마땅한 듯 퉁명스럽게 말했다.

"아저씨는 누군데 남의 일에 상관하세요?"

미소의 말에 경찰은 조금 어이가 없었지만, 자신의 임무를 완수하기 위해 정중하게 그녀를 타일렀다.

"학생, 날씨도 추운데 여기서 술 마시고 있으면 어떡해. 어서 집에 들어가야지."

"아저씨 전 학생이 아니라 오늘 남자 친구한테 비참하게 버림받은 백조예요, 백조. 아직 졸업은 하지 않았지만."

미소는 술에 잔뜩 취했는지 혀 꼬부라진 어투로 말했다.

"난 학생 심정 충분히 다 이해하니깐, 이제 그만 마시고 집으로 돌아가. 이렇게 추운 날씨에 술 마시다가 땅바닥에 엎드려 자면 바로 얼어 죽어."

"상관없어요. 신이 부르면 가야지요."

그녀는 절망의 끝자락에 서서 모든 걸 포기하고 싶어하는 것만 같았다.

"뭐라고?"

경찰은 너무 놀라 심장이 두근거렸고 사태가 심상치 않음을 직감했다. 그녀를 여기서 더 방치하면 안 되겠다는 생각이 들었다.

"학생, 집이 어디야?"

경찰은 심문하듯 물었다.

"아저씨, 지금 무슨 말씀 하시는 겁니까? 저 여기서 술 다 마셔야 하니깐 제발 좀 방해하지 말아 주세요."

미소가 계속해서 반항하자 그는 할 수 없이 미소가 입고 있던 코트를 샅샅이 수색해서 주민등록증과 집 주소를 확인했다.

"이름은 한미소이고, 집은 여기서 가까운 거리네."

경찰은 미소의 정보를 확인 후 그녀를 강제로 오토바이에 태웠다.

그랬더니 미소는 약간 거친 말투로 강력히 항의했다.

"아저씨, 저 집에 가고 싶지 않거든요. 여기 제 옆에 있는 친구하고 소주 더 마셔야 하니 제발 저를 방해하지 말아 주세요."

미소는 술에 잔뜩 취했음에도 불구하고 자신을 끝까지 몰아붙여 낭떠러지에 떨어지고 싶어 했다. 그러나 경찰관은 사명감으로 투철한 사람이었다.

"학생은 그냥 잠자코 있어. 내가 금방 집에 데려다줄 테니깐."

경찰이 미소가 더 이상 반항하지 못하게 인상을 잔뜩 쓴 후 으름장을 놓자 거침없던 그녀의 기세는 조금씩 꼬리를 내렸다.

"학생, 춥더라도 조금만 참고 내 등을 꼭 잡아 알았지?"

경찰은 조금 전과 달리 추위에 떨 미소가 걱정돼서 따뜻한 말을 건넸지만, 그녀는 또다시 술타령했다. 경찰관의 허리를 꼭 붙잡고 있는 것이 신기할 정도로 인사불성이었다.

"아저씨, 저 정말 술 마셔야 하니 어서 내려 주세요. 제발! 부탁이에요."

미소는 강물을 벗 삼아 자신의 우울한 기분을 위로받고 싶은 심정이 너무 강했던 나머지 현실과 이상을 혼동하기 시작했다.

잠시 후, 미소의 집에 도착한 경찰관은 그녀를 내려 주면서 다시는 추운 날씨에 혼자 술을 마시지 말 것을 신신당부했다. 경찰도 그녀가 왜 술에 잔뜩 취했는지 그동안의 경험을 통해서 알고 있었다. 경찰관으로 15년 동안 근무하면서 그는 이와 비슷한 사례를 수없이 보았다. 파출소에 잡혀 오거나 낯선 곳에서 홀로 괴로워하는 사람의 눈빛만 봐도 그 사연을 대략 짐작할 수 있을 정도였다. 그는 미소의 집 앞에서 초인종을 눌러주는 순간까지 그녀에게 힘내서 열심히 살라고 말해주었다. 젊은 사람이 여기서 좌절해서는 안 된다고, 용기를 갖고 살다 보면 분명히 밝은 태양이 비추는 광활한 평야에 도착할 수 있을 거라고 말해주었다.

비록 미소는 술에 잔뜩 취해서 정신을 차릴 수는 없었지만, 육감을 통해서 경찰관의 진심을 온몸으로 느꼈다. 경찰관이기 때문에 의무적으로 한 행동일 수도 있겠지만 생전 처음 보는 사람에게 베푸는 그의 친절함은 진심이라는 걸 그녀는 알고 있었다. 처음 그가 자신을 오토바이에 태웠을 때 솔직히 야속하기도 했지만, 지금은 그의 따뜻하고 배려 깊은 행동에 큰 감명을 받아 마음이 훈훈해졌다. 미소는 보답하고 싶었다. 그녀는 인간으로서 당연히 그래야 한다고 생각했다.

그래서 미소는 양손을 코트 속에 깊숙이 집어놓고 무언가를 열심히 찾기 시작했다. 그녀는 짧은 시간 동안 눈에 힘을 잔뜩 주고 필사적으로 움직였다. 약 몇 초가 지난 후, 미소는 오른손에 마른오징어를 꼭 쥔 상태에서 기쁨의 환호성을 질렀다.

'이것으로 내 마음을 전달해야지.'

그녀는 해맑은 얼굴을 지어 보이면서 경찰관에게 말했다.

"아저씨, 오늘 아주 고마웠어요."

"아니에요, 학생. 난 내 할 일을 했을 뿐이에요."

경찰관은 미소의 칭찬에 겸연쩍어했다.

"이건 제 성의니깐 그냥 받아주세요."

미소는 이렇게 말한 후, 경찰관이 입고 있던 잠바 왼쪽 주머니에 그녀가 보물처럼 꼭 쥐고 있던 오징어를 조용히 넣어 주었다.

"학생, 뭐 이런 것까지."

그는 극구 사양했지만, 미소는 그의 눈을 부드럽게 주시하면서 말했다.

"아저씨, 이거 드시면서 새벽에 졸지 마셔야 해요."

미소는 취한 상태였지만 마음만큼은 진심이었다.

"고마워 학생. 정말 잘 먹을게."

경찰은 미소의 따뜻한 배려 덕분에 기분 좋게 다음 순찰 지로 향할 수 있었다.

13

강산대 시회학과 김명국 교수는 최근 4년간 자신이 아끼는 제자들의 취업률이 해마다 하향곡선을 그리자 정신적으로 큰 고통을 받았다. 특히 이번 연도 졸업생은 사상 최악의 취업난에 걸려서 그런지 전년도보다 상황이 훨씬 심각해졌다. 김 교수는 제자들 걱정에 하루도 맘 편한 날이 없을 정도였다. 그의 눈은 핏기가 잔뜩 서려 있었고 최근에는 스트레스를 너무 받아서 그런지 양쪽 볼살이 광대뼈가 보일 정도로 쏙 들어갔다. 그뿐만이 아니었다. 그는 제자들 걱정에 밥맛도 느끼지 못했고 흰 머리카락은 눈에 띄게 늘어났으며 이마에는 주름살이 잔뜩 생겨있었다. 게다가 김 교수는 자나 깨나 제자들 취업률을 높일 생각에 예전에는 잘 보지 않았던 동창회 목록까지 조사하면서, 단 한 명이라도 제자들이 사회에서 원활하게 자리 잡을 수 있도록 도와주고 싶었다.

하지만 그의 이런 노력에도 불구하고 취업을 하지 못하는 학생들은 계속해서 늘어났다. 그는 끝이 보이지 않는 고통 속에서 깊은 신음을 내뱉고 있었다.

'이거 정말 큰 일이군.'

김 교수는 괴로움을 잊기 위해 거실에서 쓸쓸히 양주를 마시며 울적한 기분을 달래고 있었다.

"여보, 그만 마시고 이제 좀 주무세요."

최근 며칠 동안 술을 마시지 못하면 잠을 청하지 못하는 남편의 모습이 안타까웠는지 그의 아내가 매우 걱정스러운 표정으로 말했다.

"난 괜찮으니깐 당신 먼저 들어가 쉬세요."

그는 아내가 자신 때문에 정신적으로 불안해지는 것을 원하지 않았지만 오늘따라 그녀는 남편 곁에 끝까지 있으려고 굳게 마음먹은 듯 보였다.

"여보, 나도 한 잔 따라주세요."

예상하지 못했던 아내의 말에 김 교수는 매우 놀랐다.

"당신은 술을 잘 못 하지 않소."

"무슨 말씀! 저 원래 술 잘하니깐 걱정하지 말고 따르세요. 오늘은 기꺼이 당신의 술친구가 되어 드릴 테니깐."

"정말 괜찮은 거요?"

"더 이상 쓸데없는 걱정하지 말고 이 잔을 채워주세요."

김 교수는 아내의 끈질긴 요구에 할 수 없이 잔을 채워주고 말았다.

그녀의 잔에 술이 가득 담기자 그녀는 건배를 제안했다.

"여보, 건배해요."

오늘따라 아내는 평상시와는 다르게 적극적이었다. 그녀는 남편과 건배한 후, 술을 많이 먹어본 사람인 것처럼 독한 양주를 한 번에 들이켰다.

"캬아."

그녀는 술이 자신의 몸을 파고들자 자신도 모르게 감탄사를 내뱉었다. 아내의 이런 모습은 쉽게 볼 수 있는 광경이 아니었다.

"정말 괜찮은 거요?"

김 교수는 아무래도 불안했다.

"괜찮긴요. 속에서 열불이 확 일어나서 미칠 것 같아요."

아내가 굉장히 고통스러운 표정을 지으면서 대답하지 김 교수는 그녀를 책망했다.

"그러니깐 내가 마시지 말라고 했잖소. 양주가 얼마나 독한 술인데."

"여보, 잘못 짚으셨어요. 난 술 때문에 열불이 난 게 아니에요."

그녀가 눈썹을 치켜들면서 반문했다.

"아니 그게 도대체 무슨 소리요? 술 때문이 아니라면 도대체 무엇 때문에…"

김 교수는 아내의 말뜻을 제대로 이해할 수 없다는 듯 고개를 갸우뚱거렸다. 그녀는 남편이 하는 행동을 자세히 관찰한 후 확실하게 설명해주어야 할 필요성을 느꼈다.

"여보, 내가 화가 난 이유는 당신 혼자만 삶의 모든 문제를 짊어지려고 하기 때문이에요."

"내가 언제 그랬단 말이오?"

"지금 그러고 있잖아요? 맨날 술 마시면서 홀로 무언가 고민하고 있잖아요."

아내의 말을 강하게 부인하고 싶은 충동이 생겼다.

"여보, 당신의 불만이 무엇인지 잘 알겠지만, 당신에게까지 나의 스트레스가 무엇인지 말하고 싶지 않소."

그는 금테 안경 너머로 아내를 주시하면서 자신의 진심을 전달하려고 했다. 하지만 아내는 그의 눈빛을 애써 외면하면서 말했다.

"유감스럽게도 전 당신의 고민을 알고 싶어요."

아내가 조금도 물러설 기미가 없어 보이자, 그는 약간 난처하다는 듯 이마를 살며시 찡그렸다. 김 교수는 좀 더 부드럽게 아내를 타일렀다.

"여보, 마음은 고맙지만, 어차피 당신이 해결할 수 있는 문제가 아니에요."

그는 목소리를 좀 더 깔면서 강하게 자신의 의사를 전달했으나 역시 무용지물이었다.

"그래도 상관없어요. 저와 당신은 인생의 동반자예요. 슬플 때나 기쁠 때나 항상 같이하기로 한 실과 바늘의 관계란 걸 잊었나요?"

"알고 있지만…."

김 교수는 말끝을 흐렸다.

"하지만 지금 상황을 봐요. 당신은 기분 좋은 일이 있을 때는 항상 저하고 같이 그것을 나누려고 했지만 무언가 말할 수 없는 고민이 있을 때는 혼자 술을 마시면서 그것을 나누려고 하지 않았어요. 그렇지 않나요?"

아내의 질문에 그가 아무런 말도 하지 못하자 그녀는 계속 말을 이었다.

"저는 당신의 걱정거리도 함께 나누면서 힘이 돼주고 싶은데, 그럴 때마다 당신은 아내라는 존재를 철저히 잊어버리는 것 같아서 솔직히 서운한 적이 많았어요. 그래서 오늘부터라도 당신의 생각과 고민을 알아야겠으니 망설이지 말고 당당히 말해 주세요. 부탁이에요, 여보."

아내가 매우 진지한 표정으로 말하자 김 교수는 놀라움과 동시에 깊은 감명을 받았다.

'와이프는 정말 생각이 깊은 사람이었구나.'

그는 이전에는 몰랐던 아내의 새로운 면을 알게 되면서 자신의 고민을 함께 나누어도 별로 걱정이 되지 않을 것 같다는 강한 확신이 들었다.

"정말 알아야 하겠소?"

김 교수가 마지막으로 한 번 더 의향을 묻자 아내는 말없이 고개를 끄덕였다.

"좋소, 그럼 시작하겠소."

그는 양주 한 잔을 더 마신 후, 자신의 고민을 풀어놓기 시작했다.

"당신도 잘 알고 있겠지만 요즘 거의 모든 대학에서 졸업생들의 취업 문제가 매우 심각해요. 그중에서 경영대, 이공계의 학생들보다 내가 가르치고 있는 순수 인문사회계열 쪽 학생들의 취업률이 많이 떨어져서 안타까운 마음을 금할 수 없소."

"취업률이 어느 정도 돼요?"

"정확한 통계수치는 좀 더 지켜봐야 하지만 50%를 훨씬 밑도는 수준이요."

"역시 우려했던 수준이군요."

아내 고개를 끄덕이면서 그의 말에 동의를 표했다.

"좀 더 솔직히 말하면 취업률은 30%도 넘기기 어려워요. 왜냐하면, 대부분의 학생이 선호하는 대기업 혹은 중견기업에 정규직으로 취업한 게 아니라, 단순히 먹고 살기 위해 비정규직에 취업한 학생들도 굉장히 많이 있기 때문이오."

김 교수는 제자들이 어려운 환경 속에서 고통받고 있을 것을 생각하니 눈물이 앞을 가렸다. 하지만 자신의 여린 마음을 아내에게 보이지 않기 위해 이를 꽉 물고 눈물이 나오려는 것을 간신히 참았다. 그러나 아내는 이미 그의 마음을 읽고 마음껏 눈물을 흘리라고 독려했다.

"여보, 울고 싶으면 그냥 울어도 돼요. 남자가 눈물 흘리는 건 죄가 아닌데 왜 자꾸 숨기려고 하세요."

그녀는 남편이 편안하게 얘기할 수 있는 분위기를 만들고 싶었고 억지로 무언가를 숨기는 걸 원치 않았다. 덕분에 김 교수는 기분 정리 할 시간을 가진 후 다시 얘기를 시작할 수 있었다.

"졸업생들의 취업률이 하도 저조해서 난 어떻게 이 난국을 돌파할 수 있을지 밤낮으로 생각하고 있소."

순간, 그는 사명감으로 불타올랐다.

"당신은 지금까지 학생들에게 전공과목을 잘 가르치는 교수로 알

려졌는데 그거면 충분하지 않나요?"

아내가 반문했다.

"그렇지 않소. 학생들이 대학에 입학하는 목적은 물론 전공과목을 잘 배워서 학자가 되려고 오는 사람도 있겠지만 사실 대부분은 취업을 잘하기 위해서 그 많은 등록금과 시간을 투자하는 거라오. 모든 사람이 나처럼 순수학문에 한평생을 바칠 거로 생각하면 큰 착각이오."

김 교수는 현실을 똑바로 직시하고 있었다.

"무슨 말을 하고 싶은지 알겠어요. 하지만 당신이 목숨 걸고 제자들을 가르친다고 해서 취업률이 올라갈 것 같진 않아요."

"왜 그렇게 생각하오?"

그도 이유를 알고 있었지만 한 번 아내의 생각을 듣고 싶었다. 그녀는 양주를 가볍게 한 모금 마신 후, 자기 생각을 풀어놓기 시작했다.

"현재 취업이 어려운 이유는 사회 현실 때문이죠. 지금은 대학생이 너무 많아요. 우리 때만 하더라도 대학생은 정말 드물었는데. 요즘은 대학 졸업장을 가진 학생들이 너무 많아 희소가치가 너무 작아요. 사회의 괜찮은 일자리는 한정되어 있는데 그 자리를 놓고 너무 많은 사람이 경쟁하니 당연히 취직은 하늘의 별 따기가 될 수밖에 없는 거죠. 1980년대에는 열심히 데모해서 학업을 소홀히 한 사람도 거의 다 취직이 됐는데 지금은 1학년 때부터 토익 성적 관리하고, 학점 관리를 해야 하다 보니깐 당연히 동아리 활동도 즐거움을 추구하는 것보다 실용적인 학문인 영어, 경제, 경영에 관심을 기울

일 수밖에 없는 거죠. 생존해야 하니까."

그는 아내의 정확한 지적에 입을 다물지 못했다. 25년 가까이 가정 살림만 한 사람이 대학 내에서 일어난 사건들을 너무 잘 알고 있어서 그는 그 이유가 몹시 궁금했다.

"당신이 어떻게 대학생들의 생각을 그리 잘 아는지 나한테 좀 말해 줄 수 있겠소?"

"그거 별로 어렵지 않아요. 인터넷에서 다양한 정보를 찾아보고, 여러 가지 쟁점이 되는 기사들의 답글이나 토론하는 걸 보면 현재 젊은이들이 무슨 생각을 가지고 하루하루를 살아가고 있는지 알 수 있어요. 역지사지가 중요한 거죠."

아내의 말을 진지하게 듣고 있던 그가 다시 좀 더 세밀한 질문을 했다.

"그런데 말이오. 한 가지 궁금한 게 있소. 조금 전 당신은 졸업생들의 취직률을 높이려고 동분서주하려는 나에게 전공과목을 잘 가르치고 있는 것만으로 충분하다고 말했는데 무슨 의미로 이 말을 했는지 얘기해 줄 수 있겠소?"

그의 물음에 아내는 웃으면서 대답했다.

"내가 전공과목만으로도 충분하다고 말한 것은 사실 그것이 당신의 가장 중요한 임무이기 때문이에요. 아무리 취업문제 때문에 학생들이 예전만큼 사회학 강의에 집중하지 않아도 당신만큼은 열정적으로 전공과목을 가르치는 게 제일 중요하기 때문이에요. 즉 취직 때문에 주객을 전도시켜서는 안 된다는 얘기이죠."

"그다음은 뭐가 있소?"

그가 호기심 어린 표정으로 묻자 아내는 신이 난 상태로 열변을 토하였다.

"전공 수업을 열심히 가르친 후에 남은 시간을 활용해서 마인드 컨트롤을 하는 법, 세상에서 다양하게 돈 벌 수 있는 법, 인생을 행복하게 만드는 법, 포기하지 않고 끝까지 노력해서 성공한 사람들 사례 그리고 기타 다양한 실전 사례를 보여주면서 학생들에게 생존 전략들을 가르쳐주세요. 지금 제자들한테 가장 필요한 건 바로 희망을 버리지 않고 생존할 수 있는 마인드를 심어주는 거라고요. 인간은 앞으로 나아질 거라는 희망이 없으면 나이에 상관없이 자살하고 싶은 충동을 느끼는 동물이에요. 이 점에 유의하셔서 제자들을 잘 인도해 주면 지금 당장은 취업률이 저조해도 시간이 지날수록 약육강식의 세상에서 생존하는 법을 감각적으로 배울게 될 거에요."

김 교수는 예상하지 못했던 아내의 사려 깊은 말에 점점 무언가를 깨우치고 있었다.

"당신 말을 듣고 보니 우리나라가 OECD 국가 중 자살률 1위가 된 것이 바로 희망을 잃어버려서인 것 같소. 정말로 힘들게 살았던 1960년대에도 지금처럼 자살이 많지 않았는데 급속한 경제성장을 이룩한 후 요즘은 한국이 OECD 국가 중에서 정신적인 스트레스가 가장 많은 곳으로 변했으니 참으로 아이러니하오."

"여보, 그건 너무 당연한 일이 아니겠어요?"

"당연하다니 그건 또 무슨 말이오?"

김 교수는 아내의 말을 이해할 수 없었다.

"다 같이 살기 힘들었던 시대에는 열심히 노력만 하면 잘 살 수 있다는 희망이 있었기에 육체적으로는 고통을 받았을지도 모르나, 정신적으로는 행복한 상태를 유지할 수 있었죠. 그러나 지금은 당신도 잘 알고 있다시피 빈부 격차는 해마다 커지고 있으며 노력해도 잘 살 수 있다는 보장은 점점 사라져 가고 있잖아요. 단적인 예를 들면 아파트값은 해마다 천정부지로 치솟아 평생 돈을 벌어도 내 집 장만하기가 쉽지 않으니 젊은이들은 절망할 수밖에 없는 거죠. 그러다 보니 우울증 환자가 많이 늘어나서 자살률이 해마다 올라갈 수밖에 없는 거고요."

"당신은 사회학 교수인 나보다 이 대한민국 사회구조를 더 잘 알고 있는 것 같소."

김 교수는 아내의 해박한 지식에 놀라움을 표시했다.

"아니에요, 여보. 이 모든 것이 다 당신 곁에서 오래 살다 보니깐 자연스럽게 알게 된 거예요."

아내는 겸손한 어투로 대답했다.

"오늘 당신이 한 말은 생각의 폭을 넓혀주는 데 큰 도움이 되었소. 그런데 한 가지만 더 물어보고 이 대화를 끝냅시다."

"그게 뭐죠?"

"다른 게 아니라, 내가 아는 기업체 사장으로부터 인재를 추천해 달라는 서류를 받았는데 당신 말을 듣고 보니 내가 왠지 학생들의 독립심을 뺐고 있다는 생각이 불쑥 들어서."

"누구를 추천하려고 하는데요?"

"이번에 졸업하는 제자 중에서 내가 가장 아끼는 한미소 양과 공호수 군을 추천하기로 결정을 내렸소. 물론 호수 군은 공무원 준비를 하고 있어서 내 제안을 정중히 거절할 것 같기는 하지만 어쨌든 불러 볼 생각이오."

"그럼 당신의 의지대로 하면 되겠네요."

아내는 간단명료하게 대답했다.

"그래도 괜찮을 것 같소?"

김 교수는 약간 의심스러운 어투로 물었다.

"현재 상태에서 당신이 제자들한테 해줄 수 있는 가장 큰 선물이 바로 지금과 같은 일이잖아요. 아는 인맥을 총동원해서 단 1명이라도 더 취직시켜 주려고 하는 당신의 제자 사랑은 하늘도 감동할 만한 수준이라고 생각하는데요."

"그럼 조금 전까지 당신이 내게 해 준 충고는 무슨 의미요?"

"지금 당신이 하는 일에다 제가 조언한 부분이 첨가되면 완전히 금상첨화잖아요. 전 그런 뜻에서 얘기한 거에요."

김 교수는 이제야 아내의 말을 확실히 이해했다.

"여보, 정말 당신이 고맙소."

그는 사랑하는 아내를 꼭 껴안으면서 감사의 말을 전했다.

"앞으로도 당신이 어렵고 힘들 때 힘이 될 수 있는 사람이 되도록 노력할 테니 항상 파이팅 하세요."

포옹하며 듣는 아내의 다정하고 배려 섞인 말투에 김 교수는 축복을 받은 인생을 사는 것 같아 연신 입가에서 웃음이 떠나지 않았다.

14

'똑똑똑.' 호수는 조금 전 스승의 전화를 받고 노량진에서 급히 달려왔다.

"어서 들어오게."

김 교수는 호수를 반갑게 맞이해 주었다.

"교수님, 안녕하십니까!"

호수는 연구실로 들어오기 무섭게 오래간만에 찾아뵙는 김 교수한테 90도로 허리를 굽혀 인사를 했다.

"자넨 신입생 시절이나 지금이나 예의 바른 거 하나는 여전해."

김 교수는 기분이 매우 좋은 듯 호탕하게 웃었다.

"뭘요 교수님. 제자의 도리를 한 것뿐인데."

호수는 약간 겸연쩍어했다.

"커피 한잔 할 텐가?"

추운 날씨에 자신을 찾아온 제자에게 진심으로 따듯한 차 한 잔을 대접해 주고 싶었다. 하지만 호수는 스승의 그런 호의가 좀 불편했다.

"교수님, 제가 타 드리겠습니다."

호수는 탕비실로 가려고 했으나 김 교수는 제자를 다시 자리에 앉히면서 말했다.

"오늘은 내가 제자한테 서비스하겠네. 자네 블루마운틴 좋아하나?"

스승의 완곡한 태도에 호수는 할 수 없이 대답했다.

"저는 어떤 것도 상관없이 잘 마십니다."

"그럼 잘됐네."

김 교수는 제자의 대답을 듣기 무섭게 탕비실로 들어가서 커피포트를 꽂고 원두커피를 만들어 주었다. 감미롭고 우아한 향이 은은하게 퍼지는 커피 두 잔이 테이블에 놓였고, 김 교수는 검은 가죽 소파에 허리를 깊숙이 묻고 앉았다.

"교수님, 정말 잘 마시겠습니다."

호수는 스승의 호의에 스멀스멀 행복감이 물밀 듯이 밀려오고 있었다.

"뭘 그런 것 갖고. 어서 커피나 들게."

김 교수는 커피 잔에 입을 살짝 갖다 댔다.

"교수님, 커피 향이 사람의 기분을 정말 좋게 하네요."

호수는 생전 처음 마셔 본 블루마운틴 커피 향에 흠뻑 빠져 연신 감탄사를 내뱉었다. 김 교수는 마음속으로 흐뭇해 했다.

"우리 인생이 이 커피 향처럼 우아하고 감미로웠으면 참 좋겠는데 말이야."

그의 말에는 현실에 대한 안타까움이 고스란히 배어있었다.

"맞습니다, 교수님. 인생이 커피처럼 향기롭다면 정말 신이 날 것 같습니다. 물론 현실의 삶은 매우 치열한 나머지 가끔가다 숨이 턱 밑까지 차오르는 깊은 고통을 느낄 때도 있지만요."

호수는 한숨을 크게 내쉬면서 그것이 자신의 삶의 무게를 조금이라도 덜어냈으면 좋겠다고 생각했다.

"나도 자네의 생각에 매우 동감하네. 지금의 현실은 젊은이들에게 깊은 좌절감을 주기에 충분하지."

"그래도 포기하지 않고 앞으로 계속 나아가야겠죠."

호수는 어려운 상황에서도 긍정적인 마음을 항상 유지하려는 자신의 모습을 스승한테 보여주고 싶었다.

"난 말이야. 자네의 그런 태도가 아주 마음에 드네. 그래서 내가 하는 말인데 혹시 취직할 생각은 없나?"

전혀 예상하지 못했던 김 교수의 제안에 호수는 약간 당황했다. 제자의 마음을 꿰뚫어 본 듯 김 교수는 다시 천천히 말문을 열었다.

"나도 자네가 7급 공무원 시험 준비를 하는 걸 잘 아네. 하지만 내가 보기엔 기업에 취직하면 더 훌륭한 인재가 될 것 같아서 하는 말이니 오해하지는 말게나."

"교수님이 어떤 분인지 제가 더 잘 아는데 그런 생각을 하겠습니까? 다만 저의 성격상 장기적인 직장이 필요할 것 같아서 공무원 시험을 준비하는 것뿐입니다. 어쨌든 저를 좋게 봐주신 교수님의 호의에 깊은 감사를 드립니다."

호수는 스승의 제의를 정중하게 거절했다.

"아닐세. 오히려 내가 더 미안하네. 공무원 준비에 사활을 건 제자를 내 뜻대로 다른 길로 인도하려고 했으니 다 내 불찰이지."

그가 웃으면서 말하자, 호수는 눈을 번쩍이면서 다른 제안을 내놓았다.

"교수님, 사회학과 졸업 동기 중에서 저보다 더 뛰어난 학생들한테 기회를 주시는 건 어떻겠습니까?"

"그거 좋은 생각일세. 그렇지 않아도. 내가 한 명 더 생각해 둔 제자가 있네."

"그게 누구입니까?"

호수는 호기심 어린 표정으로 물었다.

"누구긴 사회학과의 모범생 한미소지."

"미소라고요?"

호수가 되물었다.

"아니, 왜 그렇게 놀라나?"

"아닙니다. 그냥 제가 예상하지 못했던 이름이 불려서 저도 모르게 그만…."

호수는 자신도 모르는 사이에 말끝이 흐려지고 얼굴도 상기됐지만, 다행히 김 교수는 아무것도 눈치 채지 못한 것 같았다.

'휴우, 다행이네.'

호수는 안도의 한숨을 내쉬었다.

"그런데 말이야. 문제가 하나 있어."

갑자기 김 교수는 조금전보다 어두운 표정을 지으면서 다시 말문

미소의 날개

을 열었다.

"그게 뭐죠 교수님?"

호수는 정중하게 스승의 고민을 물어보았다.

"미소의 핸드폰이 계속 꺼져있어. 연락이 전혀 되질 않아. 음성메시지나 문자메시지를 남겨도 답변이 오질 않고 아무래도 무슨 문제가 생긴 것 같아."

"교수님, 설마 그럴 리가 있겠습니까?"

"나도 좋은 방향으로 생각하고 싶은데 영 감이 좋지 않아."

그는 이제까지 경험으로 미루어볼 때 제자에게 심상치 않은 일이 생겼다는 것을 느낄 수 있었다.

"그럼 제가 직접 연락해서 교수님의 의중을 전달하도록 하겠습니다."

"공부하느라 바쁠 텐데 괜찮겠나?"

김 교수의 물음에 호수는 손사래를 치면서 답변했다.

"저는 당연히 해야 할 일을 하는 것뿐입니다."

호수는 겉으로 내색하지는 않았지만 마침 미소의 취업현황이 무척 궁금했던 시점이었기 때문에 스승의 제안이 반갑기만 했다. 그는 지금 당장에라도 달려갈 준비가 되어있었다.

"그래 주면 나야 더할 나위 없이 고맙지."

김 교수는 흔쾌히 가겠다는 호수의 얼굴을 보면서 속으로 무척 흐뭇해 했다. 조금 남아있던 커피를 마시면서 다시 말을 시작했다.

"미소하고 연락이 되면 나한테 꼭 한 번 찾아오라고 전달해주게.

시간은 언제든지 상관없고."

"알겠습니다, 교수님."

"강산대 사회학과 졸업생들이 잘돼야 할 텐데 정말 걱정이야."

호수는 자나 깨나 제자들의 미래를 걱정하고 있는 스승의 모습을 보면서 가슴이 따뜻해졌다. 김 교수의 연구실을 나오면서 아직도 세상에 희망이 있다는 것을 확인한 것 같아 입가에는 부드러운 미소가 걸려 있었다.

15

       미소는 자신의 애인이었던 주상과 헤어진 직후부터 일절 문 밖에도 나가지 않는 폐인 생활을 며칠째 계속하고 있었다. 그녀의 머리는 스트레스를 너무 받아서 그런지 매일같이 한 움큼씩 빠져나가 보기 흉한 상태가 되었다. 얼굴은 영양섭취가 제대로 되지 않아 양쪽 볼 끝이 광대뼈가 보일 정도로 쏙 들어갔다. 게다가 그녀의 입술은 마치 시체처럼 옅은 푸른색을 띠고 있었고 입 주변에는 먹다 남은 안주 찌꺼기가 살짝 붙어있었다. 미소는 이런 자신의 몸 상태를 전혀 신경 쓰지 않고 하루 세끼를 꼬박 소주만 마시면서 겨우겨우 목숨을 연명하고 있었다.

  그녀의 아버지는 상상할 수조차 없는 고통을 겪고 있는 딸의 모습을 볼 때마다 심장이 잘려나가는 아픔을 느꼈지만, 어떻게 해야 이 사태를 수습할 수 있을지 도무지 감이 오지 않았다. 아침마다 정성스럽게 차려준 밥상을 매번 거절하는 미소를 볼 때마다 마음속으로 눈물을 흘렸고 차라리 그가 딸의 삶의 문제를 대신 짊어졌으면 했다. 그는 이유야 어쨌든 간에 어렸을 때부터 금이야 옥이야 키운 사랑스러운 딸이 처참하게 망가지는 모습을 보고 싶지 않았다. 현실을 냉정하게 분석해 볼 때 아버지로서 해 줄 수 있는 건 미소가 용기를 갖고 다시 일어설 때까지 기다리는 것뿐이었다. 그렇기에 그의 무력감도 그 끝을 알 수 없을 정도로 깊어만 갔다.

불과 며칠 전까지만 해도 이 정도까지는 아니었는데 도대체 애인으로부터 무슨 말을 들었기에 사랑스러운 딸이 저토록 고통스러워하는지 궁금했다. 구체적인 사연을 정확하게 알 방법이 없어 답답한 마음에 베란디에서 연신 담배만 피워댔다. 그의 속은 새까맣게 타 들어 가고 있었다.

미소에게는 이 세상에서 단 한 명밖에 없는 아버지였기에, 그는 딸을 그 누구보다 진심으로 걱정하고 있었다. 이런 아버지의 마음을 모르는지 미소는 5평 남짓한 조그만 방에서 갇혀 지내는 생활을 시작한 직후부터 눈만 뜨면 소주를 마시고 눈물을 폭포수처럼 쏟아붓는 생활을 지속하고 있었다. 물론, 이런 행동이 잘못되었다는 것은 잘 알고 있었다. 올바른 사고방식을 지니고 있었기 때문에 이 상황을 중단시켜야 한다는 것을 하루에도 수십 번씩 생각했다. 하지만 그것은 생각만으로 그쳤고, 그녀에게 더 많은 혼란을 주었다.

비록 술이 나쁘더라도 술이 몸속에 스며드는 순간만큼은 현실의 고통을 순간적으로 잊을 수 있어서 좋았다. '피할 수 없는 고통은 즐겨라.'라는 옛 명언을 잘 알고 있지만, 그녀는 실연의 아픔을 딛고 다시 일어설 정도로 정신적으로 강하지 않았다.

주상은 미소한테 공언한 대로 자신의 홈페이지에서 그녀에 관한 모든 흔적을 지워버리고 일촌 관계까지 정리했다. 하지만 그것이 끝이 아니었다. 그는 미소한테 말 한대로 자신의 새 애인 미란과 찍은 데이트 사진을 여기저기에 올려놓았다. 삼엘전자에 입사한 직후 일 하느라고 너무 바빠서 미소하고도 자주 만나지도 않았던 주상이었지만 미란하고는 시간이 많았는지 전국 방방곡곡의 아름다운 풍경을 소재로 한 수많은 사진을 모두가 볼 수 있도록 공개해 놓았다. 게다가 그의 홈페이지에 버젓이 걸린 사진은 3년간 미소하고 찍었던 사진보다 질 뿐만 아니라 양적으로도 훨씬 많았다. 미소는 배신감에 치를 떨어야 했다. 그녀는 여전히 홈페이지 사진첩에 주상과의 추억을 고스란히 간직해 놓으면서 지난날의 시간을 소중하게 생각하고 있었다.

그녀는 주상의 홈페이지를 볼 때마다 소주를 마시는 양은 더욱 늘었으며 그럴수록 더 우울해졌다.

'내가 왜 이러는 거지. 이런다고 그가 돌아오는 것이 아닌데.'

미소는 능력이 부족해서 버림받은 자신의 현실을 인정하고 싶지 않았지만, 주위에 둘러싸인 그녀의 현실은 아주 냉정하기만 했다.

미소는 변변한 직장도 없었고 부자가 아닌 데다가 남자들이 첫눈에 반할 화려한 외모의 소유자도 아니었다. 게다가 마음씨 곱고 성실한 여성인 것을 제외하면 정글의 법칙이 지배하는 사회에서 아무런 경쟁력이 없었다. 그녀는 지금 당장에라도 혜연이처럼 공무원 시험 준비를 하고 싶은 마음이 간절했다. 하지만 이것이 현실도피라는 것을 잘 알고 있었다.

미소는 집안 환경 및 자신의 적성을 충분히 고려해 마케팅 업무에

종사하는 게 더 낫다고 이미 오래전에 판단을 내렸다. 그러나 시간이 갈수록 현실의 장벽이 너무 높다는 걸 느끼자 그녀는 마음이 약해지면서 어디론가 숨고 싶었다. 공무원 시험이 어렵다는 걸 잘 알고 있었지만, 그래도 무언가를 준비하고 있다는 생각이 들면 마음의 위로를 받을 수 있을 거라고 생각했기 때문에 진로 변경을 고민했다. 하지만 현실은 그녀를 만족시키지 못하고 모든 것이 암울하게만 느껴져서 아무것도 할 수 없을 것 같다는 생각이 머릿속에 꽉 들어찼다. 자신도 모르는 사이에 점점 부정적인 인간으로 변해가고 있었다.

계속해서 황폐해져 가는 자신의 모습을 통제하지 못하자 꿈속에서 한강 물과 그 위에 놓여있는 다리의 모습이 눈앞에서 아른거렸다. 한강 다리 위에서 떨어지는 사람들이 이해가 안 됐는데, 이제는 그들의 심정을 알 것 같았다. 그녀는 희망을 잃어가고 있었다. 대학 신입생 시절에 가졌던 청운의 꿈, 돈을 많이 벌어서 멋진 커리어 우먼으로 살고 싶다는 욕망은 이미 쓰레기통에 버려진 지 오래였다. 게다가 자신이 진심으로 사랑했던 애인한테는 능력이 없다고 버림까지 받았으니 매일 밤 다음날 자신이 일어나지 못했으면 좋겠다는 생각을 했다.

'이대로 그냥 잠들어 버리면 이 모든 고통을 잊어버릴 수 있을 텐데.'

미소는 밤새도록 괴로움에 신음하다가 겨우 잠들었다.

16

　　호수는 김 교수의 메시지를 전달하기 위해 며칠 동안 미소한테 수없이 연락했다. 그러나 미소 핸드폰의 전원은 늘 꺼진 상태여서, 전화 통화를 할 수 없었다. 문자 및 음성메시지에도 아무런 응답이 없자 걱정이 이만저만이 아니었다.

　　'김 교수님이 말한 그대로네.'

　　호수는 미소와 연락할 방법을 곰곰이 찾다가 고심 끝에 학과사무실로 찾아갔다.

　　'똑똑.'

　　그가 방문을 노크하고 들어가니 사회학과 동기생이었던 이수화가 그를 반갑게 맞아 주었다.

　　"호수야, 어쩐 일로 이곳에 다 왔어?"

　　지난 몇 개월간 공무원 시험 준비에 매진하느라 학과 사무실은 단 한 번도 찾지 않았기에 수화는 진의가 궁금했다.

　　"뭐, 그냥."

　　호수는 사실대로 말하기에는 약간 쑥스러워 수화를 똑바로 응시하지 못했다.

"호수야, 방문 목적 빨리 말해!"

수화는 조교 생활을 2년째 하면서 눈치가 무척 빨라졌기 때문에 한눈에 호수의 심리를 파악했다.

"저 수화야."

호수는 그녀의 이름을 부른 후, 잠시 숨을 골랐다.

"어서 말해봐."

수화가 재촉했다.

"미소의 집 주소와 자택 전화번호 좀 가르쳐 주면 안 될까?"

호수가 힘들게 부탁했다. 하지만 수화는 호수의 말이 끝나기 무섭게 그의 오른쪽 어깨 위를 손으로 세게 치면서 말했다.

"아니, 그거 물어보는데 왜 이렇게 떨면서 부탁해? 내가 잡아먹을까 봐?"

수화가 농담조로 말했지만, 호수의 표정에는 여유가 없어 보였다. 수화는 그의 이런 모습을 보면서 호수의 진심이 무엇인지 알 수 있었다.

'미소를 사랑하는구나.'

수화는 호수의 마음을 단번에 알아차렸지만, 전혀 내색하지 않고 미소의 신상정보를 컴퓨터에서 뽑아 그에게 건네주면서 말했다.

"미소한테 힘내라고 해."

수화는 학과 사무실에 있었기 때문에 그녀가 현재 미취업 상태라는 걸 잘 알고 있었다.

"신경 써줘서 고마워."

호수는 여전히 수화를 똑바로 응시하지 못했지만, 그녀는 여유가 넘쳐흘렀다.

"언제든지 필요한 정보가 있으면 전화해."

수화는 이렇게 말한 후, 자신의 핸드폰 번호를 호수에게 가르쳐 주었다.

"정말 고마워, 수화야."

"뭘 그런 것 갖고. 어서 미소한테 가봐."

수화의 배려 섞인 말투에 호수는 기분 좋게 사무실에서 나왔다. 수화한테 넘겨받은 주소로 미소의 집을 향해 가고 있었다. 그녀는 학교에서 제법 멀리 떨어진 곳에서 살고 있었지만, 호수는 이런 것을 생각할 여유가 전혀 없었다.

'미소가 제발 무사해야 할 텐데.'

미소의 안부가 너무나도 궁금했다. 하얀 눈이 수북이 쌓인 아름다운 겨울 풍경도 거리에서 신나게 뛰놀고 있는 해 맑은 아이들의 모습도 호수의 눈에는 들어오지 않았다. 오히려 이런 것들이 버스가 통행하는데 지장을 주자 호수는 눈을 선물한 하늘이 그저 원망스럽기만 했다.

'빨리 가야 하는데.'

호수의 마음은 시간이 갈수록 조급해져만 갔다. 잠시 후, 어렵게 미소의 집 앞에 도착한 호수는 떨리는 심장을 가까스로 진정시키면서 초인종을 눌렀다.

'딩동딩동.'

벨 소리가 두 번 울릴 동안 내부에서는 아무런 인기척이 없었다.

'한 번 더 눌러볼까?'

호수는 혹시 사람이 있을까 해서 초인종을 한 번 더 눌러보았지만, 결과는 역시 마찬가지였다. 하지만 호수는 여기까지 와서 그냥 돌아갈 수 없었기에 혹시나 하는 심정으로 문고리를 반시계방향으로 살짝 돌려보았다.

'아니 이게 뭐지?'

문 손잡이는 그냥 돌아갔다. 미소의 집안 문이 열려있는 것을 확인하자 호수의 심장이 무서운 속도로 뛰기 시작했다.

'이곳에 그냥 들어가도 되는 걸까?'

호수는 혹시라도 도둑취급을 받을까봐 쉽사리 집으로 들어갈 수 없었지만, 미소의 안부가 너무 궁금해서 한 번 더 세밀하게 집안 내부를 관찰하였다.

'아무도 없나 보네.'

호수는 내부에 사람이 전혀 없다는 것을 마지막으로 체크 한 후, 천천히 발걸음을 미소의 집안으로 옮겼다. 호수는 방마다 문을 열면서 미소가 있는지 확인하기 시작했다. 낯선 집인 데다가 사람 인기척도 전혀 없었기 때문에 방문을 열 때마다 정체를 알 수 없는 공포감이 엄습해 왔다. 하지만 막중한 사명감을 가지고 이곳에 온 것이었기 때문에 차근차근 집 안 내부를 일일이 확인하면서 미소의 흔적을 찾으려고 노력했다.

'미소는 이런 내 마음을 알기나 할까?'

그는 자신의 진심을 미소가 알아주기를 기대하는 것 같았다.

현관 바로 옆에 붙어있는 방을 제외한 나머지 방들을 확인하며 혹시나 하는 기대감이 절망감으로 바뀌어갔다. 그래도 호수는 마지막 하나 남은 방에 모든 희망을 걸어보기로 하고 서서히 발걸음을 그쪽으로 옮겼다.

'저 방에 미소가 있을까?'

그는 설렘 반 두려움 반으로 조금씩 발걸음을 재촉했고 드디어 문 앞에 이르렀을 때 어디서 많이 맡아본 듯한 역겨운 냄새가 진동했다.

'이거 소주 냄새 같은데?'

순간 호수는 멈칫했고 좀 더 주의 깊게 냄새를 맡은 후 자신도 모르게 큰소리로 외쳤다.

"이 방에서 소주 냄새가 나는 게 분명해."

호수는 소주 냄새가 현관 바로 옆방에서 나는 것을 확신한 후, 본능적으로 방문을 확 열어 재꼈다.

'아니, 어떻게 이런 일이.'

호수가 방안의 모습을 확인했을 때 그 내부에는 미소가 다 마신 후 옆에 쌓아놓은 소주병이 여기저기 굴러다니고 있었으며 그녀가 먹다가 남긴 안주는 더운 공기 속에서 부패하여 방 안의 공기를 역한 냄새가 나도록 만들어 놓았다. 게다가 미소는 며칠 동안 전혀 씻지 않았는지 얼굴 상태가 말이 아니었고 입에서는 술 냄새가 진하게 풍겨 나와 호수의 가슴을 한없이 아프게 만들었다.

'순수하고 여성스러웠던 미소가 어쩌다 이렇게 되었는지.'

호수는 미소의 얼굴을 만지면서 갑자기 알 수 없는 서글픔이 물밀듯 밀려왔다.

"미소야, 어서 일어나 어서."

호수의 눈물이 미소의 얼굴에 떨어졌다. 그녀를 깨우려고 했지만, 어찌 된 영문인지 미소는 꼼짝도 하지 않았다.

"미소야, 선배가 좋은 소식 들고 왔어. 일어나!"

호수는 조금 전보다 디 강하게 미소를 흔들었지만, 그녀는 시체처럼 아무런 미동도 없었다. 게다가 미소의 입에서 정체를 알 수 없는 하얀 이물질이 흘러나오기 시작했다. 그는 사태가 심상치 않음을 느꼈다. 호수는 이제는 지체하지 않고 119에 전화를 걸어 응급차를 불렀다. 그런 후, 책상에 붙어있던 미소의 아버지 일터에도 전화를 걸어 자초지종을 설명했다.

태어나서 처음으로 구급차에 몸을 실은 호수는 병원으로 가는 도중, 미소에게 아무런 일이 발생하지 않기를 수백 번도 더 넘게 기도하였다. 그는 의식불명 된 미소의 손을 꼭 잡으면서 빨리 병원에 도착하길 간절히 소망했다. 호수에게는 구급차 안에서의 20분이 20년처럼 아주 길게 느껴졌다.

17

"우리 딸 어떻게 됐나요?"

호수로부터 급히 연락을 받고 한걸음에 달려온 한성구는 미소 옆에서 진찰하고 있는 의사 선생님을 붙잡고 애걸하듯 딸의 안부를 물었다.

"혹시 한미소 씨 보호자 되십니까?"

한성구의 속 타는 심정과는 상관없이 담당 의사는 침착하게 물었다.

"네, 그렇습니다만."

"정말 다행입니다. 처음에는 젊은 여성이 입에 이물질을 흘리면서 병원으로 실려 와 큰 병인 줄 알고 걱정했는데, 자세히 진찰해보니 현재 한미소 씨는 영양결핍 및 지나친 음주로 인해 일시적으로 실신한 상태입니다."

"그럼 곧 좋아질 거라는 말씀이십니까?"

한성구가 물었다.

"물론입니다. 환자의 빠른 회복을 위해 충분한 영양제를 투여했으니 한 5시간 후면 정신을 차릴 수 있을 것입니다."

"선생님, 며칠 정도 입원하면 되겠습니까?"

한성구는 추가로 궁금한 사항에 관해서 물어보았다.

"한 일주일 후면 퇴원이 가능할 것 같으니 너무 걱정하지 마시고 앞으로는 스트레스 덜 받게 신경 좀 써주시길 바랍니다."

담당 의사는 자신의 소견을 밝혔다.

"선생님, 정말 고맙습니다. 제 딸을 살려주셔서."

"아닙니다. 저는 제 할 일을 했을 뿐입니다."

한성구는 담당 의사의 겸손한 말투와 세밀한 관심이 고마워, 그에게 고개를 숙이며 감사함을 표시했다. 그러자 담당 의사도 연장자에 대한 예의를 갖추기 위해 목례로 답례한 후 다른 환자를 진찰하러 갔다.

한성구는 미소의 손을 꼭 붙잡고 자신을 책망하기 시작했다. 자신이 좀 더 세심하게 신경을 써서 강제로라도 밥도 먹게 하고 술을 못먹게 했으면 이런 일이 발생하지 않았을 거라고 생각하며 뒤늦은 후회를 시작했다. 이미 엎질러진 물이었기에 되돌릴 수는 없었다. 비록 미소가 나약한 모습으로 망가지기는 했지만, 바다와 같이 넓고 따뜻한 마음으로 자기 자식을 감싸고 싶어 했다. 세상 사람 모두 다 미소한테 손가락질하여도 자신만큼은 딸의 편이 되어줘야 한다고 생각했다. 그는 이 시대의 아버지였다.

부유한 가정에서 키우지는 못했지만, 현재 앞이 보이지 않는 어두운 터널을 지나고 있는 미소한테 희망의 불빛이 돼 줄 수 있을 거라고 생각했다. 인간의 의지는 생각보다 강하지 않기에 항상 굳게 마음먹었더라도 힘든 일이 생기면 바로 주저앉고 싶은 마음이 생기는 것이 사람의 심리라는 걸 그는 잘 알고 있었다. 미소도 지금 그냥 그런 상태에 있다는 것이라고 생각했다.

마음이 어느 정도 정리가 되니 자신의 딸을 이곳까지 데려온 호수가 눈에 들어오기 시작했다. 사실 입원실에 들어오자마자 그를 알아보고 고마움을 표시했어야 했는데 딸이 쓰러졌다는 소식만 듣고 정신이 하나도 없어서 미처 알아보지 못한 것이었다.

"내가 자네를 너무 늦게 알아봐서 정말 미안하네. 내 딸은 살려준 은인인데 말이야."

한성구는 자신의 실수에 대해서 겸연쩍어했다.

"아닙니다, 미소 아버지. 제가 미소 학교 선배인데 당연히 그 정도는 해야죠."

호수는 공손하게 대답했다.

"그런데 말이야, 이건 약간 실례가 될 수 있는 질문일 것 같기는 한데 좀 물어봐도 괜찮겠나? 내가 너무 궁금해서 말이야."

"네. 저는 어떤 것도 상관없습니다."

호수가 당당하게 말하자 그도 조금 안심이 되는 듯 편안하게 질문했다.

"자네, 한 번도 우리 집에 온 적이 없는 것 같은데 무슨 일로 왔는지 좀 말해 수 있겠나?"

한성구의 물음에 호수는 명확하게 답변했다.

"미소를 찾아온 이유는 저희 과 김명국 교수님이 미소한테 입사추천서를 써 주려고 했는데 어찌 된 영문인지 며칠 동안 연락이 안 돼서였습니다. 핸드폰도 꺼져있고 개인홈페이지도 전혀 하지 않아서 갑자기 불길한 예감이 들었습니다. 그래서 하루라도 빨리 담당 교수님의 메시지를 전달하려고 다급한 마음에 집 주소를 학과사무실에서 알아낸 후 여기까지 찾아왔던 겁니다."

"그런 일이 있었구먼."

"혹시 더 궁금하신 사항이 있으신가요?"

호수는 조심스럽게 물었다.

"내가 뭐 더 궁금한 게 있겠나? 딸을 살려준 은인한테."

"과찬의 말씀이십니다."

"우리 여기서 이러지 말고 미소가 깨어날 때까지 고깃집에 허기 좀 달래러 가지. 내가 아주 화끈하게 쏠 테니깐."

긴장이 풀렸는지 호수의 말끝에는 힘이 실려 있었다.

"감사합니다, 미소 아버님."

호수는 미소의 아버지가 거하게 음식 대접을 해 준다는 말에 기분이 아주 좋았다. 사랑하는 후배를 위해 좋은 일도 하고 게다가 그녀의 아버지로부터 인정도 받으니 이보다 더 좋을 수 없는 상황이었다.

18

　　미소가 쓰러졌다는 연락을 받고 하던 공부를 멈추고 즉각 병원으로 달려온 한성호는 여동생의 병실 앞에서 말없이 눈물을 흘리고 있었다. 한국 최고의 대학인 민국대 법학과를 졸업하고도 아직 사법고시에 합격하지 못해 신림동 고시촌에서 생활하고 있었던 그는 자신의 무능력 때문에 이런 일이 생긴 것 같아 가슴이 아팠다. 어려서부터 어엿한 숙녀가 된 지금까지 미소는 항상 배려가 많고 착실한 동생이었다. 공부는 잘했지만 늘 교만했던 자신한테 단 한 번도 짜증 내지 않고 웃음으로 받아줬다. 그는 직접 표현을 한 적은 없지만, 마음속으로는 늘 고마웠다. 그런데 지금 자신이 그토록 아끼던 여동생이 실연의 충격으로 알코올 중독과 영양실조에 걸려 링거 주사를 맞고 있는 모습을 보자, 미소와 3년 동안 사귀었던 고등학교 동기 윤주상에 대한 증오가 불꽃처럼 솟아오르기 시작했다.

　　윤주상은 고등학교 시절 자신보다 공부는 조금 못했지만, 천성적으로 머리가 비상하고 인정이 많아서 주변에 늘 친구가 많았다. 그런 그가 동생과 사귄다는 얘기를 듣고 누구보다도 기뻐했고 두 사람의 앞날을 진심으로 축복해주었다. 하지만 3년이 지난 후 돌아온 것은 주상의 배신뿐이었다.

사실 한성호는 며칠 전 주상의 홈페이지 사진첩을 보고 동생이 실연당했다는 것을 알았다. 처음 그 사실을 접했을 때 그는 끓어오르는 분노를 참을 수 없었다. 성격 좋고 여성스러운 동생 미소가 버림받은 이유를 도저히 알 수 없었다. 게다가 주상이도 몇 달 전 함께 한 술자리에서 미소 같은 여자 찾기 쉽지 않다고 인정했었기 때문에, 한성호는 진짜 이유를 알고 싶었다. 그러나 미소가 가뜩이나 심란한 상태에서 잘못 나섰다가는 일이 더 커질게 될 것 같다는 생각이 들어 할 수 없이 고시원 한구석에서 울적한 기분을 달랬다. 미소가 심리적으로 더 큰 고통을 받을까 봐 겨우겨우 기분을 통제하고 있었는데, 병원에서 창백한 얼굴로 누워있는 여동생을 보니 이제 자신이 직접 나서야 할 때라고 생각했다. 그는 간절한 마음으로 동생의 손을 잡고 빠른 쾌유를 빌고 있었다.

한성호가 서서히 기다림에 지쳐가고 있을 때쯤, 미소는 의식을 회복하려는지 온몸을 부르르 떨었다. 미소의 미세한 움직임을 알아차린 한성호는 자신도 모르게 손을 번쩍 들면서 말했다.

'미소가 드디어 깨어났구나.'

대학 합격 이후 최고의 카타르시스를 느끼는 것 같은 좋은 기분이 들었다.

"오빠, 언제 왔어?"

오랜 시간 동안 누워있던 미소가 이제는 정신을 차린 듯 물끄러미 그를 쳐다보면서 물었다.

"한 3시간 됐지. 근데 넌 정말 괜찮은 거야?"

"보시다시피."

미소는 어색한 웃음을 지으면서 말했다.

"내가 보기엔 아닌 것 같은데? 얼굴도 창백하고 아직도 술 냄새가 몸에 배어 있으니 병원에 좀 더 있는 게 좋을 것 같아."

한성호는 미소가 의식을 차려서 다행이라고 생각했지만, 여전히 동생이 걱정됐다.

"오빠, 난 정말 괜찮으니깐 어서 가서 공부해야지. 1차 시험이 얼마 안 남았잖아."

한성호는 작년에 2차 시험에 떨어져서 다시 1차 시험을 치러야 하는 상황이었지만 지금은 동생 곁에 있고 싶었다.

"미소야, 오빠를 걱정해줘서 정말 고맙지만 난 시험 못지않게 세상에 하나밖에 없는 내 여동생이 너무 소중하거든. 네가 병실에서 삶에 대한 고통으로 신음하고 있는데 내 머릿속에 법전의 내용이 쏙쏙 들어오겠어? 마음이 편해야 공부도 잘되는 거야."

미소는 성호의 말을 들은 후 마음이 한결 가벼워졌다. 세상의 모든 남자가 자신을 버려도 아버지와 친오빠만큼은 자신의 든든한 버팀목이 돼 줄 것 같다는 생각이 들었기 때문이었다.

'가족의 사랑은 위대하다.'

미소는 스스로 가족에 대한 정의를 내린 후 흐뭇해 했다. 교만하고 잔정이 없었던 오빠가 병원에서 정성스럽게 자신을 돌보자 행복했다. 이런 일이 두 번 다시 일어나면 안 되겠지만, 병원에 한 번 더 입원하는 것도 괜찮을 것 같다는 생각이 들 정도로 성호는 평상시와 완전히 다른 사람으로 변해있었다. 다만, 미소의 간곡한 만류에도 불구하고 성호는 주상을 반드시 만나 이별하게 된 자초지종을 들어봐야겠다고 했다. 미소는 주상을 다 이해하고 용서할 수 있으니 더 이상 만나지 않았으면 좋겠다고 했지만, 여동생의 불행 앞에 이미 그의 귀는 제 기능을 상실했다.

19

서울 소공동에 있는 삼엘전자 본사는 그 주위를 지나가는 사람은 누구든지 가던 길을 멈추고 한 번씩 구경하고 가게 만들 정도로 세련된 건물 디자인과 웅장한 규모를 가지고 있었다. 주변에 있는 다른 대기업의 빌딩은 그 자태에 압도당했다.

한성호는 자신도 마음만 먹으면 여기에 입사할 수 있다고 생각했다. 자신보다 학벌도 못하고 영어성적도 떨어지는 윤주상이 여기에 입사했기 때문에 그는 원서만 쓰면 자동으로 합격할 거라고 생각했다. 고등학교 시절부터 자신을 한 번도 이기지 못했던 주상이 삼엘전자에 입사한 것은 단순히 운이 좋아서라고 생각했다.

'별것도 아닌 게 감히 내 여동생을 차버리다니.'

주상을 기다리는 동안 자신의 처지를 곰곰이 생각해 보았다. 한국 최고의 대학에 나왔지만, 현재는 돈 한 푼 벌지 못하는 백수였다. 물론 미래를 위해 고시공부에 투자하고 있지만, 시험에 붙는다는 보장은 어디에도 없었다. 게다가 사법시험이 존치 여부에 휩싸이고 있는 데다가 로스쿨이 서서히 대세로 굳어가고 있어서 시험에 합격해도 보장되는 것은 아무것도 없는 것 같았다.

'나도 취직이나 할까?'

그는 불투명한 미래에 투자하기보다는 지금 당장 취업을 해서 돈을 버는 게 낫다는 생각이 문득 들기 시작했다. 자신이 고시공부를 더 이상 하지 않고 직장을 구하면 그 돈으로 미소가 직장을 구할 때까지 용돈도 충분히 줄 수 있는 데다가 최근에 장사가 잘 안돼서 고민 중인 아버지의 자금 사정도 개선할 수 있을 것 같았다.

그러나 성호는 지난 3년간 고시공부에 투자한 시간과 중학교 때부터 판사가 되려고 했던 꿈을 쉽사리 포기할 수 없었다. 게다가 가족들도 모두 자신과 같은 생각을 하고 있다고 생각했다. 그래서 고시원의 2평 남짓한 독방에서 하루 종일 책을 보면서 공부하는 것이 굉장히 힘든 일이었지만 마지막까지 참고 인내해서 자신이 원하는 길로 꼭 가야겠다고 생각했다.

겨울바람을 맞으며 어느 정도 생각이 정리되니 해는 완전히 지고 밤하늘의 별은 조금씩 그 본연의 모습을 보여주려 하고 있었다. 애타게 기다리던 주상이 8시가 넘었는데도 좀처럼 모습을 보이지 않자 서서히 초조해지기 시작했다. 손은 꽁꽁 얼었고 발은 너무 차가워서 한 곳에 서 있기가 힘들었다. 그래서 성호는 오늘은 그냥 가고 내일 다시 올까 생각했지만, 자신도 다가오는 사법시험 1차 시험공부에 전력을 기울여야 해서 도저히 그럴 수가 없었다.

시간은 밤 11시를 넘기고 자정을 향해 가고 있음에도 불구하고 주상은 아직 퇴근하지 않았는지 그 모습을 드러내지 않았다.

'혹시 출근 안 한거 아니야?'

성호는 주상이 미소의 입원소식을 들은 후 양심의 가책을 느껴 결근했을지도 모른다고 생각했다. 하지만 그의 이런 희망이 완전히 산산조각이 나는 데에는 그리 많은 시간이 필요하지 않았다. 성호의 핸드폰 시계가 자정을 가리킬 때쯤 주상은 자신의 애인인 오미란과 사이좋게 팔짱을 낀 상태에서 퇴근하는 모습이 그의 눈에 포착되었기 때문이었다.

'저 자식이 내 동생과 헤어진 지 며칠이나 됐다고 다른 여자랑 같이 다니는 거야.'

성호는 이미 주상의 홈페이지에서 그의 새로운 애인을 본 적 있었지만, 막상 자기 눈앞에서 너무 다정히 걸어 나오는 그들을 보니 피가 거꾸로 치솟는 느낌이 들었다. 눈은 이글거렸고 주먹은 꽉 쥔 상태였다. 금방이라도 달려가 주상의 면상에 주먹을 날리고 싶었지만, 이성으로 자신을 꼭 제어하고 있었다.

'참아야 한다.'

성호는 스스로 다짐 하면서 주차장을 향해 가고 있던 주상 커플 뒤를 재빨리 따라붙었다.

"윤주상, 너 거기 못 서!"

성호는 주상의 바로 등 뒤에서 귀가 떨어져 나갈 정도로 크게 말했다.

'대체 누구야, 내 이름을 함부로 부르는 놈이.'

주상은 짜증이 밀려왔지만, 자신을 부른 사람이 궁금하기는 해서 뒤돌아봤다.

"오! 이게 누구야. 성한고 35회 수석 졸업생 한성호구먼."

주상은 목에 힘을 잔뜩 주며 거들먹거렸고, 왠지 모르게 성호가 반가웠다.

'저 개자식이 죽으려고 환장했나.'

성호는 비아냥거리는 그의 말투에 화가 나 태어나서 처음으로 살인 충동을 느꼈다. 하지만 겉으로는 아닌 척하면서 침착하게 말했다.

"나 좀 잠깐 보지."

성호의 말을 들은 후, 주상은 어이없다는 투로 대답했다.

"성호야 오래간만에 나를 찾아줘서 고맙긴 한데, 나 지금 무척 피곤하거든. 1,000억이 투자되는 초대형 프로젝트를 기획하느라 힘이 하나도 없으니 이번 주말에 만나서 얘기하자."

성호의 제안을 딱 잘라 거절한 후 주상은 자신의 차에 탑승하려 했다. 그 순간 성호는 눈에 힘을 꽉 준 채 주상의 오른팔을 잡았다.

"회사 앞에서 개망신당할래 아니면 나하고 잠깐 얘기할래."

사실상 협박이었다.

"오늘 꼭 말해야겠냐?"

성호는 말없이 고개를 끄덕였고, 주상도 더 이상 어쩔 수 없다는 것을 느꼈다.

"미란아, 내가 갑자기 급한 볼일이 생겼는데 조금만 기다려줄래?"

"오빠, 저 사람 뭔데 이 늦은 시간에 와서 협박하고 그래."

미란은 매우 피곤한 상태였기 때문에 낯선 불청객이 원망스럽기만 했다.

"자세한 건 나중에 얘기하자."

주상은 애인과 급히 얘기를 끝낸 후 인적이 드문 건물 뒤로 성호
와 함께 걸어갔다.

20

"**한성호**, 오늘 무슨 일로 이 밤늦은 시간에 나를 찾아왔는지 말해봐라."

주상은 건물 뒤에 사람이 없는 것을 확인하고 먼저 말을 꺼냈다.

"그건 네가 잘 알 텐데."

"아니. 나는 정말 잘 모르겠으니 직접 말해봐."

성호는 주상이 계속 뻔뻔하게 대답하자 그동안 억눌렀던 감정이 폭발할 뻔했다. 하지만 판사가 되려고 준비하는 사람답게 침착하게 마음을 가라앉혔다.

"너 말이야…"

성호는 갑자기 심장이 떨려 잠시 호흡을 가다듬었다.

"어서 말해봐 뜸 들이지 말고."

주상이 그를 재촉하자 성호는 바로 본론으로 들어갔다.

"너 왜 내 동생을 차 버렸니?"

성호의 말을 들은 후 주상은 피식 웃으면서 말했다.

"지금 나한테 그거 항의하려고 온 거냐?"

"그래 이 자식아. 내 동생 너한테 실연당한 뒤로 알코올 중독과 영양실조에 걸렸어. 지금 병원에 입원해 있는데 너 같으면 가만있겠냐?"

순간, 성호는 너무 화가 난 나머지 주상의 멱살을 잡으면서 울분을 토했다.

"이거 놓고 얘기하자. 법조인 지망생이 법보다 주먹을 가까이하면 안 되잖아."

주상은 성호를 강하게 뿌리치며 말했다.

"어서 말해 임마. 왜 우리 미소한테 상처 준 거야."

성호는 주성을 날카롭게 째려보며 말했다.

"말 빙빙 돌리지 않고 단도직입적으로 말할 테니 잘 들어. 내가 미소하고 헤어진 이유는 직업도 없고 집안도 별 볼 일 없어서 더 이상 사귈 이유가 없어졌기 때문이야. 물론 집안환경에는 너의 무능력도 함께 포함되고."

주상은 성호를 자극했다.

"윤주상, 너 많이 컸구나. 네가 언제부터 능력이 탁월했다고 나랑 미소를 깎아내리는 거냐?"

윤주상의 말 한마디에, 성한고 수석졸업생 한성호의 자존심이 조금씩 무너져 내리고 있었다. 주상은 그것을 즐기고 있었다.

"난 적어도 너희 남매처럼 백수는 아닌 데다가, 알다시피 난 한국 최고의 기업에서 높은 연봉과 인정을 받고 있어. 미래가 불투명한 너희 남매하고는 차원이 틀리지. 안 그래?"

주상의 교만은 하늘을 찌르고도 남을 정도였지만 성호는 그냥 들고 있을 수밖에 없었다.

"불과 몇 달 전에도 미소를 진심으로 사랑한다고 죽을 때까지 함께 하고 싶다고 술자리에서 입버릇처럼 말하더니 그거 다 거짓말이었군."

"아니야. 난 그때까지만 해도 미소를 진심으로 사랑했어."

주상은 강하게 성호의 말을 반박했다.

"그럼 저 차 속에 있는 여자 때문에 내 동생 미소가 버림받은 거야?"

주상은 고개를 끄덕이면서 대답했다.

"물론이지. 현재 내 애인은 능력 있는 직장동료인 데다가 아버지가 삼엘전자에서 가장 납품을 많이 하는 유명한 중견기업 집안의 딸이야. 강남에 아파트도 4채나 있고. 벤츠도 소유하고 있지만, 사람들 이목이 있어서 회사에는 끌고 나오지 않아. 내 차로만 출퇴근하지."

주상이 자랑스럽게 자신의 애인을 소개하자 성호는 속에서 부아가 치밀었다.

"너 원래 이렇게 속물 아니었잖아?"

"아니. 난 원래부터 돈과 명예를 밝혔어. 단지 예전에는 기회가 없었던 거고, 지금은 그 기회를 잡았기 때문에 필요 없는 것들은 모조리 제거하고 있다고."

"너 정말 많이 변했구나?"

성호는 짧은 시간에 완전히 다른 사람으로 바뀐 주상의 모습에 머리가 혼란스러웠다.

"오해하지 마라. 사람은 환경의 동물이기 때문에 난 거기에 발맞춰 적응하고 있는 것뿐이라고."

주상은 불과 몇 달 남짓한 사이에 완전히 냉혈인간으로 변해버렸다. 호수와 셋이 함께한 술자리에서 미소에 관해 얘기할 때까지만 해도 일말의 양심이 남아있었지만, 지금은 인간에 대한 따뜻한 배려, 사랑, 관심 등은 모두 쓰레기통에 집어 던져버리고 오로지 자신의 이기적 욕망만 맹렬히 추구하는 인간으로 완벽하게 탈바꿈해버렸다.

"윤주상! 돈이 그렇게도 좋냐?"

"당연하지. 넌 나만큼 가난에 시달리지 않아서 내 마음을 잘 모르겠지만 말이야."

"결국, 내 동생도 인간적인 매력이 부족해서 버림받은 게 아니라 돈이 없어서구나."

"내가 여러 번 얘기했잖아."

주상은 갑자기 화를 버럭 내면서 말했다.

"알았다. 이제 모든 것을 알았으니 그만 돌아가마."

성호는 체념하듯 말했지만, 주상의 콤플렉스 표출은 아직 끝나지 않은 것 같았다.

"한성호, 돌아가기 전에 내가 한마디 충고하지."

그는 비열한 웃음을 지으면서 성호를 강하게 주시했다.

"말해."

"너도 정신 차리고 돈 많이 벌어. 하나밖에 없는 여동생 비참하게 만들지 말고. 한국 최고 대학 나오면 뭐해. 결국, 동생이 어려울 때 전혀 힘이 돼 주지 못하는 무능력한 오빠만 되지. 안 그래?"

성호는 주상의 말을 듣고 '인생사 새옹지마'를 절실히 느꼈다. 고등학교 때부터 자신을 한 번도 이기지 못했던 친구 윤주상이 좋은 직장과 능력 있는 여자를 얻어서 자신을 처절하게 짓밟을 거라고 한 번도 생각해 본 적이 없었는데, 지금은 이 모든 것이 현실이 돼 버렸다.

그날 밤, 성호는 비참한 심징을 간신히 익누르며 병원으로 다시 돌아오던 중에 결국 화를 참지 못하고 벽에다 분노의 주먹을 세게 휘둘렀다.

'윤주상, 두고 보자. 내 오늘의 치욕은 절대 잊지 않으리라.'

그는 자신의 주먹질 때문에 피가 흘러내리고 있는 벽을 보면서 반드시 성공하겠다고 굳게 다짐했다.

21

미소는 퇴원 하루를 앞두고 자기 생각을 정리하기 시작했다. 비록 그녀는 1주일밖에 입원하지 않았지만 짧은 병원생활은 평상시 바쁘게 살아가면서 잊고 있었던 많은 것들을 다시 한 번 되돌아볼 수 있게 해 준 정말로 소중한 시간이었다. 기쁠 때나 힘들 때나 항상 헌신적인 애정을 베풀어준 가족의 사랑은 그녀의 심장을 뜨겁게 적셔주었고, 공무원 공부와 아르바이트를 하느라 하루 24시간도 부족했던 혜연은 매일같이 친구의 병문안을 와서 진정한 우정을 느끼게 해주었다.

그뿐만이 아니었다. 미소가 가장 존경했던 김명국 교수는 그녀가 자는 사이에 몰래 면회를 와서 입사추천서와 과일 한 바구니를 침대 옆에 살짝 놓고 가 미소의 가슴에 향긋한 꽃향기를 피워주었다. 게다가 도도한 금수저였던 주리는 무슨 영문인지 순수했던 대학 신입생 시절의 모습으로 다시 돌아와 있었다.

원래 미소를 가장 아꼈던 호수는 매일 저녁 시간대에 그녀가 가장 좋아하는 음식을 잔뜩 가지고 와서 일시적인 영양실조에 빠진 미소를 구출하기 위해 온갖 정성을 다하였다. 퇴원하는 마지막 저녁도 예외는 아니었다. 호수가 두 손 가득 통닭, 피자, 만두, 오렌지 등을 잔뜩 사와서 미소 앞에 펼쳐놓자 그녀는 걱정이 앞섰다.

"선배, 용돈도 많지 않으면서 자꾸 이렇게 사오면 제가 부담스러워요."

미소는 호수를 그윽한 눈으로 쳐다보면서 말했다.

"미소야, 사람이 중요하지 돈이 중요하냐? 좋아하는 음식 많이 먹고 네가 빨리 회복하면 난 그것으로 충분히 행복해."

그는 미소의 눈을 살며시 쳐다보면서 자신의 진심을 알리고자 했다.

"그래도…."

미소는 미안함에 어쩔 줄 몰라 했지만, 호수는 전혀 의식하지 않고 그녀가 가장 좋아하는 닭 다리를 건네주면서 말했다.

"미소야, 내일부터 새 삶을 살아야 하지 않겠니?"

호수는 미소가 다시 날 수 있다고 확신했다.

"맞아요, 선배. 저는 이 시간 이후로 주상 오빠 때문에 내 인생 망치는 일은 절대 하지 않을 거예요."

그는 생각지도 않았던 미소의 당당한 답변에 갑자기 기분이 좋아져, 입원실에 있는 사람이 다 들을 만큼 큰 소리로 웃었다.

'허허허.'

"선배 좋은 일 있나 봐요?"

"아니야, 그런 거 전혀 없어."

호수는 손사래를 치면서 말했지만 속으로는 쾌재를 불렀다. 그리고 미소에게 잘 해주어야겠다고 생각했다. 물론 그가 가장 존경한 학교 선배였던 주상이 마음에 좀 걸리기는 했지만, 그가 다른 여자를 선택한 것이 확실한 만큼, 아무것도 문제 될 것이 없다고 생각했다.

'미소의 행복을 위해서라면.'

호수의 애틋한 심정과는 달리 미소의 마음은 어떤 누가 오더라도 깰 수 없을 만큼 단단한 얼음장으로 변해있었다.

그 시각, 한성구는 내일 퇴원할 미소를 위해 그녀의 방을 깨끗이 청소하고 있었다. 30개가 넘는 소주병이 방바닥에 굴러다녔고 먹다 남은 안주 때문에 온 방 안은 썩은 냄새로 가득했다. 하지만 그는 딸이 무사히 돌아온다는 기쁨에 도취하여 그런 것쯤은 아무것도 아니라고 생각했다. 방안의 지저분한 쓰레기를 모두 치운 후에도 지나치다 싶을 정도로 방을 닦고 또 닦았으며, 의상실보다 더 세련되게 미소 옷가지를 가지런히 정리해 주었다. 게다가 모래 미소와 혜연과 주리가 저녁을 함께하기로 약속한 상태였기 때문에 온 방 구석구석까지 그의 손놀림은 매우 바쁘게 돌아갔다. 이 모든 상황이 그는 그저 감사할 따름이었다.

22

이틀 후, 혜연과 주리는 각자 준비한 선물을 들
고 미소의 집에 갔다. 대학 시절 가끔 놀러 가서 신나게 수다를 떤
적이 몇 번 있었지만, 오늘은 미소가 다시 탄생한 날이었기에 다른
어떤 때보다 감회가 새로웠다.

"미소 이제 정말 괜찮겠지?"

주리의 물음에 혜연은 웃으면서 답했다.

"미소는 분명히 날개를 달 수 있을 거야. 일명 미소의 날개라고 하
지."

"그건 무슨 의미야?"

주리는 혜연의 말을 이해하지 못한 듯 보였다.

"이 상자 안에 그런 게 있어."

"지금 말해 줄 수 없는 거야?"

"조금만 있으면 다 알게 돼."

"깍쟁이."

주리의 말에 혜연은 말없이 웃은 채 미소의 집으로 가는 버스에
올라탔다. 버스에서 하차한 그녀들이 미소의 집에 도착하니 미소는

평상시보다 활짝 웃으면서 반갑게 친구들을 맞이하였다.

"이렇게 와 줘서 고맙다, 우선 배고프니 밥부터 먹자."

미소는 친구들에게 숨 쉴 틈도 주지 않고 무려 5시간 동안 준비한 진수성찬을 멋지게 펼쳐 보였다.

"와! 이거 다 진짜 네가 한 거야?"

주리는 식탁에 차려진 음식을 보고 너무 놀라 입을 다물지 못했다.

"이걸 언제 다 만든 거야?"

궁금한 건 혜연이도 마찬가지였다.

"사랑스러운 내 친구들을 위해 평소에 갈고닦았던 실력 좀 발휘했지."

친구들이 좋아하는 모습을 보자 미소는 몹시 흐뭇했다.

"언제까지 쳐다만 볼 거야? 배고파 죽겠는데 어서 먹자고."

주리는 굶주린 배를 채우기 위해 친구들을 재촉했다.

"그럼 우리 먹으면서 얘기할까?"

"좋지."

혜연의 제안에 미소와 주리는 동시에 대답했다.

그녀들은 오래간만에 같이 식사하면서 형언할 수 없는 즐거움을 느끼고 있었다. 하루하루가 매우 치열한 전쟁터인 현실 속에서 서로를 이해해주는 친구들과 하는 맛깔스러운 식사는 세상 그 무엇과도 바꿀 수 없는 소중한 순간이었다. 친구를 위해 정성을 다해서 음식을 준비한 미소와 그것을 세상에서 가장 맛있게 먹는 친구들의 얼굴에는 행복함이 묻어났다.

식사가 끝난 후에 커피를 마시면서 그동안 하지 못했던 얘기를 나눴다. 예전 같았으면 1주일에 2~3번 정도 만나서 세상 살아가는 이야기를 했겠지만 지금 시점에서는 꿈같은 이야기가 되고 말았다. 공무원 시험 준비하느라 노량진에서 살다시피 하는 혜연과 바쁘기로 유명한 바로통신에 입사한 이후 야근을 밥 먹듯이 하는 주리는 옷은 화려했지만, 마음의 여유가 사라져 얼굴이 조금씩 야위어가고 있었다.

"우리 그동안 시간 내기 참 힘들었지?"

미소의 말에 혜연이 웃으면서 대답했다.

"나랑 미소는 저번에 남산타워에서 보기는 했지만 이렇게 3인방이 다 모여서 커피 마시는 것은 정말 오래간만인 것 같은데."

"뭐야? 나만 빼고 둘이 만난 적이 있단 말이야?"

혜연의 말을 듣고 주리는 발끈했다.

"네가 워낙 바빠서 부르기가 좀 그렇더라고."

혜연은 굉장히 미안해했다.

"다음번엔 절대 잊어먹지 않을 테니깐 시간 없다고만 말하지 마. 알았지?"

미소의 말 한마디에 주리의 오해는 눈 녹듯 사라졌다.

"미소야! 넌 언제부터 다시 취업 준비 할 거니?"

혜연이 현실적인 문제로 화제를 변경하자 갑자기 미소와 주리의 눈이 반짝거리기 시작했다.

"내일부터 바로 시작해야지. 토익성적도 올려야 하고, 컴퓨터 관련 자격증도 준비하려고."

"프레젠테이션 연습도 많이 해야 할 걸."

미소는 주리가 말한 진심 어린 충고가 이해되지 않았다.

"왜?"

"왜긴? 네가 마케팅 직종에서 두각을 나타내고, 능력 있는 커리어 우먼이 되려면 남한테 자신이 가지고 있는 생각을 다른 사람한테 잘 전달해야 해. 그러기 위해서 프레젠테이션 능력이 월등해야 하거든."

"정말이야?"

"그럼 내가 거짓말하겠어?"

미소는 머리가 어지러웠다. 불과 한 달 전까지만 해도 교만하고 무례했던 주리가 미소가 병원에 입원한 이후로 진심을 다해 그녀를 위해주고 있었다.

'무엇이 그녀를 변하게 하였을까?'

이유는 잘 모르겠지만 어쨌든 좋은 성격으로 변해서, 지난 3년간 머릿속을 파고든 좋지 않은 기억들이 조금씩 사라져 가고 있었다.

"주리야, 충고 고마워. 파워포인트 능력도 최상급으로 끌어 올려야 겠어."

미소는 다시 꿈을 향해 날아야겠다는 생각에 무엇이든 할 생각이 었고 친구들은 그런 미소의 모습에 조금 안심이 되었다.

"미소야! 김명국 교수님이 추천해 준 대한푸드 면접 갈 거야?"

"응, 가려고. 사실 몸 상태가 좋지 않아서 조금 망설였지만, 교수님 이 추천해 준 업체고 나도 취직이 급하니깐 일단 한 번 가보려고."

"잘 생각했어."

주리가 맞장구를 쳤다.

"그럼 미소야. 면접 갈 때 이거 목에 걸고 가라."

혜연은 자신이 준비해 온 특별한 선물을 미소 앞에 내놓았다.

"아니 웬 목걸이?"

미소는 예상하지 못했던 선물에 약간 당황스러웠다.

"미소야. 이 동그란 원 속에 쓰어 있는 글씨를 한 번 읽어봐."

혜연은 손가락으로 미소가 읽어야 할 곳을 가리켰다.

"THE WINGS OF MISO. 미소의 날개?"

미소는 한 글자 한 글자 소리 내어 읽고 난 후 머리를 긁적이면서
말했다.

"혜연아, 이거 도대체 무슨 의미인지 잘 모르겠다."

"말 그대로야, 미소의 날개지."

"혜연아! 나도 무슨 소리인지 잘 모르겠어. 좀 자세하게 설명해
봐."

혜연의 입가에는 웃음이 가득해졌다.

"THE WINGS OF MISO. 즉, 미소의 날개란? 미소가 아무리 절망
적인 상황에 처해 있어도 희망을 잃지 않고 다시 날아 꿈을 향해 힘
차게 뛰어간다는 얘기야. 물론 MISO는 미소의 이름을 영문으로 표
기한 거고. 어때 이해가 돼?"

혜연의 설명을 듣고 미소는 감동을 받아 말을 잇지 못했다. 혜연
이가 삶의 문제로 심각한 고통을 받았을 때 자신이 위로해 준 적은

있지만, 지금은 자신이 위로를 받고 있으니 어쩐지 기분이 조금 묘했다. 하지만 그 사연이 어떻든 혜연이 같은 멋진 친구를 보내주신 신께 그저 감사했다.

"혜연아, 이 소중한 목걸이 항상 차고 다닐게. 삶이 너무 힘들어서 포기하고 싶을 때마다 이걸 보면서 힘을 낼게. 고마워."

미소의 어조는 격양되었다. 주리도 이 분위기에 편승하려는 듯 백화점에서 파는 고가의 화장품 선물세트를 그녀 앞에 내놓았다.

"주리야! 이게 뭐야?"

미소는 연거푸 이어지는 선물 공세에 정신이 나간 듯 보였다.

"뭐긴? 백화점에서 파는 명품화장품이지."

주리가 목에 힘을 주며 말하자 미소는 의아해했다.

"이 비싼 화장품을 나한테 줘도 되는 거야?"

"너 그만한 가치가 있는 멋진 친구니깐 거절하지 말고 받아."

주리는 자신이 동기들한테 환영받지 못할 때 항상 따뜻한 마음으로 받아준 미소가 고마웠기 때문에 이 정도 선물은 전혀 아깝지 않다고 생각했다. 미소는 평소에 받고 싶었던 선물을 받아서 기분은 좋았지만, 가격 때문에 조금 부담스러워 망설였다. 주리는 그것을 알아차리고 계속해서 받으라고 권유했다.

"대한푸드 면접 볼 때 한 번 써봐."

"그래 미소야, 너도 이제 순수한 이미지를 약간 변화시킬 때가 왔어!"

혜연도 옆에서 주리를 거들었다.

"내가 이런 비싼 선물을 받아도 되나 몰라?"

미소는 로드샵에서 파는 저렴한 화장품을 주로 사용해왔기 때문에 명품에 대한 막연한 두려움이 남아있었다. 하지만 계속되는 권유에 마음이 흔들렸다.

"이 화장품으로 너를 잘 가꾸면 사람들이 너를 바라보는 시선이 달라질 거야."

주리는 미소를 계속해서 설득했다.

"정말 그럴까?"

미소가 반문하자 주리는 더 구체적으로 자기 생각을 말해주었다.

"명품화장품을 사용했다고 해서 사람들이 쉽게 알아보지는 못해. 하지만 스스로를 가치 있게 생각하게 되면서 은연중에 얼굴에 자신감이 드러나게 돼. 이런 과정을 통해서 아름다워지는 거지. 결론적으로 내가 이 선물을 주는 의미는 너는 정말 소중한 사람이라는 인식을 심어주기 위해서야. 미소야 넌 가치 있는 여자라고."

"정말 그렇게 생각해?"

"물론이지."

주리는 고개를 끄덕이면서 엄지손가락을 높이 치켜세웠고 미소는 친구들이 연이어 주는 감동적인 선물에 목이 메, 오랫동안 아무런 말을 할 수 없었다.

23

한국 건강식품 판매회사 부동의 1위인 대한푸드는 'Stunner'라는 브랜드를 앞세워 연일 시장을 확대하고 있었다. 특히 2008년 이후 불기 시작한 웰빙 열풍에 힘입어 회사는 매년 30%씩 고속 성장하고 있어 능력 있는 인재가 많이 필요했다. 대한푸드는 지원자 폭주로 인해 온라인 공채로 사람 뽑는 걸 매우 싫어했고 자신들이 잘 알고 있는 인맥을 통해서 직원을 뽑는 것을 선호하고 있었다.

미소가 면접 보게 될 마케팅 직원 채용도 이 기준에서 예외는 아니었다. 하지만 대한푸드 구창환 인사부장은 다른 어떤 때보다 자신의 책상 앞에 놓여있는 두 장의 이력서가 훨씬 부담스럽기만 했다.

'누구를 뽑아야 한단 말인가?'

그는 자신이 가장 존경하는 선배 김명국 교수가 추천한 한미소를 뽑고 싶었다. 그녀는 관리이사가 강력히 밀고 있는 김진희 지원자보다 인상도 훨씬 좋았고 자격조건이나 자기소개서도 훨씬 괜찮았기 때문에 면접은 볼 필요도 없이 대한푸드에 적합한 인재라고 확신했다.

그러나 구 부장에게는 여우 같은 마누라와 사랑하는 딸들을 부양

해야 할 가장이라는 책임이 있었다. 그가 애지중지하는 두 딸은 아직 고등학생이었고 대학까지 무사히 마치게 해주려면 최소 7년간은 회사에 더 남아서 일을 해야만 했다. 다음 달에 있을 조직개편에서 구조 조정 당하지 않으려면 회장 사촌 동생인 관리이사의 손을 들어 줘야만 했다. 그렇지 않으면 이미 힘을 잃고 한직으로 발령 난 영업 부장과 함께 옷을 벗을 것이 분명했다.

구 부장은 '사오정'이라는 말이 더 이상 남의 얘기가 아니라 자신에게 조만간 닥쳐올 냉정한 현실이라는 것을 뼈저리게 깨달았다.

'선배한테 미안해서 어떡하지.'

가장 존경하는 김명국 교수의 부탁을 들어줄 수 없을 것 같아 너무 괴로웠다.

'선배가 추천한 사람이면 틀림없는 인재인데.'

속으로는 너무 안타까웠지만, 생존에 대한 두려움 때문에 그의 이성은 마비되어갔다.

"부장님, 점심 드시러 가야죠?"

오전 내내 두 장의 이력서를 가지고 고민하는 동안에 어느덧 점심 시간이 되었지만, 그는 이미 입맛을 잃은 지 오래여서 밥 생각이 전혀 없었다.

"너희끼리 가서 먹고 와."

그는 힘없이 대답했다.

"무슨 고민거리라도 있으세요?"

구 부장이 가장 아끼는 나 대리가 물었다.

"아니, 그런 거 없어. 속이 좀 거북해서 그래."

그가 손짓하면서 가라고 표시하자 팀원들도 더 이상 권유하지 않았다.

"알겠습니다. 부장님 저희끼리만 먹고 오겠습니다."

나 대리의 말에 구 부장은 고개를 끄덕인 후 책상 위에 놓인 이력서를 다시 보기 시작했다. 하지만 그럴수록 자꾸 담배만 생각났다.

'이것마저 없었으면 난 무슨 재미로 살았을까?'

그는 흡연구역에서 계속 줄담배를 피우면서 자신의 괴로움을 연기와 함께 날려버리고 싶었다.

24

미소는 점심을 먹은 후, 면접에 가기 위해 어제 주리가 선물로 준 명품 화장품으로 치장했다. 화장을 꾸준히 해오기는 했지만, 항상 자신의 순수한 이미지에서 크게 벗어난 적은 거의 없었다. 그러나 오늘은 이전과는 완전히 다른 커리어 우먼으로 변신하기 위해 여러 권의 여성잡지를 보면서 화장을 하고 의상을 맞추었다.

'생각보다 꽤 멋진데.'

오랜 시간을 공들여 외출 준비를 다 마친 미소는 거울 속에 비친 자신의 모습을 보면서 매우 흡족했고 좀처럼 웃음이 떠나지 않았다.

'오늘 면접은 문제없을 것 같아.'

미소는 자신감이 생겼고 이런 상태라면 그 어떤 면접도 두렵지 않을 것 같았다. 게다가 그녀의 친오빠가 태어나서 처음으로 그녀에게 예쁜 구두를 사 주었기 때문에 설레는 마음으로 면접을 보러 갈 수 있었다.

대한푸드 구부장은 접견실에 두 명의 입사지원자가 온 걸 확인한 후 더욱 깊은 고민에 빠진 듯 물끄러미 창밖을 쳐다보고 있었다. 평상시 같았으면 그가 직접 면접을 본 후 관리이사에게 승인을 받아 신입사원 선발 여부를 마무리했겠지만, 오늘만큼은 자신의 손에 피를 묻히고 싶지 않았다. 그래서 직속 부하인 김 차장과 나 대리를 불러 면접을 대신 진행하도록 명령하였다.

"부장님, 정말 저희가 해도 되겠습니까?"

김 차장은 다시 한 번 물었다.

"물론이네. 김 차장 면접 다 보고 자네들의 의견만 말해주면 되네."

구 부장은 자기 생각만 짧게 전달한 후 1층에 있는 카페로 내려갔다.

"오늘 부장님이 조금 이상한 것 같아요."

나 대리가 말에 김 차장은 그의 등을 톡톡 치면서 말했다.

"쓸데없는 생각하지 말고 우리는 어서 면접이나 진행하자, 알겠지?"

"네, 차장님."

나 대리는 김 차장과의 짧은 대화를 마친 후 두 명의 입사지원자들이 기다리고 있는 접견실로 들어갔다.

"한미소 씨, 김진희 씨, 저를 따라와 주세요."

나 대리는 대기하고 있던 두 명의 지원자를 호출해서 면접실로 인도했다.

면접실에 들어오니 미소는 긴장감이 들기 시작했다. 조금 전까지는 자신감이 충만한 상태였으나, 지금은 이 기회를 꼭 잡아야 한다는 간절한 생각에 온몸이 굳고 심장 박동 수는 점점 빨라지기 시작했다. 반면 김진희는 여유가 넘치고 매우 자신만만해 보여서 미소의 마음이 더욱 불안해졌다. 그러나 막상 면접이 시작되자, 미소는 자신감을 완전히 되찾고 면접관들이 물어보는 까다로운 질문에 조리 있고 재치 있게 대답했다. 두 명의 실무자들은 인상도 좋은 데다가 논리적으로 답변을 잘하는 미소에게 높은 점수를 주었다.

하지만 다른 입사지원자 김진희는 도대체 누가 밀어줘서 여기까지 오게 되었는지 강한 의구심이 들 정도로 마케팅 관련 배경지식이 전혀 없었으며 심지어 대한푸드가 어떤 브랜드로 시장을 장악하고 있는지도 몰라서 그들을 아연실색하게 만들었다.

'도대체 어떤 사람이 추천했길래 저토록 당당할 수 있단 말인가?'

김 차장은 그녀의 뒤를 밀어주고 있는 사람이 누구인지 굉장히 궁금했지만, 전혀 내색하지 않고 자연스럽게 면접을 마쳤다. 면접의 승패는 이미 결정되었다. 김 차장은 면접을 보면서 미소가 매우 보기 드문 마케팅 인재임을 여러 번 확인했기에 면접을 예정보다 일찍 마치면서 두 지원자에게 다음과 같이 말했다.

"오랜 시간 동안 면접을 보시느라 수고 많이 하셨습니다. 두 분께서 기다리시는 최종합격자 발표는 모레 오후쯤 통보하도록 하겠습니다. 그때까지 전화 통보를 받지 못하신 분은 우리 회사와 인연이 없는 거로 생각하고 다른 직장을 알아보시면 될 겁니다."

그는 설명을 마친 후 나 대리에게 개인당 면접비를 주도록 지시하고 자리에서 일어나 밖으로 나갔다.

"오늘 정말 수고 많이 하셨습니다."

나 대리가 두 명의 지원자들에게 면접비 3만 원씩 주면서 공손하게 인사를 하자 미소는 너무 황송했는지 그보다 더 허리를 굽혀 친절하게 자신을 대접해 준 것에 대해 답례를 했다.

면접이 끝난 후, 김 차장이 결과를 통보하기 위해 나 대리를 데리고 구 부장이 있는 1층 카페로 내려갔을 때, 그는 가게 맨 구석에서 홀로 에스프레소를 즐기는 중이었다.

"면접은 잘 끝냈나?"

구 부장이 물었다.

"네, 부장님."

김 차장이 대답했다.

"결과는?"

"한미소 씨로 하는 게 좋을 것 같습니다."

"특별한 이유라도 있나?"

김 차장은 한미소가 마케팅에 타고난 재능이 있으며 게다가 눈치도 빠르고 영민해서 대한푸드에 적합한 인재라고 역설하였지만, 예상과 달리 직속 상사의 반응이 영 신통치 않자 적잖이 당황했다.

"무슨 근거로 재능이 있는 줄 아나? 자네는 면접을 본 게 아니라 점을 본 것 같군."

면접결과를 보고받고 김 차장을 호통치자 이를 보다 못한 나 대리가 지원군으로 나섰다.

"부장님, 제 소견으로 볼 때 한미소씨는 마케팅에 해박한 지식을 갖추고 있는 데다가 유독 건강식품 분야에 관심이 많은 것 같으니

한 번 믿고 승인해 주십시오."

"자네까지 왜 이러나?"

구 부장은 평상시에 자신이 가장 아끼는 나 대리의 의견을 듣고 나서 '정말 내가 이렇게까지 관리이사의 사람을 밀어야 하나'라는 회한까지 들었다. 하지만 자신과 가족의 생계를 생각하면 선택의 도리가 없었다. 그래서 평상시에 합리적이었던 구 부장은 그 모습을 잃어버리고 감정적으로 대응했다.

"오늘 인사 문제는 내가 알아서 선택할 거니 자네들은 올라가서 일이나 보게."

그는 부하 직원들이 더는 의견을 제시할 수 없게 상당히 신경질적인 말투로 자신의 감정을 전달하였다. 사회경험이 많은 김 차장과 나 대리는 이미 부장의 심리를 충분히 알아차렸기 때문에 더는 이의를 제기하지 않고 조용히 사무실로 올라갔다.

구 부장은 부하 직원들이 나간 후, 자신이 미소를 직접 면접 보지 않은 것을 천만다행으로 생각하고 안도의 한숨을 내쉬었다. 하지만 존경하는 선배에 대한 미안함으로 커피 맛이 더욱 쓰게만 느껴졌다.

'무슨 말을 어떻게 해야 하나?'

구 부장은 미소를 뽑을 수 없다는 사실을 김 교수에게 말하기가 너무 어려워서 애꿎은 담배만 계속 피워댔다.

25

미소는 합격을 자신했던 대한푸드 입사면접에 떨어졌지만, 예전과 같이 낙담하지 않았다. 며칠 전에 겪은 쓰라린 인생 경험을 통해서 혼자서 좌절하고 슬퍼해 보았자 자신만 손해라는 걸 뼈저리게 느꼈기 때문이었다. 애인한테 버림받은 상처를 달래기 위해 잘 마시지도 못하는 술을 마셨더니 알코올 중독 증세가 나타났고, 증오심 때문에 밥을 먹지 않았더니 영양실조 증세가 일어나, 결국 병원 응급실에 실려 가야만 했던 자신의 모습을 미소는 생생히 기억하고 있었다.

'앞으로 이런 일이 두 번 다시 일어나면 안 돼.'

미소는 스스로 다짐하면서 두 주먹을 불끈 쥐었다.

병원에서 퇴원한 후, 처음으로 자신의 오랜 친구인 창밖의 별과 무언의 대화를 나눴다. 그동안 폐인 생활을 하는 바람에 온몸이 만신창이가 되고 뜨거운 심장을 잃어버린 영혼으로 살았지만, 그녀의 친구인 별이 평상시처럼 어두운 세상을 밝게 비추어 주면서 그녀를 환영해주자 미소는 순간 억울한 생각이 들었다. 별은 상처 하나 없이 반짝이고 있었기 때문이다.

'세상 사람은 그렇다 치고 별 만큼은 나처럼 상처 입을 줄 알았는데.'

미소는 일심동체라고 생각했던 8년 지기 친구 별에게 잠깐 서운한 감정이 들었지만, 곧 억지를 부리고 있다는 것을 인정했다. 쓰라린 시련을 통해서 타인은 절대 자신의 심정을 100% 이해할 수 없다는 소중한 교훈을 얻었다. 미소는 자신이 겪은 불행이나 시련은 하루하루 먹고살기 바쁜 사람에게 그 어떤 의미도 없다는 진리를 깨달았다. 물론 가족이나 그녀와 친밀한 인간관계를 맺고 있었던 사람은 예외였지만 그 밖의 모든 사람은 아무도 미소의 고통을 듣고 싶어 하지도 들을 수도 없었다. 지구 상에 있는 모든 사람은 각자의 행복을 추구하기에도 시간이 부족하다. 때문에, 자신과 관련되지 않은 일에는 관심조차 가질 수 없는 것이 현실이다.

미소는 생각이 여기까지 미치자 이전보다 마음이 훨씬 편해졌고 이제는 더 이상 슬픈 일이 발생해도 이전처럼 망가지지 않을 자신이 생겼다. 그녀의 삶에 대한 투지는 처음에는 종잇장보다 더 얇아서 쉽게 물에 젖었지만, 이제는 강철보다 더 두껍게 내적인 성장을 하기 시작했다.

26

미소는 인생의 참된 의미에 대해서 하나씩 알아갈 때마다 자신감이 조금씩 생겼다. 이전에도 이런 기분이 여러 번 들었지만 그건 외적인 요소인 자기 계발서, 명품 화장품, 예쁜 옷, 좋은 성적 등을 통해서 얻은 거였다. 하지만 지금은 자신의 자아 성찰로 인해서 얻은 깨달음의 지식이었기 때문에 그 성질은 근본적으로 달랐다.

짧은 기간 동안 정신적으로 놀라운 성장을 한 덕분에 미취업 상태에서도 졸업식에 참석할 수 있는 용기를 가질 수 있었다. 강산대 사회학과 졸업생 중에 취업하지 못한 상태에서 졸업식장에 나온 여자 학생은 미소가 유일했을 정도였다. 그녀는 대부분 사람이 자신의 취업 여부에 대해서 깊게 생각하지 않는다는 사실을 잘 알고 있었기 때문에 밝은 웃음으로 교정에 나와 동기들과 졸업사진을 찍을 수 있었다.

미소의 이런 모습 때문에 대기업에 취직한 일부 졸업 동기생조차도 그녀가 신이 내린 직장이라고 불리는 공기업에 취직한 줄 알고 축하 악수를 건네기도 했다. 그 정도로 미소는 자신의 심리상태를 서서히 본인의 의지대로 제어하고 있었다.

'인생은 내 신념만 확고하다면 뭐든 할 수 있어.'

그녀는 점점 강인해져 가는 자신의 모습이 마음에 들었다.

미소는 동기들과 헤어진 후, 아버지의 손을 잡고 강산대에서 가장 유명한 '포에버'라 불리는 소나무 앞으로 그를 데리고 갔다.

"뭐하러 여기까지 온 거니?"

한성구는 근치에 좋은 풍경도 많은데 언덕까지 올라온 것이 약간 이상하다고 생각했는지 미소에게 물었다.

"아버지, 별 뜻 없으니깐 어서 사진이나 찍어요."

미소는 서둘러 아버지에게 학사모와 가운을 입혀드리고 뒤로 돌아가 사진 찍을 준비를 하였다.

"아버지 표정이 너무 굳어 있으니 '김치' 하면서 좀 웃어보세요."

미소의 부탁에 성구는 부드럽게 웃으면서 갓난아이였던 딸이 어엿한 숙녀로 졸업하는 기쁨을 만끽했다. 사진을 찍으면서 세월은 정말 화살처럼 빨리 간다는 사실을 온몸으로 느끼고 있었다. 항상 어린 아이 같았던 미소가 어느새 대학을 졸업하고 언제나 이팔청춘인 줄 알았던 자신은 이미 이마에는 주름이 가득하고 머리에는 흰 머리가 듬성듬성 나 있었다.

'이제 미소의 결혼식만 남은 건가?'

미소가 결혼할 때까지 자신의 몸이 아프지 않고 무사히 살아있기를 간절히 기원했다.

"아버지, 무슨 생각 하세요?"

눈치 빠른 미소의 질문에 그는 웃으면서 대답했다.

"아무것도 아니야. 어서 사진이나 찍고 밥 먹으러 가자."

그는 미소에게 자신의 속마음이 들키는 걸 원하지 않았다. 미소는 사진만 빨리 찍으라는 아버지의 모습을 보면서 뭔가 이상하다고 생각했지만 특별한 날인만큼 의구심을 품지 않고 '포에버'에서 추억 만들기 위한 작업에 온 힘을 기울였다.

미소는 졸업식을 마친 후, 정말 오래간만에 나라월드 개인 홈페이지에 접속했다. 평상시 같았으면 매일 같이 들어가서 방명록을 보고 친구들과 메신저를 했겠지만, 최근에는 끝이 보이지 않는 암흑 터널을 계속 걷느라 체력이 많이 소진된 상태였다.

원래대로라면, 미소도 애인과 헤어진 후 곧장 과거의 추억이 담긴 사진들을 삭제했겠지만, 주상을 완전히 잊어버리겠다는 굳은 의지가 있었음에도 정체를 알 수 없는 일말의 미련 때문에 사진을 지우지 못했다. 그 둘 사이에 무슨 일이 발생했는지 잘 모르는 일부 일촌 친구들은 미소가 여전히 주상과 잘 지내고 있다고 생각하고 그녀의 잘난 애인을 매우 부러워하는 방명록을 남겼다. 그러나 미소는 그 사실에 얼굴이 화끈거려 급히 공개된 사진들을 삭제하기 시작했다.

'난 왜 이리 우유부단할까?'

스스로를 책망하면서 오늘 찍었던 졸업사진을 개인 홈페이지에 올려놓기로 하고 공개할 디지털 사진을 하나씩 검토하기 시작했다.

'영원한 가족사랑'

주제를 정한 후 자신이 가장 소중히 여기는 사람하고만 찍는다는 강산대 '포에버'에서 찍은 사진을 배경으로 했다. 홈페이지를 업데이트하니 바짝 쪼그라들었던 가슴이 활짝 펼쳐지는 기분이 들었다. 작업을 다 끝낸 후, 미소는 홈페이지 사진첩을 감상하면서 바늘로 살짝 찌르기만 하면 곧장 '펑' 하고 터져버리는 풍선 같은 인물은 더 이상 올리지 않기로 굳게 결심했다. 비가 오나 눈이 오나 늘 한결같은 사람만 자신만의 파라다이스로 초대하고 싶었다.

27

꽃피는 봄이 오자, 강산대는 다시 활기 넘치는
공간이 되었다. 교정은 신입생들로 북적거렸고 재학생들은 학점 취
득하기에 유리한 과목을 선점하기 위해 동분서주하고 있었다. 그리
고 미소도 상반기에 있을 대기업 공채에 대비하기 위해 토익 성적
향상에 모든 힘을 쏟아 부기로 결심했다. 하지만 도서관은 아침부터
빈자리가 거의 없어 공부하기가 쉽지 않았다.

'도대체 애네들은 몇 시에 온 거야?'

미소는 아침 9시부터 만석이 된 도서관을 보고 할 말을 잃어버렸
다. 몇 년 전부터 불어 닥치기 시작한 강산대 취업 열풍은 해가 갈
수록 그 열기가 더욱 뜨거워지고 있었다. 매스컴에서는 연일 청년실
업 대란을 보도하고, 주요 대기업의 취업경쟁률은 기본이 100:1이었
기 때문에 재학생들은 날마다 책과 씨름하며 치열한 경쟁에서 승리
하기 위한 기본 스펙들을 반드시 갖추어야 했다. 캠퍼스 내에서 취
업경쟁이 너무 뜨겁다 보니 선후배 간의 친목도 학생들의 동아리 활
동도 동기들 간의 모임도 모두 실용주의 노선을 걷게 되었다.

1980년대부터 I.M.F가 터지기 직전까지는 대학생들은 학업에 조

금 소홀히 해도 취직하는 데 전혀 문제가 없었다. 때문에, 자신이 원하는 활동을 마음껏 할 수 있는 터전이 마련되어 있었다. 그러나 I.M.F 이후 대학생들은 사상 유례가 없는 취업난을 겪으면서 취미활동이나 쓸데없는 술자리를 과감히 줄여야 했다. 그 대신 1학년 때부터 자신이 원하는 직장에 입사하기 위해 유리한 고지를 선점할 수 있는 영어공부나 전공 관련 공부를 열심히 해야 했다. 이런 현실에서 캠퍼스의 낭만이나 자유주의적 사고방식은 사치나 다름없었다. 대학생들은 먹고살기가 너무 힘들다 보니 얼굴에는 윤기가 나지 않았고 동기들 간의 우정도 예전만큼 못해서 혼자 밥 먹는 사람들이 점점 더 늘어가는 추세였다.

　미소의 사회학과 후배들은 다른 과 학생들보다 상황이 좀 더 심각했다. 최근 몇 년간 사회학과의 취업률은 바닥을 쳤고 신입생들은 입학하자마자 공무원 공부를 시작하거나, 다른 대학으로 재입학하기 위해 재수를 준비하는 학생도 꽤 있었다. 이런 현실에서 미소가 후배들을 위해 해 줄수 있는 조언은 사실상 아무것도 없었다. 강산대 캠퍼스는 겉보기에는 아름답고 웅장하기만 했지만 실제로는 학생들 사이에 총성 없는 전쟁이 매일 같이 발생하고 있었다.

　미소는 이 치열한 전투에서 승리하기 위해 자신만의 든든한 참호를 하나 만들고 싶었지만, 아침잠이 많은 관계로 새벽같이 학교에 오는 게 쉽지 않은 상황이었다. 자신감은 충만해졌지만, 이것이 잠을 줄이는 데 직접적인 영향을 주지는 않았다. 그러나 미소 곁에는 항상 보이지 않는 곳에서 소리 없이 응원해주는 호수가 있었다. 그는 미소가 취업에 실패한 후, 모든 편의시설이 한 곳에 모여 있는 학교도서관에서 취업 준비를 다시 시작할 거라는 확신이 있었기 때문에 자신이 다니던 노량진 학원을 모두 정리한 후 학교에서 공무원 시험 준비를 하기 시작했다.

평상시 꾸준히 관찰한 덕분에, 미소의 성격이나 특성을 아주 자세히 알고 있었던 그는 현재 그녀가 어떤 어려움을 겪고 있을지 손바닥 보듯 훤히 보였다. 따라서 그가 아무런 망설임도 없이 당당히 미소한테 전화를 걸어 그녀가 원하는 자리는 어디든지 맡아주겠다고 제안하자 미소는 아주 기뻐 어쩔 줄 몰라 했다.

"선배, 정말 그래 주시겠어요?"

"물론이지. 난 아침형 인간이기 때문에 내가 오면 거의 모든 좌석이 텅 빈 상태에서 날 기다리지."

그는 호탕하게 웃으면서 말했다.

"그래도 선배, 제가 신세를 너무 많이 지는 것 같아서 좀 그렇긴 한데…"

자신을 응급실로 옮겨 준 호수의 모습이 불현듯 스쳐 지나가자 더 미안해졌다.

"뭘 그런 것 갖고. 난 당연히 선배로서 할 일을 했을 뿐인데."

호수는 머리를 긁적이며 약간 쑥스러워했다.

"공 선배, 고맙기는 하지만…"

제안을 거절하려는 모습을 보이자, 그는 더욱 강력하게 미소를 설득하고 또 설득했다.

'나 이래도 되나 몰라.'

미소는 큰 짐을 하나 덜어 기쁘기는 했지만, 마음 한편으로는 찜찜한 기분이 들었다. 병원에서 일어났던 일련의 사건을 통해서 호수가 자신한테 마음이 있다는 것을 느꼈기 때문이다. 물론 호수한테 직접 듣는 것과 그냥 추측하는 것 사이에는 많은 괴리감이 있겠지만, 지금까지의 행동으로 볼 때 호수는 미소를 애인으로 만들고 싶어 하는 것이 분명했다.

'참 난감한 상황인데 어떻게 처신해야 할까?'

미소는 주상과의 비참한 기억이 머릿속에 여전히 남아있었기 때문에 예전 같았으면 웃으면서 넘어갈 수 있었던 상황을 더욱더 복잡하게 이끌어 갔다. 사랑의 진정한 의미에 대해서 너무 골똘히 생각하다 보니 그녀의 기억회로는 순식간에 과부하가 걸려서 얼굴은 조금씩 벌게졌고 숨은 조금씩 가빠졌다.

'아! 내가 도대체 왜 이러는 걸까?'

미소는 같은 과 선배인 호수를 인간적으로 좋아했기 때문에 그가 호의를 베푸는 것을 딱 잘라서 거절할 수 없었다. 하지만 필요할 때만 마음껏 이용하다가, 그가 부담스러워지면 망설임 없이 바로 정리해 버리는 냉정한 인간이 되고 싶지 않았기에 심리적 부담이 컸다.

'내가 정말 이래도 되는 걸까? 나중에 혹시 일이 잘못되면 어떡하지?'

천성이 고운 미소는 악의적인 목적으로 사람을 이용하고 싶지 않은 자신의 솔직한 마음을 다른 사람은 몰라도 하늘만큼은 제대로 알아주기를 소망했다.

"좋아요, 선배."

호수는 미소가 자신의 제안에 따르겠다는 대답을 들은 후, 하늘을 날아갈 것 같은 짜릿한 쾌감이 들었다.

'됐어, 됐다고!'

그는 내일부터 미소 옆자리에 앉아서 공부할 생각을 하니 벌써부터 가슴이 설   다. 첫사랑을 시작하는 것처럼 심장에서 달콤한 꽃향기가 피어나왔고 그의 얼굴에는 끊임없이 웃음이 흘러나와서 입이 귀에 걸리고 말았다. 그런 그를 다른 학생들이 이상한 눈으로 쳐다보았다.

'저 사람 왜 저래. 뭐 잘못 먹었나?'

지나가는 학생들이 그를 이상한 눈으로 쳐다봤지만, 그는 별로 개의치 않았다.

'그런데 미소가 취직을 빨리해버리면 어떡하지.'

기쁜 마음을 뒤로하고 현실을 냉정히 생각해보니 미소가 자신의 마음을 알아주기 전에 이 학교를 떠날까 봐 염려스러웠다. 미소를 진심으로 사랑했던 호수는 두 개의 심장을 가지고 있었다. 미소가 최대한 빨리 좋은 직장에 취직하기를 바라는 마음과 두 사람 사이에 애틋한 사랑의 감정이 생길 때까지 미소가 취직하지 못해 그의 곁에 남아있기를 바라는 마음이 바로 그것이었다. 호수 입장에서 볼 때 이 두 가지 상황 변수는 모두 진심이었기에 그는 어떤 것도 쉽게 선택할 수 없었다.

28

호수는 영어 공부에 남다른 소질을 가지고 있었다. 안정적인 직장을 갖고 싶어 7급 공무원 시험을 준비하고 있었지만, 영어 실력만 놓고 볼 때 호수는 잔뜩 거만해진 주상보다 한 수 위였다. 게다가 마케팅 동아리에서 파워포인트를 이용해서 기업들의 마케팅 전략을 발표한 적이 많았기 때문에 그는 생존경쟁 현장에 바로 투입해도 살아남을 수 있는 몇 안 되는 사회 풋내기 중의 한 명이었다. 하지만 타인 앞에서 자신을 자랑하는 성격이 아니므로 그가 어떤 수준의 사람인지 아는 사람은 드물었다. 그래서 미소도 호수가 토익 특강을 하루에 1시간씩 해준다고 했을 때 의아했다.

"공 선배, 공무원 시험 준비해야지, 날 가르칠 시간이 어디 있어요?"

미소의 질문에 호수가 웃으면서 대답했다.

"공부는 집중력과 열정의 싸움이기 때문에 너만 허락한다면 하루 1시간은 나에게 아무런 문제가 되지 않아."

자신감 있는 호수의 목소리를 들으니 미소는 그의 토익 성적이 궁금해서 견딜 수가 없었다.

"선배님. 이거 정말 죄송한 질문인데요. 선배 토익 성적 점수가 어떻게…."

미소는 약간 민망했는지 말끝을 흐렸다.

"980점. 정확히 1년 전에 취득했어."

호수는 자신의 점수를 스스로 밝힌 후 약간 쑥스러웠는지 얼굴이 붉게 상기되어 있었다.

"선배, 정말이에요?"

미소는 그의 점수를 듣자마자 놀란 표정으로 다시 한 번 되물었다.

"…."

그는 아무 말 없이 고개만 끄덕였다.

"공 선배, 이 좋은 점수를 왜 숨기고 있었어요?"

미소는 자기 PR이 대세인 시대의 흐름에 역행하는 호수가 조금 이상해 보였고 그의 진심이 알고 싶었다.

"내가 그 점수를 얘기하고 다닐 이유가 뭐가 있어. 난 어차피 공무원시험만 합격하면 되는데, 굳이 동기나 후배한테 얘기해서 어깨에 힘주고 싶지 않거든."

호수는 조용히 자기 생각을 밝혔다.

"선배는 제가 생각했던 것보다 훨씬 겸손하시고 생각이 깊으신 것 같아요."

"뭘 그런 것 갖고."

그는 미소의 칭찬에 쑥스러웠는지 오른쪽 손으로 머리를 계속 긁적였다.

"저는 토익 성적이 790점에서 2년째 오르지 않아요. 선배! 제발 점수 올리는 것 좀 도와주세요!"

미소에게 공부를 가르쳐주면 곁에 있을 수 있다는 생각에 호수의 입꼬리는 도무지 내려올 생각을 하지 않았다.

"좋아. 내가 너의 잠재력을 끌어내서 2년 동안 깊은 수렁에 빠져있는 너의 점수를 건져 줄 테니 날 믿고 따라오면 1달도 안 돼 놀라운 기적이 일어날 거야."

"공 선배, 자꾸 신세 질 일만 생겨서 정말 미안해요."

"미소야, 그런 말 하지 마. 난 네가 진심으로 좋아서 하는 일이니깐 부담가질 필요가 없어."

호수의 진심 어린 말에 순간, 미소는 가슴이 찡했다. 그는 다른 사람에게서 쉽게 찾아볼 수 없는 진실함을 가지고 있었다. 그것은 말로 들어서가 아니라 실체가 없는 파동에 의해서 직감적으로 느낄 수 있었다.

호수는 온 힘을 다해서 토익을 가르쳐 주었다. 자신만이 가지고 있었던 비법인 긴 문장에서 주어 찾는 요령, 출제자가 질문에서 함정을 파 놓았을 때 알아채는 법, 문법 문제를 효율적으로 푸는 요령, 모르는 영어단어가 나왔을 때 헤쳐나가는 방법, 듣기 문제에서 실수하지 않는 법, 전체를 통해서 부분을 이해하는 법 등 다양하게 영어 문제를 풀어나가는 기술을 거의 하나도 빼놓지 않고 전부 가르쳐 주었다.

그뿐만 아니라, 그가 특강을 해 주는 동안에 미소가 특정 부분을 이해하지 못하거나 실전 문제에서 같은 문제를 계속해서 틀리는 현상이 발견되면 그것이 해결될 때까지 가르쳐 주어서 약속 시간인 1시간이 지나서 끝나는 경우가 다반사였다.

"공 선배, 제가 이렇게 시간을 많이 뺏어도 되는 건가요?"

미소는 자신이 잘 몰랐던 지식을 하나둘씩 깨우칠 때마다 메마른 사막에서 오아시스를 발견한 것 같은 카타르시스를 느꼈다. 하지만 한편으로는 호수의 공무원 시험에 막대한 지장을 주는 것 같아 마음이 무거워졌다.

"공 선배, 내일부터는 무조건 1시간만 해요. 선배도 공부해야 하는데."

특강이 끝난 후 미소가 걱정스러운 눈빛을 보이며 말하자 호수는 웃으면서 대답했다.

"난 정말 괜찮으니깐, 미소는 토익 공부에 더욱 정진해 주었으면 좋겠어."

호수는 미소와 함께 있는 것만으로도 정말 행복했기 때문에 손해 보고 있다는 생각은 조금도 들지 않았다. 그는 특강이 길어져 그날 계획했던 학습량에 지장이 생기면 새벽 늦은 시간까지 공부해서라도 기어이 목표를 끝내고 마는 성격이었기에 미소가 걱정할 건 아무것도 없었다.

미소는 호수의 이런 헌신적인 노력에 보답하고자 매일 밤 11시까지 학교도서관에 남아 미친 듯이 토익 공부를 했다. 예전 같았으면 이해가 되지 않는 문법이나 독해는 그냥 넘어가고 포기하는 일이 다

반사였지만, 지금은 이해가 될 때까지 파고들고 또 파고들었더니 막혀있던 길이 서서히 보이기 시작했다. 지금까지 음흉한 표정을 지으면서 미소의 앞길을 빈번히 막았던 거대한 성벽들이 그녀의 폭발적인 열정에 조금씩 틈을 보이기 시작했다.

미소는 4월에 치른 토익 시험에서 드디어 850점을 맞았다. 지난 2년 동안 매달 시험을 치고 꾸준히 공부해도 좀처럼 넘기지 못했던 800점대 점수를 한 번에 크게 돌파하니 그녀는 성적표를 받고도 믿기지 않았다.

"선배! 이거 봐요!"

호수에게 점수를 공개하자 그는 멋쩍은 표정을 지으면서 말했다.

"성적이 오른 이유는 너의 기본실력이 탄탄했기 때문이지, 내가 너를 잘 가르쳐서 그런 게 아니야."

"그래도 선배, 조금 창피한 사실이긴 하지만 제 성적은 2년 동안 꿈쩍도 하지 않았는걸요."

미소는 쑥스러운 표정을 지으면서 호수에게 감사한 마음을 전달했다.

"아니야. 넌 오랜 시간 동안 공부를 해서 기본은 굉장히 탄탄했는데, 정상으로 가는 마지막 관문에서 잠시 쉬고 있었던 거야. 절대로 고지를 허락할 것 같지 않은 성벽의 철통 같은 수비를 최대한 빨리 뚫고 그것을 자신의 것으로 만들 연구를 해야 했는데, 고지가 단단해 보이자 지레 겁을 먹고 정상 밑에서 숨을 죽이고 있었던 거지. 그리고 내가 한 일이라는 건 결국 너에게 정상에 갈 수 있다는 확신을 심어주면서 숨어있던 잠재력을 다양한 방법으로 끌어낸 것뿐이야."

"표현을 굉장히 재미있게 하시네요."

"내가?"

그가 껄껄 웃으면서 화답했다.

"공 선배에게는 알 수 없는 매력이 있는 것 같아요. 뭐랄까? 굉장히 철학적이면서도 유머가 섞여 있다고 해야 하나. 원래 이 두 개는 서로 공생하기 어렵잖아요. 그런데 선배는 왠지 가능할 것 같아요."

미소의 칭찬에 호수는 얼굴이 확 달아올랐다.

"선배?"

"응?"

대답했지만, 호수는 미소의 눈에 시선을 맞추지 못하고 있었다.

"어쨌든 아주 고맙고 취직을 하는 그 날까지 앞만 보고 열심히 달릴 테니깐 앞으로도 잘 좀 부탁해요."

"물론이지, 누구 부탁인데."

호수는 미소의 활기찬 모습을 보니 기분이 아주 좋았고 세상이 자기편인 것 같아 행복했다.

29

미소는 2년 만에 크게 오른 토익 성적에 방심하지 않고 더욱더 공부에 매진했다. 취업준비에는 토익 말고도 다양하게 준비할 것이 많았으므로 그녀는 최대한 빨리 900점대를 돌파해야 했다. 자신의 목표를 이루기 위해 하루 중 잠자는 시간만 제외하고 토익 공부에 온종일 매달렸다. 호수와 밥을 먹을 때도 커피를 마시면서 잠깐 수다를 떨 때도 지하철을 타고 집에 갈 때도 자신이 종이에 적어 놓은 목표를 보고 또 봤다. 그러면서 영어 단어를 외우고 더불어 독해 문제를 좀 더 빠르고 정확하게 푸는 방법까지 연구하느라 다른 생각이 들어올 틈이 전혀 없었다. 게다가 미소는 4월 시험 이후 영어에 대한 자신감도 회복했기 때문에 그 어떤 역풍이 거세게 불어와도 목표에 도달할 수 있는 힘이 생겼다.

호수는 하루가 다르게 급성장하는 미소의 모습을 바라보며 즐거움을 느꼈다. 빠져나오기 힘들 것 같은 아픈 상처를 가슴 속 깊은 곳에 묻은 채 하루하루를 치열하게 살아가고 있는 미소의 모습은 세상에서 가장 아름다웠다. 그래서 미소가 때와 장소를 가리지 않고 질문을 쉴 새 없이 쏟아 부어도 그것이 너무 즐거워서 항상 그녀가 원하는 것 이상의 답변을 해 주었다.

호수의 지극한 정성과 관심 그리고 미소의 치열한 노력과 열정 덕분에 그녀는 5월 토익 시험에서 자신의 목표점수를 가뿐히 넘었다. 처음 시작할 때 만해도 정말 상상할 수도 없는 점수였는데, 미소는 너무나 짧은 기간에 마의 구간을 넘어서고 그곳에 승리의 깃발을 꽂을 수 있게 되자 형언할 수 없는 희열이 온몸에서 불꽃처럼 솟았다. 물론 토익 점수 기준이 시간이 갈수록 올라가고 있어 그 가치가 예전만 못한 것은 사실이지만 짧은 기간에 자신이 설정한 목표를 달성했다는 한 가지 사실만으로도 미소는 충분히 만족하고 있었다.

'이제 된 거야.'

미소는 그 가치가 어떻든 오매불망 바라던 높은 토익 점수를 이력서에 채워 넣을 수 있다는 생각을 하자 자신도 모르게 함박웃음이 터져 나왔다. 모든 것이 잘될 것 같았다.

"이제 만족하니?"

미소 옆에서 성적표를 같이 보고 있던 호수가 묻자 미소는 고개를 설레설레 흔들면서 대답했다.

"네, 선배님. 그런데 저도 사람이래서 그런지 만족은 하는데 더 높은 점수를 받고 싶네요."

"내 점수를 능가하고 싶은가 보구나?"

"아, 들켰다."

미소가 호수의 질문을 재치 있게 받아넘겼지만, 그는 진지한 얘기를 하고 싶어 눈에 힘을 주고 있었다.

"토익은 이제 그렇다 치고 앞으로는 어떻게 할 거니?"

호수는 목표달성을 자축하는 것도 좋지만, 앞으로의 준비 과정이 더 중요하다고 생각했다.

"파워포인트 연습과 기업체 정보 수집 그리고 컴퓨터 및 마케팅 공부에 좀 더 주력할 계획이에요. 물론 토익 공부도 계속 병행하고."

미소는 전혀 생각하지 못했던 질문에 침착하게 대답했다. 호수도 생각했던 것보다 훨씬 괜찮은 미소의 답변을 들은 후, 좀 더 도와주고 싶은 생각이 들었다.

"내가 파워포인트 좀 가르쳐 줄까?"

"파워포인트 비법도 그냥 전수하시는 거예요?"

미소는 호수의 능력이 어디까지인지 서서히 궁금해지기 시작했다.

"그럼 돈 받고 하겠어?"

호수가 반문했다.

"공 선배, 자꾸 이러시면 제가 너무 미안해서 얼굴을 들고 다닐 수가 없어요."

"그럼 한턱내던가?"

호수는 장난삼아 미소에게 말했지만, 그녀는 진심으로 알아들었다.

"그럼 잘됐네요. 제가 여태까지 신세를 진 게 너무 많아 기회 봐서 대접 한 번 하려고 했는데 오늘이 그날인 것 같네요."

미소의 말이 끝나기 무섭게 호수는 손을 흔들면서 강하게 부인했다.

"미소야, 난 그냥…."

"알아요. 선배 제 호주머니 사정 생각해서 별로 가고 싶어 하지 않다는 걸. 하지만 저도 마음의 짐을 덜 수 있게 한 번 시간을 내주셔야 하는 것 아니에요?"

미소가 간절한 눈빛을 호수에게 보내면서 그의 동의를 끌어내려고 했다.

하지만 사랑하는 후배에게 금전적 부담을 주고 싶지 않았던 호수는 쉽게 결정을 내리지 못하고 있었다.

"종로에 있는 패밀리 레스토랑에 가요."

망설이고 있는 호수를 미소는 한 번 더 강하게 설득했지만, 오히려 그는 패밀리 레스토랑이라는 말에 더 멈칫했다.

"거기서 먹으면 굉장히 비싸다고 하던데."

직접 가 본 적은 없지만, 호수는 이미 인터넷 검색을 통해 모두 알고 있었다.

"공 선배가 한 번도 가보지 않은 것 같아서 제가 데려가려고 하는데 별로 내키지 않으세요?"

미소가 자신의 진심을 전달하자 호수는 그녀의 눈에 초점을 맞추면서 얘기했다.

"미소야, 너도 알다시피 우리 둘은 지금 경제적 능력이 없어서 한 끼에 몇만 원 하는 음식을 먹기에는 솔직히 부담돼. 내가 너의 호주머니 사정을 뻔히 아는데 내 만족을 위해 쓰게 할 수는 없잖아. 그렇다고 더치페이도 할 수도 없고 안 그래?"

미소는 호수가 자신의 눈을 부드럽게 응시하면서 그의 솔직한 속마음을 얘기하자 조금 전보다 약간 누그러진 어투로 말했다.

"그럼 선배의 생각은 어떠세요?"

"난 개인적으로 학교 근처 도넛 가게에 갔으면 좋겠는데. 거기에선 내가 좋아하는 커피랑 도넛을 함께 먹을 수 있어서 좋고 게다가 가격도 저렴해서 훨씬 부담이 없어 더 좋을 것 같은데."

"선배 정말 괜찮으시겠어요?"

미소는 그의 생각을 다시 한 번 물었지만 돌아오는 대답은 똑같았다.

"미소야, 우리 거기시 못다 한 얘기 좀 나누지고."

주객이 바뀌어서 호수가 원하는 곳으로 미소를 적극적으로 인도하자 그녀는 할 수 없이 호수를 따라나설 수밖에 없었다.

"어서 빨리 가자. 어서."

호수는 미소와 데이트한다는 생각을 하니 심장이 너무 떨려 좀처럼 평정을 찾을 수 없었지만 이런 그의 모습과는 상반되게 그녀는 평상시처럼 평온해 보였다. 마치 친한 동성 친구를 만나는 것처럼.

30

　호수는 도넛과 커피를 마시면서 향기로운 미소의 체취도 느낄 수 있어 세상의 모든 것을 다 거머쥔 것처럼 행복했다. 그는 대학 시절 동안 항상 한 걸음 떨어진 곳에서 미소를 바라보고 어쩔 수 없는 현실에 쓰린 속을 달랬다. 지금은 모든 상황이 바뀌어서 그녀와 함께 다정한 얘기를 나누고 있는 사람이 자신이라는 생각을 하니 자기도 모르게 눈물이 흘렀다.

　"공 선배 갑자기 왜 울어요?"

　미소는 커피를 마시다가 뜬금없이 우는 호수를 보고 당황했다.

　"아니야, 아무것도."

　그는 아무 일도 없었다는 듯 재빨리 눈물을 훔쳐내며 말했다.

　"정말 괜찮은 거예요?"

　미소의 물음에 그는 고개만 끄덕거렸다. 그러나 미소는 왜 그가 눈물을 흘렸는지 알 것 같았다.

　'날 정말 사랑하는구나. 그것도 아주 많이.'

　미소는 주상과 상반되는 호수의 모습에 가슴이 찡하고 연민의 감정도 들었지만, 이미 굳게 닫힌 마음의 문은 목표를 이룰 때까지 누구에게도 활짝 열어 줄 준비가 되어있지 않았다. 하지만 그가 진실한 사람이라는 것을 알고 있었기 때문에 미소는 때때로 자신의 이익을 위해 호수를 이용하는 것 같아 마음이 아팠다. 속마음은 그렇지 않았지만, 객관적으로 증명할 길이 없어 그에게 도움받는 것을 그만둬야겠다는 생각도 많이 했다.

하지만 미소는 사랑한다는 이유 하나만으로 기꺼이 모든 것을 주려는 호수의 미음을 거부히기기 힘들었다. 그녀는 욕망에 약할 수밖에 없는 한 명의 인간에 불과할 뿐이었다. 사랑에 대한 자연스러운 감정을 과거의 아픈 기억이 다시 반복될지도 모른다는 두려움 하나만으로 쳐내려고 하다 보니 스스로 딜레마에 빠졌다.

'휴우.'

미소가 자신도 모르게 한숨을 내쉬자 호수가 물끄러미 그녀를 쳐다보면서 물었다.

"무슨 일 있어?"

"아니."

"무언가 있는 것 같은데?"

호수는 미소의 얼굴이 심각해진 걸 알아채고 그 이유를 알고 싶었지만, 그녀는 애꿎은 도넛만 계속 먹었다.

"공 선배, 이 도넛 정말 맛있는데 한 번 먹어봐."

미소가 손을 쭉 내밀며 호수의 입에 도넛을 넣어주려고 하자 그는 온몸이 찌릿했다.

'미소가 갑자기 왜 이러지?'

호수는 자신을 갑자기 애인처럼 대하는 미소의 태도에 적응하기 어려웠다. 하지만 그녀는 다 예상했다는 듯 빙그레 웃으면서 말했다.

"공 선배가 그동안 나한테 하도 잘해줘서 오늘만 특별히 서비스해 주는 거니깐 오해하지 마. 알았지?"

미소가 웃는 얼굴을 하면서도 매우 단호하게 말하자 그는 고개를 끄덕이면서 말했다.

"나도 너처럼 생각했어."

호수는 대답하면서도 굉장히 멋쩍은 듯 얼굴이 한껏 상기되어 있었다. 미소는 쑥스러워하는 그의 모습을 보면서 연민을 느꼈지만 더 이상 어떤 위로의 말도 할 수 없었다.

'공 선배, 마음만 고맙게 받을게.'

미소는 야경만 물끄러미 쳐다보고 있는 호수에게 달콤한 사랑의 감정이 새록새록 솟아날까 봐 두려웠다.

31

호수가 첫 파워포인트 특강을 무사히 끝냈다. 내일은 일이 있어 못 나올 것 같으니 오늘 배운 것만이라도 여러 번 복습하라고 당부하자 그녀는 난데없이 태클을 걸었다.

"공 선배, 오늘 금요일이라서 데이트 가는구나?"

"내가 여자가 어디 있니?"

"그럼 어디 가는데요?"

미소가 집요하게 묻자 그는 약간 당황스러워하면서 대답을 회피했다.

"선배 말 좀 해봐요."

미소는 호수의 티셔츠 끝자락을 꽉 잡고 있었고 말해줄 때까지 놓아주지 않을 것 같았다. 그가 조심스럽게 한마디 했다.

"네가 상처를 받을지도 모르는데 괜찮겠니?"

"저는 무슨 말을 들어도 아무렇지도 않으니 어서 말을 해봐요!"

미소는 지금까지 단 하루도 빠지지 않고 학교도서관에 나왔던 호수가 내일 갑자기 나오지 않는다고 하자 이해할 만한 사유를 듣고 싶었다.

"미소야 나 내일 말이지…"

호수가 말을 더듬거리자 미소는 답답했다.

"공 선배, 뜸 들이지 말고 어서 말해 봐요."

미소가 계속 독촉하자 호수는 간신히 입을 열었다.

"나 내일 주상 선배 결혼식 간다."

순간, 그의 이마에는 땀방울이 보송보송 맺혔다.

"방금 뭐라고 하셨어요?"

미소가 자신의 귀를 의심한 듯 재차 묻자 그는 또박또박 말을 해 주었다.

"내 동아리 선배이자 너의 애인이기도 했던 주상 선배의 결혼식에 간다고."

호수의 말이 끝난 후 미소가 아무런 말도 하지 않자, 그는 또다시 그녀에게 상처를 준 것 같다는 생각이 들어 매우 난감했다.

"미안해, 미소야. 정말 너 모르게 갈려고 했는데…"

호수는 미안한 마음에 미소의 얼굴을 제대로 볼 수 없었다. 하지만 뜻밖에도 미소는 밝은 표정으로 자기 생각을 밝혔다.

"솔직히 조금 전에 주상 오빠가 결혼한다는 사실을 들었을 때 충격받아서 그런 게 아니라 예상한 것보다 너무 일찍 결혼식을 올리는 이유가 뭘까 궁금해서였어요."

"정말이니?"

전혀 예측하지 못했던 미소의 대답에 호수는 놀라움을 금치 못했다.

"주상 오빠가 무언가에 쫓기고 있었나요?"

미소는 자신과 이별한 지 몇 달도 지나지 않아 서둘러 결혼식을 올리는 그의 속사정이 궁금했지만, 호수는 그런 질문에 정확한 대답을 하기에는 정보가 많이 부족했다.

"미안하다. 솔직히 나도 별로 아는 게 없어서."

호수의 대답에 미소는 괜찮다는 듯 연신 웃음꽃을 피우고 있었다.

"이제 정말 다 잊은 거니?"

호수는 그래도 걱정이 됐다.

"공 선배, 쓸데없는 걱정하지 마시고 내일 잘 다녀오세요."

"정말이야?"

"네, 선배님."

미소가 큰 목소리로 당당하게 대답하자 비로소 호수는 마음속에 묵혀있던 체증이 조금씩 내려가는 걸 느낄 수 있었다.

'이제 정말 다 잊은 것 같네.'

그는 이제야 마음이 놓이는 듯 안도의 한숨을 크게 쉬었고 그사이 미소는 복잡했던 자기 생각을 다시 한 번 정리해 보았다.

사실, 미소가 처음 이별 통보를 받았을 때 그가 없는 세상은 존재할 수 없다고 생각했다. 그래서 식사도 모두 거부한 채 오로지 술만 마시며 자신을 학대하고 몸을 망가트렸다. 그러나 도저히 회복 불가능해 보이던 미소의 폐인 생활도 퇴원한 후 어느 정도 시간이 지나면서 서서히 제자리를 찾았다. 비록 마음속에 남은 깊은 상처는 어딘가에 깊숙이 숨어 있겠지만, 특별히 의식하지 않는 한 삶을 살아가는 데 아무런 지장이 없었다. 그만큼 미소는 자신에게 씌워졌던 사랑의 굴레를 던져버린 것이었다.

한 남자에게 처절하게 배신당한 시련은 결과적으로 미소의 마음을 단단하게 만들었고 그 결과, 이전보다 활기가 더 넘치는 사람으로 변모시켰다. 시련이 오히려 전화위복이 되어버린 셈이었다. 비록 인생 경험은 많지 않았지만, 인생은 그 누구도 정답을 알 수 없다. 매사 현재에 충실해야 한다는 것이 그녀가 내린 결론이었다.

32

윤주상은 삼엘전사 입사 동기이자 금수저 집안의 딸인 오미란과 결혼을 하게 되었지만, 어찌 된 영문인지 전혀 행복해 보이지 않았다. 주상은 자신이 오랫동안 갈망했던 아파트와 고급 차를 수중에 넣었음에도 무언가 불만이 많은 듯 얼굴에는 짙은 어둠이 드리워져 있었다. 최근까지 주상은 중학교 시절부터 자신을 비참하게 만들었던 무주택의 콤플렉스만 해소하면 세상이 다 자기 것이 될 거라고 생각했었다. 그러나 결혼식을 목전에 둔 그는 자신의 또래와 비교해 볼 때 월등한 경제력을 갖춘 상태에서 결혼생활을 시작하게 되었음에도 마음의 공허함을 속일 수는 없었다.

그가 진심으로 사랑했던 미소를 비참하게 만들었지만 그 대가로 돈을 얻으면 정말로 행복해 질 줄 알았다. 하지만 결혼식장에서 주상은 억지웃음으로 하객을 맞이하고 별로 사랑하지도 않는 신부 오미란에게 자신과 결혼해줘서 고맙다는 거짓말을 하고 있었다.

사실, 그는 미소와 이별한 후 오미란을 놓칠지 모른다는 두려움 때문에 굉장히 급하게 결혼을 추진했다. 어차피 그가 원하는 건 미란의 재력이었기 때문에 그녀의 외모나 성격 같은 건 애당초 고려의 대상이 아니었다. 주상은 어떻게든 그녀를 통해 과거 10년간 고생했던 자신을 보상받고 싶었다. 하지만 한국 최고의 엘리트만 모인다는 삼엘전자에는 훤칠한 외모와 함께 타의 추종을 불허하는 실력자가 즐비했기 때문에 주상은 그들이 미란에게 관심을 갖기 전에 최대한 빨리 결혼식을 올려야 했다. 만약 시간을 지체해서 오미란이 자신의 실체를 알게 된다면 그는 낙동강 오리알 신세가 될 게 불 보듯 뻔했기 때문에 주상은 모든 방법을 동원해서 결국 자신의 목표를 달성했다.

그러나 지금 주상은 자신의 의지와는 무관하게 미소가 너무 보고 싶어서 미칠 지경이었다. 누구나 부러워하는 재색을 겸비한 오미란을 신부로 맞이하게 되었지만, 주상은 그녀에게서 어떤 편안함도 느낄 수 없었다. 행복하게 살아갈 자신도 없었다. 만약 그가 누군가에게 이런 고민을 말한다면 대부분 사람들은 '이 세상에 완벽한 사람은 없다'는 말로 그를 책망할 것임을 알고 있었다. 그래서 자신의 본심을 숨기기 위해 탤런트처럼 제대로 연기해 보려 했지만, 오미란은 무언가를 눈치챈 것 같았다.

"오빠, 왜 그래, 무슨 일 있어? 안색이 너무 안 좋아 보여."

"아무 걱정 하지 마. 내가 너무 긴장해서 그래."

주상의 말에 미란이 정면으로 반박했다.

"오빠, 오늘 우리 인생에서 가장 중요한 날이니 인상 좀 부드럽게 해봐. 꼭 억지로 웃는 거 같아서 하객들이 불편해하겠다."

미란의 날카로운 지적에 온몸이 굳어버리고 심장 박동 수가 빨라졌다.

'미란이가 혹시 알고 있는 건가?'

주상은 미란을 힐끔 쳐다보면서 머릿속을 빠르게 정리했다.

'아니야, 그럴 리 없어. 그녀는 내가 순수해서 좋다고 그랬단 말이야.'

주상은 미란의 눈을 몰래 응시하면서 마음의 위안을 얻고자 했지만 이미 그의 가슴 속은 거대한 폭풍이 몰아치기 시작했다. 두려움은 감당할 수 없을 정도로 커지고 있었다.

오미란은 윤주상과 결혼하면서 아버지의 결혼 반대를 이겨내기가 정말로 힘들었다. 그녀의 아버지는 어려운 가정환경 속에서 자수성가한 대표적인 중견기업 사장이었기 때문에 힘들게 살아온 능력 있는 남자의 야망을 누구보다도 잘 알고 있었다. 그는 딸의 소개로 주상을 몇 번 보았을 때 그의 눈빛이 맑지 않음을 보고 삐뚤어진 욕망의 그림자를 읽을 수 있었다. 그의 오랜 경험으로 볼 때 주상처럼 눈의 영혼이 투명하지 않은 자는 항상 남을 이용만 하고 배신을 밥 먹듯이 한다는 걸 잘 알고 있었다. 그는 딸의 미래가 너무 걱정되어 어쩔 수 없이 결혼을 승낙한 뒤에도 미란한테 여러 번 주상에 대한 경고 메시지를 흘려보냈다. 하지만 그때는 이미 마음을 뺏겨버린 상태였기 때문에 그녀는 아버지의 말씀을 귀담아듣지 않았다.

오미란은 결혼준비를 시작하면서부터 미세하게 변하고 있는 그의 심리상태를 읽을 수 있었다. 퇴근 후 메시지 보내는 횟수도 뜸해지고, 주말에도 그녀를 만나는 것을 귀찮아했으며 예전에는 데이트 후 바로 나라월드에 사진을 업데이트시키더니 이제는 아예 관심이 없는 듯 사진 찍는 것조차도 귀찮아했다.

'나에 대한 사랑이 식은 건가.'

미란은 갑자기 돌변한 주상의 행동이 당혹스러웠지만, 능력 있고 잘난 그의 모습에 진실의 문을 열어볼 시도조차 하지 않았다. 그러나 결혼식을 앞두고 주상의 얼굴에서 행복함과 설레는 모습이 전혀 보이지 않자 아버지가 했던 충고가 주마등처럼 스쳐 지나갔다. 하지만 이미 화살은 떠난 상태였기 때문에 그녀의 마음은 한없이 무겁기만 했다. 하늘도 미란의 이런 심정을 헤아렸는지 여름을 재촉하는 굵은 장대비를 쏟아 붓고 있었다.

그 시각, 주상의 결혼식에 불참한 한 성호는 몇 달 전 자신과 미소한테 굴욕감을 듬뿍 안겨 준 주상한테 복수하기 위해 목숨 걸고 사법고시 2차 준비를 하고 있었다. 2평도 안 되는 좁은 고시원에서 그는 고3 때보다 더 치열하고 집중력 있게 공부했다. 이에 대한 보상으로 1차 시험도 우수한 성적으로 합격하고 2차 시험도 스터디 그룹 중에서 단연 톱을 달리고 있었다. 가끔 공부가 하기 싫고 슬럼프가 찾아올 때마다 그날의 치욕을 곱씹고 최종합격에 대한 간절한 의지를 불태우면 자신감이 급격히 살아났다.

'바로 이 느낌이야.'

한성호는 과거 자신의 모습을 거의 되찾았다는 사실에 감개무량했고 이 여세를 몰아서 하루라도 빨리 사법고시에 합격해 사랑하는 가족에게 큰 힘이 돼 주고 싶었다. 그리고 자신을 무시한 고교동창

윤주상에게도 아주 당당한 모습으로 나타나 그가 아직 죽지 않았음을 보여주고 싶어 했다.

주상은 결혼식이 끝난 후에도 신부의 눈을 피해 미소를 찾고 있었다. 물론 호수가 미소는 오지 않는다고 말해주었지만, 혹시나 하는 심정으로 식장과 피로연장을 샅샅이 뒤지면서 애타는 마음을 달래고자 했다.

"호수야, 미소는 정말 안 오는 거니?"

"선배, 이제 결혼한 유부남인데 미소는 잊으셔야죠."

"그래도 얼굴이라도 한 번 보았으면 좋겠는데."

그는 매우 아쉬워하며 호수에게 애절한 눈빛을 보냈지만, 호수는 외면했다.

"선배, 미소가 취업 준비에만 집중할 수 있게 해주세요. 부탁입니다."

"나도 방해할 생각은 없어, 그냥 난 단지…."

주상은 슬픔에 겨워 말을 다 잇지 못했다.

"선배님, 미소가 경제력이 부족하다는 이유로 버려 놓고 이제 와서 아쉬운 마음에 다시 찾는 건 아니라고 봅니다."

호수는 조용히 자신의 의견을 말했다.

"나도 거기에 대해선 할 말이 없구나. 난 매우 비열하고 야비했지. 돈에 눈이 멀어서 말이야. 하지만 앞으로 비만 오면 미소 생각이 날 것 같아."

"선배, 오늘 결혼식 하셨는데 이러시면 안 됩니다."

호수가 간청하듯 말했다.

"호수야."

"선배님 더 이상 미소에게 집착하시면 안 됩니다. 안 된다고요!"

호수가 주상의 생각이 위험하다고 지적하자 결국 그도 옳지 못하다는 것을 인정하고 백기를 들었다. 주상의 눈은 초점을 잃었고 축 늘어진 어깨를 하고 폐백실로 걸어 들어갔다. 마치 전쟁터에서 참패한 패잔병처럼.

호수는 주상의 쓸쓸한 뒷모습을 보면서 자신이 원하는 것은 다 소유하고자 하는 그의 탐욕에 분노가 치밀어 올랐다. 정말 존경하던 선배였는데, 신부가 재색을 겸비했어도 만족하지 못하는 그의 모습에서 끝없는 이기심에 치를 떨었다. 주상이 미소를 비참하게 만들고 평생 씻을 수 없는 깊은 상처를 줬음에도 아직도 그녀에게 미련을 갖는 모습을 보이자, 그는 너무 어처구니가 없어서 헛웃음만 연신 흘렸다.

33

혜연의 경제력은 내리막길밖에 없는 급행열차
를 타고 있어서 하루하루가 숨이 막힐 지경이었다. 부모님 두 분 다
몸이 불편해 남동생과 함께 생계를 책임지고 있었던 혜연은 설상가
상으로 집주인이 전세금을 3,000만 원이나 올려버리는 바람에 모든
수단과 방법을 동원해서 돈을 빌리러 다녀야 했다. 정해진 날짜까지
전세금을 맞추지 못한다면 혜연의 가족은 하루아침에 거리로 나앉
아야만 하는 상황이었다. 그녀는 하루하루가 피가 말리는 고통의 연
속이었다.

공무원 시험은 모든 것을 그것에만 쏟아 부어도 붙을까 말까 하
는 어려운 시험임에도 그녀는 과외를 4개나 하고 돈까지 빌리러 다
녀야 하니 자연스럽게 공부를 소홀히 할 수밖에 없었다. 집안 환경
이 갈수록 어려워지자 혜연은 '공무원 공부를 포기할까'라는 생각을
하기도 했지만, 자신이 처한 경제적 상황을 생각하면 평생직장이 필
요하다고 생각했기 때문에 참기 힘든 고통이 온몸에 파고들어도 그
녀는 꿋꿋이 이겨나가야 한다고 생각했다.

그래서 혜연은 자신의 미니 홈페이지에는 항상 밝은 모습만 보여

주려고 이미지 메이킹을 했다. 가장 친한 친구인 미소의 홈페이지는 물론이고 다른 친구의 홈페이지의 방명록에도 항상 긍정적이고 희망적인 글을 남겨서 친구들 대부분 혜연을 무척 좋아했다.

그러나 혜연의 이런 행동은 그녀를 더욱 우울하게 만들었다. 혜연의 집안은 폭삭 망해서 회복불능 상태인 데다가, 그녀의 정신상태까지도 나날이 황폐해져 가고 있어서 혜연에게 무언가를 기대한다는 것은 매우 어려운 상황이었다. 더 떨어질 곳 없는 밑바닥에 머물고 있으면서도 항상 행복하게 사는 것처럼 연기하니 정체를 알 수 없는 서글픔이 물밀 듯이 밀려오기 시작했다.

물론 사람이 태어날 때부터 죽을 때까지 평생 연기를 하면서 살아간다는 생각은 하고 있었다. 본인을 제외하고 이 세상 모든 사람은 타인의 성격이나 처한 상황을 완벽하게 이해할 수 없으므로 주변 환경에 잘 맞추어서 스스로 늘 변화시켜 살아가는 것이 당연하다고 믿었다. 그러나 소신대로 살아가는 것은 너무 힘들었다. 부정적인 생각과 신념이 온몸을 지배한 상태에서, 겉으로는 밝고 행복한 척을 하다 보니 자신도 모르는 사이에 에너지를 급격히 소모해 점점 더 우울해지기 시작했다.

책상에는 공부해야 할 것이 산더미처럼 쌓여있었고 고시원이나 학원, 도서관에서는 경쟁자들이 눈에 불을 켜고 전쟁을 하고 있어서 그녀를 잔뜩 긴장시켰다. 게다가 공무원 시험 경쟁률은 보통 50대 1이 넘기 때문에 자타가 공인하는 최고의 실력자라 하더라도 시험장에서 하나라도 실수하면 1년 농사를 완전히 망치는 것이었다. 이런 상황에서 혜연은 생활비를 버는데 너무 많은 시간을 할애해서 좀처럼 공부에 집중할 수 없었고 그 결과 시간이 지날수록 점점 더 상위권과의 격차는 커져만 갔다.

시험 준비는 제대로 되지 않고 계속되는 경제적 압박은 그녀의 심장을 점점 더 아프게 짓눌렀다. 혜연은 다시 날아오르고 싶어졌다. 먹고사는 문제가 없는 환상의 파라다이스로 날갯짓하고 싶은 마음이 간절했다. 한 번밖에 없는 인생을 사랑하는 사람들과 행복하게 살고 싶었지만 유독 자신한테만 감당할 수 없는 시련을 잔뜩 안겨주는 신이 무척 원망스러웠다.

삶의 무게에 짓눌려 숨을 쉬기 어려운 날이면, 혜연은 미소가 보고 싶었다. 미소는 그녀의 영원한 안식처였고 유일하게 자신의 속마음을 털어놓을 수 있는 친구였기에 곪을 대로 곪아 이제는 터지기 일보 직전인 우울증의 상처를 솔직히 다 드러내 보이고 싶었다.

그러나 혜연은 핸드폰을 만지작거리기만 할 뿐 전화를 하지 못했다. 큰 이별의 상처에서 겨우 일어서기 시작한 미소에게 감당할 수 없는 커다란 바윗덩어리를 같이 짊어지자고 할 수 없었다. '슬픔은 나누면 반이 된다'라는 옛 속담은 상대방에 대한 배려심이 깊었던 혜연에게는 실천하기 어려운 가르침이었다.

혜연은 미소를 만나지 못한 아쉬움을 달래기 위해 책상 위에 진열된 'THE WINGS OF MISO'라고 새겨져 있는 목걸이를 또렷이 쳐다보고 있었다. 그것은 혜연이 미소가 병원에서 퇴원한 기념으로 선물한 것과 똑같은 목걸이였다.

미소가 병원에 입원해 있을 당시에도 혜연의 삶은 여전히 힘들었지만, 자신보다 더 힘들어서 쓰러졌던 친구에게 '다시 일어서서 꿈을 향해 날갯짓하자'라는 의미를 담긴 목걸이를 선물했다. 그러나 혜연은 목걸이를 바라보면서 꿈을 향해 다시 뛰어야 한다는 생각이 들기보다는 자꾸 이상의 세계로 날아가고 싶었다. 언제부터인가 마음속 깊은 곳에 자리 잡은 삶에 대한 두려움과 끝없는 좌절은 겉과 속이 완전히 다른 그녀를 만들고 있었다.

혜연의 웃음 속에는 밝으면서도 짙은 어둠의 그림자가 드리워져 있었다. 내면에 가득 찬 슬픔을 감추기 위해 부자연스러운 웃음을 짓고 있는 그녀의 실체를 제대로 알고 있는 사람은 미소를 제외하고는 아무도 없었다. 하지만 미소도 최근에 그녀를 거의 만나지 못한 까닭에 그녀가 더 이상 빠져나올 수 없는 깊은 수렁에서 신음하고 있다는 사실을 몰랐다.

미소는 혜연도 자신처럼 다시 열심히 살 거라고 생각했지만, 그녀는 삶의 무게에 지쳐 얼굴은 빛을 잃고 미간에는 주름이 생기기 시작하였다. '슬픔 속에 감쳐진 웃음의 진실'을 유일하게 알고 있었던 미소조차도 치열한 현실 속에서 살다보니 친구의 어려움을 제대로 보지 못한 것이었다.

34

미소는 이틀 전 호수로부터 놀이공원에 바람 좀 쐬러 가자는 제안을 듣고 고민에 빠져있었다. 취업준비에 바쁜 것도 미소가 놀이공원에 가기에 부담스러운 이유 중의 하나이기도 했지만, 그보다 더 마음에 걸리는 것은 연인 사이도 아닌 호수와 같이 놀러 가는 건 암묵적으로 그의 애인이 되겠다는 신호를 보내는 것 같아서였다. 대학에 입학한 이후에는 주상을 제외하고 그 어떤 이성하고도 놀이공원에 간 적이 없었기 때문에 호수의 부탁이 꽤 부담됐다. 게다가 미소는 호수가 자신을 사랑한다는 것을 너무나 잘 알고 있었기 때문에 쉽게 결정을 내리기가 어려웠다.

'놀이공원 가는 것 가지고 고민할 줄이야.'

취업 준비에 너무 바쁜 나머지 혜연이도 제대로 못 만나고 있는 척박한 현실에서 이런 생각을 하는 게 너무 이상했다. 하지만 미소의 머뭇거림에도 호수는 전혀 아랑곳하지 않았다. 지난 몇 달 동안 너무 열심히 살아왔기 때문에 잠시 쉬어가야 한다는 문자 메시지를 거듭 보냈다. 계속해서 날아오는 그의 문자 메시지를 받고 점점 마음이 흔들리던 그녀는 잠시 눈을 감고 지난 몇 달 동안 있었던 일들을 생각해 보았다.

알코올 중독에 쓰러진 자신을 병원까지 옮겨준 사람도 호수였고, 2년 동안 정체되었던 토익 점수를 향상시켜준 사람도 호수였고 직장에서 바로 유용하게 써먹을 수 있는 프레젠테이션 기능을 가르쳐주고 있는 사람도 모두 호수였다. 게다가 이런 굵직한 사안 말고도 그는 항상 미소 곁을 지켜주는 든든한 등대 역할을 자처해 온 정말 소중한 사람이었다. 개인의 영달을 위해 미소를 버리고 간 주상하고는 비교도 할 수 없는 훌륭한 인격을 갖춘 남자였다.

그가 미소한테 최선을 다했던 이유는 그녀를 진심으로 사랑했기 때문이었고 이기심에 비롯된 것이 아닌 자연스러운 마음의 표현이었다. 이를 이용해 미소의 마음을 훔칠 생각은 추호도 없었다. 미소가 자신을 부담스러워하면 언제든지 떠날 준비가 되어있었고 그것이야말로 그녀를 진심으로 아껴주는 거라고 생각했다. 미소도 이런 호수의 마음을 잘 알고 있었기에 한 번쯤은 그가 원하는 것을 들어줄 필요가 있다고 생각했다.

'나도 오랜만에 바람 좀 쐬러 갈까?'

생각이 정리되자 지그시 감고 있던 눈을 떠 호수에게 문자 메시지를 보냈다.

"선배, 우리 같이 놀러 가요."

호수는 놀이공원에 가겠다는 미소의 문자를 받고 심장이 떨렸다.

'이게 꿈인가 생시인가.'

그는 이제까지 애인을 사귀어 본 적이 없어 한 번도 가지 못했던 그곳을 드디어 내일 간다는 생각에 심장이 너무 떨려서 마음이 진정되지 않았다. 그래서 호수는 고심 끝에 수강 중이던 행정법 특강을 더 이상 듣지 않기로 하고 몰래 강의실을 빠져나왔다. 그리고 그는 학원에서 탈출하기 무섭게 얼마 되지 않는 돈을 들고 마트에 가서 쇼핑하기 시작했다.

내일 직접 만들어갈 도시락 준비를 위해 김밥 재료와 식빵, 과일 등을 구매했다. 뛰어난 손재주와 미세한 미각을 가지고 있던 호수는 시중에서 보기 힘든 김밥을 쉽게 만들 수 있었으며 그가 직접 만든 샐러드 빵은 한 번 먹어본 사람은 도저히 잊을 수 없을 만큼 맛이 깊고도 아주 오묘했다. 이 정도면 미소를 아주 기쁘게 해 줄 수 있을 것 같았다. 호수는 언제나 미소의 행복을 1순위로 생각했다.

'내일 미소에게 음식 솜씨를 자랑해야지.'

그는 내일 놀이공원 갈 생각만 해도 너무 설레서 밤새 잠이 들지 않았다.

35

"**공** 선배, 그게 다 뭐예요?"

약속 시각에 딱 맞춰 놀이공원 정문에 도착한 미소는 오자마자 그의 가방에 가득 담긴 것이 무엇인지 궁금했다.

"이거, 별거 아니야. 나중에 다 알게 돼."

"그래도 좀 알고 싶은데."

순간, 미소는 참을 수 없는 호기심이 발동했지만, 호수는 미소를 깜짝 놀라게 해주고 싶었기 때문에 그녀의 질문에 계속 동문서답으로 일관했다.

"알겠어요. 선배 하지만 이따가 꼭 보여줘야 해요."

미소의 부탁에 그가 달콤하게 속삭이듯 말했다.

"물론이지. 내가 누구 부탁인데 거절하겠어."

그는 이렇게 말한 후 미소가 오기 전에 미리 끊어놓았던 자유이용권을 티켓을 내밀었다.

"선배, 이 비싼 티켓 값을 혼자 다 부담하신 거예요?"

놀이공원 티켓 값이 저렴한 것이 아니었기 때문에 미소는 호수의 주머니 사정을 생각하지 않을 수 없었다. 하지만 그는 기어코 인터

넷 경품으로 당첨된 것이라고 우기면서 빨리 입장하자고 재촉하기만
했다.

"미소야, 거기서 멍하니 서 있지 말고 이리와."

호수는 미소와 빨리 설렘 가득한 동산으로 들어가고 싶었지만, 그
녀는 자신한테 한없이 베풀기만 하는 그의 마음 씀씀이에 미안하고
도 고마워서 발걸음이 쉽게 떨어지지 않았다.

화창한 날씨와 주말인 탓에 놀이공원은 엄청난 인파로 북적거렸
고 미소는 조금 답답해졌다. 그러나 호수는 처음 온 이곳이 마냥 신
기했다. 그는 어린아이처럼 천진난만한 얼굴을 하고 뭐가 그렇게 좋
은지 싱글벙글 계속 웃었다.

"선배, 기분이 꼭 구름 위에서 걷고 있는 것 같아요."

미소가 그의 얼굴을 보면서 물었다.

"그럼, 내가 지금 누구와 함께 있는데."

"제가 그렇게 좋으세요?"

미소의 질문에 호수는 갑자기 숨이 콱 막혔다.

"미소야, 그런 얘기는 나중에 하고 우리 바이킹이나 타자."

그는 사람들이 북적거리는 데서 이런 얘기를 하는 것이 매우 쑥스
러운 듯 얼굴이 벌게져 있었다. 이런 호수의 얼굴을 본 미소는 더 이
상 그를 곤란하게 하지 않고 바이킹을 타기 위해 줄을 섰다. 호수는
놀이기구를 타기 위해 오랜 시간 동안 기다려야 하는 미소에게 지루
함을 덜어주려고 그동안 자신이 몰래 준비한 각종 개그 및 성대모
사를 마음껏 선보였다. 물론, 호수가 한 원맨쇼는 미소의 입장에서

볼 때 솔직히 좀 재미도 없고 유치했지만, 자신에게 늘 최선을 다하는 호수의 모습에서 알 수 없는 미묘한 감정이 더 커지기 시작했다.

자상하지만 약간 내성적인 호수는 여태까지 다른 사람들 앞에서 개그 쇼를 펼쳐 보인 적이 한 번도 없었다. 그러나 호수는 이런 단조로운 자신의 성격에 미소가 재미없어할까 봐 늘 노심초사했다. 그래서 재미는 별로 없지만, 자신이 할 수 있는 범위 내에서 최대한 웃음을 선사하려고 노력했다. 그리고 다행히 미소가 그의 진심을 알아주었기 때문에 호수는 기뻤다.

미소는 자신의 심장을 마음껏 쥐락펴락하는 바이킹을 탄 후, 어린 시절 아버지와 함께 탔던 청룡열차가 타고 싶어졌다. 기다리는 사람이 바이킹의 두 배나 됐지만, 그녀는 청룡열차 생각이 머릿속에서 떠나지 않았다.

"우리 청룡열차 타러 가요."

미소는 호수를 졸랐다.

"정말 괜찮겠어? 한 시간 넘게 기다려야 할 것 같은데."

"저는 상관없어요."

미소의 말투에는 강한 의지가 담겨 있었다.

"미소가 원한다면 가야지."

호수는 갑자기 어린아이처럼 변한 미소가 귀엽게 느껴졌다. 햇볕은 점점 강하게 내리쬐고 점심시간은 이미 지나서 미소는 배가 고팠지만, 해맑은 웃음이 넘치는 어린아이처럼 즐거운 마음으로 차례를 기다렸다. 미소는 오랜 시간 줄을 서면서 20년 전으로 돌아간 것 같은 기분이 들었다. 전 애인이었던 주상에게서는 전혀 느낄 수 없는 아버지 같은 편안함과 무게감이 호수한테서 느껴졌다.

"미소야! 기분이 갑자기 좋아 보이는데?"

호수는 입가에 달콤한 웃음을 띤 채 즐겁게 줄을 기다리는 미소의 모습이 신기했다.

"선배, 정말 고마워."

미소는 짧게 답한 후, 또다시 추억여행에 빠져들었다. 호수는 미소가 무슨 생각을 하는지 궁금했지만 더는 물어볼 수 없었다.

1시간을 기다린 끝에 겨우 탄 청룡열차는 미소뿐만 아니라 호수에게도 엄청난 즐거움을 선사해 주었다. 미소가 청룡열차에서 내린 후 잔뜩 겁에 질린 표정으로 그를 쳐다보았을 때 그는 강력한 보호본능을 느꼈다.

'이 사랑스러운 후배를 내 품에 꼭 안고 싶다.'

호수는 잔뜩 상기되어 있는 미소의 얼굴을 보면서 애틋한 사랑의 감정이 폭포수처럼 강렬하게 일어나기 시작했지만, 자신의 본능을 제어해야만 했다.

"괜찮아. 곧 좋아질 거야."

호수는 미소의 등을 토닥거리면서 그녀를 달래주었고 미소는 그의 눈을 쳐다보면서 20년 전 행복했던 유년시절을 생생히 떠올리고 있었다.

'공 선배는 우리 아버지와 너무 비슷해.'

미소는 오래된 기억을 생생하게 재현해주고 있는 호수가 너무 고마웠다.

36

호수는 청룡열차 플랫폼에서 내려온 후, 허기
진 배를 달래기 위해 풀이 무성하고 분위기가 좋은 잔디공원으로
걸어갔다. 미소가 많이 지쳐 보이자 호수는 1초라도 빨리 자신이 손
수 준비한 도시락을 주고 싶었다.

"공 선배, 우리 식당 가는 거 아니었어?"

호수가 자꾸 이상한 방향으로 가자 미소는 중간에 살짝 투덜거렸다.

"지금 분위기 좋은 식당에 가고 있잖아."

"이곳은 잔디공원 방향인 것 같은데."

"잔디공원이 우리의 로맨틱 레스토랑이야."

호수의 말에 미소는 영문을 알 수 없어 다시 물었다.

"우리 손에 먹을 것이 하나도 없는데?"

미소의 질문에 호수는 피식 웃으면서 자신의 가방을 가리켰다.

"미소야, 이 안에는 마지막 한 입까지 행복하게 만들어 줄 풍성한
점심이 있어."

"그럼 아까 나한테 자세히 얘기해주지 않은 게…."

미소는 예상 밖의 상황에 놀라 말끝을 흐렸다.

"그래 맞아. 난 너를 놀라게 해주려고 동쪽이 어디냐는 질문에 서쪽으로 가는 방향을 말했던 거야."

"공 선배…."

미소는 끝없이 진행되는 호수의 깜짝 이벤트에 할 말을 잃었다.

"뭘 그렇게 놀래. 내가 돈 받을까 봐?"

호수는 재치 있게 농담을 건네며 그녀의 부담감을 덜어주려고 했다.

"이 벤치에서 먹자. 의자가 넓어서 아주 딱 좋아."

그는 잔디공원에서 가장 전망 좋은 자리에 그들만의 아지트를 만든 후, 자신이 정성스럽게 준비한 음식을 하나씩 꺼내기 시작했다.

"이거 다 선배가 준비한 거예요?"

미소는 가방에서 나오는 음식들을 보고 눈이 휘둥그레졌다.

"미소야, 놀랠 것 없어. 레스토랑 주인이 이 정도 음식을 내놓는 건 당연하잖아."

호수는 방긋 웃으면서 말했다. 하지만 미소는 그가 정성스럽게 준비한 김밥, 샐러드 빵, 유부초밥, 과일, 계란말이, 음료수 등이 한곳에 모여 멋진 장관을 이루자 어리둥절했다.

"뭐해? 어서 먹자."

호수는 미소에게 젓가락을 건네주면서 말했다.

"이거 제가 먹어도 괜찮은 건가요?"

미소는 아버지를 제외하곤 남자가 준비해온 소풍 음식을 먹어본 적이 없어서 뭔가 어색했다.

"미소야, 난 말이지. 그냥 네가 먹어주기만 해도 세상에서 제일 행복한 남자가 될 것 같으니깐 괜한 생각하지 말고 어서 먹어."

계속되는 호수의 재촉에 미소는 조심스럽게 김밥 하나를 집었다.

"먹어봐 맛이 끝내줄 테니깐."

그의 말에는 일급요리사에게서만 느낄 수 있는 자부심이 가득 실려 있었다.

'음~ 정말 맛이 환상적이네. 도대체 밥 속에 뭘 넣은 거지?'

미소는 입속에서 살아 움직이는 김밥의 맛에 푹 빠져버렸다. 시중에서 파는 것과 전혀 다를 것 없는 재료가 들어갔는데도 호수가 만든 김밥에는 그녀의 혀끝을 황홀하게 만들어주는 묘한 맛이 살아있었다. 그뿐만이 아니었다. 그가 만든 샐러드 빵은 김밥보다 한 차원 더 높은 싱그러운 맛으로 단숨에 미소의 마음을 사로잡았다. 먹기 전에 우물쭈물했던 모습은 모두 사라지고 미소는 정신없이 그가 준비한 음식을 먹기 시작했다.

"천천히 먹어."

호수는 정신없이 먹고 있는 그녀에게 콜라 한 잔을 건넸다.

"이것도 진짜 손수 만드신 거예요?"

미소가 유부초밥을 한입에 가득 넣은 상태에서 질문을 던지자, 그는 아주 자신 있게 고개를 끄덕였다.

"정말 대단해요, 선배."

그녀는 오른손 엄지를 번쩍 치켜들었다.

"뭘 이 정도 갖고."

호수는 미소의 칭찬에 또다시 얼굴이 벌게졌고 그들만의 달콤한 점심시간은 그렇게 무르익어 갔다.

37

저녁 8시쯤 되자, 미소는 호수에게 이제 집에 돌아가자고 말했다. 오래간만에 신나게 놀아서인지 얼굴에는 지친 기색이 역력했고 호수도 이런 사실을 잘 알고 있었기에 멋진 야경을 배경으로 둘 만의 사진을 찍고 싶은 욕망을 뒤로 한 채 발걸음을 돌렸다. 호수는 미소를 집까지 데려다주고 싶었다. 시간이 늦어서 동행한다는 것은 핑계였고 솔직히 미소와 더 오래 있고 싶었다.

하지만 미소는 호수의 이런 마음을 잘 알고 있었기 때문에 그의 제안을 어쩔 수 없이 뿌리쳤다. 미소도 자상하고 배려심 많은 그와 더 많은 시간을 나누면서 행복한 기분을 조금 더 느끼고 싶었다. 그러나 미소는 자신의 마음속에서 점점 자리 잡아 가는 그의 존재가 두려워지기 시작했다. 아직 아무것도 준비된 것이 없었는데 또다시 사랑의 감정이 찾아올까 봐 걱정스러웠다.

"정말 괜찮겠어?"

호수는 미소의 거절이 아쉬웠다.

"네, 선배. 시간도 늦었는데 각자 집으로 가는 게 좋겠어요."

미소는 자신의 진심을 속여서 그런지 고개를 떳떳이 들지 못했다.

"할 수 없지 뭐."

항상 그랬듯이 호수는 미소가 원하는 대로 해 주었다. 미소에 대한 뜨거운 사랑과 관심을 숨긴 채 그는 항상 신사다운 모습을 유지하려고 했다.

미소는 지하철을 타고 돌아오면서 호수에 대한 깊은 생각에 잠겼나. 지금까지 살아오면서 한 남자의 진심 어린 관심을 받아본 적이 없었기에 미소의 고민은 상상 이상으로 커졌다. 대학 시절 캠퍼스 커플이었던 주상과는 비교도 할 수 없을 정도로 배려 깊고 신뢰가 가는 호수의 존재는 미소에게 있어서 양날의 검과 같았다.

병원에서 퇴원한 직후, 미소는 괜찮은 직장과 목돈이 모일 때까지는 두 번 다시 연애하지 않기로 굳게 결심했었다. 미소는 사랑이라는 이름으로 감추어진 욕망의 희생자가 될 생각이 추호도 없었기 때문이었다. 설사 진심으로 자신한테 헌신하는 남자가 있다 하더라도 굳게 닫힌 마음의 문을 열고 싶은 생각은 없었다. 하지만 이런 미소의 결심은 조금씩 흔들리기 시작했다. 호수가 선배로서 정말 괜찮은 사람이라는 것을 오래전부터 알고 있었지만, 요즈음 거의 모든 것을 함께 하면서 지켜본 결과, 쉽게 찾을 수 없는 좋은 남자라는 것을 깨달았기 때문이었다.

'선배 마음을 그냥 받아줄까.'

미소는 지하철에서 내린 후 집으로 걸어가는 중에도 호수에 대한 생각 때문에 마음이 심란했다.

집에 도착한 후, 미소는 별과 무언의 대화를 나누기 시작했다. 아무런 반응도 없이 미소가 하는 말을 듣기만 별의 존재는 언제나 소중한 존재였다. 하고 싶었던 말을 별한테 다 하고 나면 항상 마음이 후련해져서 객관적으로 상황을 주시할 수 있는 능력도 생겼다.

그날 밤, 별과의 얘기는 오랜 시간 동안 이어졌다. 호수에 대한 마음이 커졌지만, 사랑하는 남자한테 버림받는 일이 또다시 일어날까 봐 매우 불안했다. 이제 남은 건 호수의 사랑을 받아주거나, 아니면 나중에 버림받을 것을 대비해 그의 사랑을 거부하고 취직 준비에 열중할지를 선택하는 것뿐이었다.

38

주리는 강산내 정문 앞에서 미소를 기다리고
있었다. 그동안 회사생활이 너무 바빠 언제나 자신을 챙겨준 미소
를 너무 소홀히 한 것 같다는 생각이 들어 그녀에게 밥 한번 거하게
사주고 싶었다. 물론, 졸업 후에도 주리는 예전처럼 간혹 무례한 행
동을 하거나 미소의 속을 확 뒤집어놓는 말을 나라월드 방명록에
남기기도 했지만, 그녀의 진짜 속마음은 늘 미소에 대한 고마운 마
음으로 가득 차 있었다. 그리고 주리의 이런 진심은 최근 들어 그녀
의 개인 홈페이지에 극명하게 드러나고 있었다.

그녀는 지금까지 살아오면서 여자들 사이에는 진정한 우정이 없다
고 생각했다. 비뚤어진 자신의 성격은 전혀 생각 못 하고 항상 주변
을 원망하면서 상대방을 이간질했기 때문에 그녀를 좋아하는 사람
은 단 한 명도 없었다. 처음에는 주리의 외모나 집안환경을 보고 접
근했던 사람들이 그녀의 성품에 모두 혀를 내두르면서 말없이 사라
져 갈 때, 사심 없이 우정의 손길을 내밀어 준 사람이 바로 미소였
다. 미소는 그녀와 밥도 같이 먹고 카페에서 수다를 떨면서 점점 친
해졌다. 게다가 미소는 혜연이도 소개해주어서 소중한 친구를 하나

더 만들어주었다.

주리는 오늘 개인적인 사정 때문에 혜연이가 이 자리에 못 나와서 무척 아쉬웠다. 월급 받은 돈으로 기분 한번 내려고 했는데 다들 먹고 사는 게 바빠서 그런지 셋이 함께 모이는 게 생각보다 쉽지 않았다. 아쉬운 마음을 겨우 달래며 이제 막 도서관에서 나온 미소와 함께 주리는 패밀리 레스토랑에 갔다.

"이렇게 비싼 거 먹어도 되나?"

미소는 주리가 시킨 메뉴를 보고 은근히 걱정되었다.

"걱정하지 마. 나 오늘 월급 받았으니깐 맘껏 먹어."

주리는 웃으면서 말했고 미소는 다정하게 말을 건네는 친구의 모습을 보고 마음이 따뜻해졌다. 기분이 좋아진 미소는 취업에 대한 걱정스러운 마음을 자연스럽게 털어놓기 시작했다.

"바로통신은 다닐 만해?"

청년실업의 심각성에 대해서만 계속 얘기하면 자신도 모르게 기분이 우울해질 것 같아 미소는 화제를 잠시 다른 쪽으로 돌렸다.

"월급이 많아서 좋기는 한데, 일이 너무 많고 상사가 너무 괴롭혀서 하루하루가 지옥 같아."

"상사가 왜 널 못살게 구는데?"

"나도 몰라. 일 열심히 하고 밤을 새워서라도 보고해야 할 것은 꼭하고 회식 자리도 안 빠지는데 항상 나만 보면 갈구기만 하니 내가 살 수가 없어."

"직장에 다녀도 문제구나."

미소의 말에, 주리는 격한 공감을 했다.

"원래 삶이라는 게 그런 것 같아. 하나의 문제가 해결되면 또 다른 문제가 불쑥 튀어나와 나한테 해결하라고 막 강요하는 것 같아."

"그래도 바로통신에서 뼈를 묻어야지?"

미소가 물었다.

"물론이지. 여기 말고 다른 데 옮겨도 문제는 또 발생할 거야. 그게 뭐가 될진 잘 모르겠지만."

주리는 꽤 진지한 표정으로 말했다.

"너 많이 성숙해졌네."

미소는 자신밖에 모르던 주리의 사고방식 상당히 깊어졌음을 느꼈다.

"취업 준비 잘 돼가?"

이번에는 주리가 물었다.

"공 선배 덕분에 그럭저럭 잘 돼 가고 있지."

"호수 선배가 취업준비에 어떻게 도움을 줘?"

"토익, 파워포인트 활용법, 취업정보 등 여러 분야에서 날 헌신적으로 도와주고 있어."

미소의 대답에 주리는 약간 놀랐다.

"공 선배가 그렇게 능력 있는 사람이었어?"

"나도 잘 몰랐는데, 알고 나니깐 정말 대단하더라."

"그래?"

주리는 그의 능력을 별로 믿지 않는 것 같았다. 그래서 미소는 호수가 다방면에 걸쳐 얼마나 능력이 좋은 사람인지 시간 가는 줄도 모르고 자세히 설명했다. 그러자 주리는 뭔가 낌새를 알아차린 듯 보였다.

"너 공 선배 좋아하는구나?"

전혀 예상하지 못했던 주리의 질문에 미소는 매우 당황했다.

"아니야, 절대 아니야."

미소는 필요 이상으로 강한 손짓을 취하면서 친구의 말을 강하게 부인했다.

"내가 왜 공 선배를 좋아해? 난 그냥 워낙 능력이 좋으신 선배라서 …."

"됐어, 그만해."

주리는 미소의 진심을 다 알겠으니, 향이 좋은 와인이나 한잔하자고 제안했다.

'휴우, 다행이다.'

미소는 알아서 대화의 흐름을 바꾸어준 주리가 무척 고마웠다.

39

"지금 혜연이는 뭐 하고 있을까?"

요새 미소는 취업 준비에만 모든 시간을 쏟아 붓고 있었기 때문에 최근 혜연이의 근황에 관해서는 잘 몰랐다. 예전에는 틈나는 대로 각자 개인홈페이지를 방문해서 방명록도 남기고 사진도 감상하면서 안부를 주고받았지만, 취업 실패 후에는 삶의 여유를 잃고 오로지 생존하기 위해 발버둥 치다 보니 어느새 가장 아끼는 친구의 소식도 모른 채 살아가고 있는 자신의 모습을 볼 수 있었다.

"왜 이렇게 삶이 팍팍해진 걸까?"

미소가 주리에게 넌지시 물었다.

"글쎄 나도 확답은 못 하겠지만, 아마 먹고사는 문제가 해결되지 않아서겠지."

"그래도 나하고 혜연이는 아주 각별한 사이인데 내가 왜 이렇게 무심해졌지?"

그녀는 스스로 자책하고 있었다.

"미소야, 너무 자신을 책망하지는 마. 취업문제가 해결되지 않았으니 마음의 여유가 없는 건 당연한 거지."

"지금이라도 전화를 해봐야겠어."

"미소야. 너 마음을 알겠지만 그만둬."

주리는 미소의 오른손을 잡으며 그녀의 행동을 저지했다.

"왜?"

미소는 자신의 팔을 잡고 있는 주리의 행동을 이해할 수 없었다.

"혜연이가 나하고 통화한 후, 핸드폰 전원 껐어."

"정말이야?"

미소는 지금까지 혜연이가 의도적으로 핸드폰을 꺼 놓은 것을 본 적이 없었기 때문에 주리의 말을 믿을 수가 없었다.

"나도 영문을 모르겠더라."

주리가 말했다.

"도대체 무슨 이유로…."

순간, 미소는 머릿속이 굉장히 어지러워졌다. 그녀는 가족들도 모르는 '혜연이의 웃음 속에 감춰진 진실'을 잘 알고 있는 유일한 사람이 었기 때문에 혹시 친구가 우울증에 빠졌을까 봐 걱정되었다. 게다가 혜연은 남산타워에 갔을 때도 현실 도피적인 말을 하면서 굉장히 부정적인 생각을 가지고 있었기 때문에 미소의 불안감은 커져만 갔다.

"혹시 혜연이가 우울증에 빠진 것 아닐까?"

미소가 굉장히 다급한 어조로 주리에게 물었다.

"설마 그럴 리가 있겠어. 혜연이는 항상 입가에 웃음을 머금고 다니는데."

주리가 미소의 말을 강하게 부정하자 그녀는 진실을 말하고 싶었다. 하지만 미소는 혜연이의 비밀을 지켜주고 싶었기 때문에 더 이상 아무런 말도 할 수 없었다.

"미소야. 너무 걱정하지 마. 혜연이는 워낙 밝으니까 공무원 시험에만 합격하면 곧 괜찮아질 거야. 그러니깐 쓸데없는 걱정하지 말고 너는 취업준비에만 신경 쓰면 돼."

"그래도 난…"

미소는 극심한 우울증이 자살로 연결되는 경우가 아주 많다는 걸 잘 알고 있었기 때문에 혜연이의 안부가 걱정됐다. 직접적인 도움을 주고 싶었지만, 취업을 못 해서 경제적인 능력이 전혀 없는 미소가 할 수 있는 일은 아무것도 없었다.

"내일 전화 좀 하고, 나라월드 홈페이지를 방문해서 글도 좀 남기고 그래야겠다."

미소의 말에, 주리는 웃으면서 화답했다.

"메신저로 수다도 떨어야지."

"그래. 너 말이 맞아."

미소는 웃으면서 잠깐 심란했던 자신의 마음을 달래고 있었다. 그리고 아무 말 없이 의자에 기댄 채 혜연이가 선물해 주었던 목걸이를 만지작거리면서 그녀의 소원을 날려 보냈다.

'혜연아! 절망적인 상황에서도 다시 날아올라야 한다.'

미소는 혜연이가 다시 일어서길 진심으로 빌었다.

40

미소는 학교에 가면서 호수와의 관계를 정리해야겠다고 생각했다. 호수에 대한 그녀의 사랑이 하루가 다르게 커져만 가고 있었기 때문에 여기서 그만두지 않으면 자신이 감당할 수 없을 것 같았다. 그래서 미소는 학교에 도착하기가 무섭게 아침 일찍 와서 공부하고 있던 호수를 '포에버' 나무가 있는 곳으로 조용히 불러냈다.

'얘가 아침부터 왜 이곳으로 나를 부를까?'

호수는 어리둥절했지만, 그녀가 원하는 곳으로 갔다.

"미소야 무슨 일 있어?"

호수는 도착하자마자 그녀의 생각을 물었다. 하지만 미소는 그의 질문에 아무런 말도 없이 굳은 표정으로 나무만 쳐다보고 있었다.

"미소야 말 좀 해봐."

호수는 침묵으로 일관하고 있는 미소의 모습을 바라보기가 너무 힘들었다. 하지만 미소도 자기 생각을 전달하기에는 가슴이 아파 입이 쉽게 열리지 않았다. 그래서 미소와 호수는 나무 밑에서 한참 동안 멍하니 서 있었다.

'미소가 사랑 고백을 하려고 하나?'

강산대 캠퍼스 커플들이 '포에버' 나무 밑에서 서로의 영원한 사랑을 기원하는 전통이 있었기 때문에 이런 생각은 전혀 이상한 것이 아니었다. 하지만 곧 그의 기대는 산산조각 나 버렸다.

"공 선배, 우리 좋은 선후배로 남아요."

미소는 굳게 잠겨있던 말문을 가까스로 열면서 말했다.

"그게 도대체 무슨 말이야?"

호수는 생각지도 못한 말을 듣고 정신을 하나도 차릴 수 없었지만, 미소는 냉정하게 자신이 하고 싶은 말을 했다.

"공 선배하고 이제 떨어져서 지내려고요."

"아니 잠깐, 내가 미소한테 뭐 잘못한 게 있어?"

호수는 말까지 더듬거리면서 미소의 생각을 묻고 있었다.

"아니요. 오히려 공 선배는 저에게 너무 과분한 사람이에요. 사려 깊고 배려심도 많으면서 다양한 능력을 갖춘 멋진 남자죠."

"미소야, 난 그런 칭찬을 듣고 싶은 게 아니라, 왜 나를 떠나려 하는지 알고 싶은 거야. 난 말이지, 네가 날 사랑하지 않아도 좋으니깐 그냥 내 옆에서 있어 주기만 하면 돼. 무슨 말인지 알아들어?"

호수의 목소리는 격양되었다.

"저는 선배의 진심을 잘 알아요. 그냥 저를 좋아하는 마음에서 사심 없이 돕고 있다는 거. 말하지 않아도 알고 있어요."

"근데 왜 나를 떠나고 싶은 거지? 난 아무 부담도 주지 않을 테니깐, 옆에서 그냥 너를 돕도록 내버려 둬. 그건 세상 그 무엇과도 바꿀 수 없는 가장 큰 행복이니깐."

호수가 울먹이면서 자신의 심정을 토로하자 미소는 가슴이 찢어질 것 같았다. 하지만 그의 이런 모습을 보고도 미소는 자신의 결심을 변경할 수 없었다.

"공 선배, 저는 이기적인 여자가 되고 싶지 않아요. 선배가 저를 좋아하는 걸 알고 그 심리를 이용하는 사람이 되고 싶지 않다고요."

"난 이용당하고 싶어. 그리고 왜 그걸 이용한다고 생각해? 세상 모든 사람이 그런 생각으로 사는 건 아니야. 제발 날 좀 믿어줘."

"공 선배, 저도 선배가 그런 사람이 아니라는 걸 알아요. 하지만 제 양심이 더 이상 허락하지 않아요."

"그게 나를 떠나고 싶은 이유 전부야?"

호수가 절망스런 말투로 물었다.

"아니요."

"그럼 뭐가 또 있는 거야? 제발 부탁이니 솔직하게 말해줘."

호수의 부탁에 미소는 한 점의 오해도 남기고 싶지 않아 자신이 현재 느끼고 있는 심리상태를 모두 말해주기로 했다.

"공 선배, 솔직히 저 선배 사랑하고 있어요. 처음에 도서관에서 공부할 때는 경계하는 마음으로 무조건 밀어내려 했는데, 시간이 갈수록 제 마음은 선배로 가득 찼어요."

"그래서?"

호수가 물었다.

"알코올 중독에서 회복한 직후, 멋진 커리어 우먼이 될 때까지 진실한 사랑을 하지 않으려고 굳게 결심했는데, 선배에 대한 감정이 커지게 되면서 또다시 차일까 너무 두려웠어요. 그래서 전 일이 더 커지기 전에 이쯤에서 공 선배에 대한 제 마음을 접고 싶었던 겁니다. 실연의 상처가 얼마나 힘든지 누구보다도 잘 아니까요."

"미소야, 난 주상 선배하고는 근본적으로 달라."

호수가 진심을 담아 자신의 마음을 표출했지만, 미소는 요지부동이었다.

"잘 알고 있어요. 선배. 하지만 전 1%의 가능성을 생각하지 않을 수 없어요. 겉으로는 당당한 척하지만 제 마음속에는 씻을 수 없는 상처가 깊게 자리 잡고 있다고요."

"미소야, 난 너를 3년 동안 짝사랑했고 이제 와 너를 제대로 알기 시작했는데 나를 꼭 그렇게 내쳐야겠니?"

미소는 좀처럼 마음을 접지 못하는 호수의 말을 듣고 그를 위해서 좀 더 자극적인 말을 해야 할 필요성을 느꼈다. 그래서 미소는 고심 끝에 가장 예민한 부분인 취업과 경제력에 대한 얘기를 수면 위로 올렸다.

"공 선배, 우리 지금 백수인 거 아시죠?"

미소의 말에 호수는 강하게 부정했다.

"우리가 왜 백수야? 엄연한 취업 준비생이지."

"어차피 회사에 취직 못 하고 아르바이트로 용돈만 겨우 벌어 쓰니 백수가 맞죠."

"근데 왜 이런 얘기를 하는 거지?"

호수의 질문에 미소가 무거운 표정을 지으면서 대답했다.

"공 선배는 제가 왜 차였는지 모르겠어요?"

미소의 질문을 듣는 순간 호수는 온몸이 얼어붙어서 아무 말도 할 수 없었다.

"선배, 저도 직장이 없어서 이렇게 빌빌거리면서 살고 있는데 사랑하는 사람마저 직장이 없다면 이 험한 세상 누굴 믿고 살아갑니까?"

미소는 별로 마음에도 없는 말을 하니 기분이 영 편치 않았지만, 서로의 장래를 위해서라면 어쩔 수 없는 선택이라고 생각했다.

"미소야, 난 조만간 서울시 공무원이 될 텐데 그 말은 좀 심하지 않아?"

아무리 사랑하는 미소였지만 그녀의 말을 듣고 호수는 자존심이 상했다.

"공무원 경쟁률이 100대 1인데 선배는 무슨 수로 합격을 그렇게 자신해요? 물론 저도 선배가 시험에 합격할만한 능력이 있다는 거 잘 알고 있어요. 하지만 경쟁률 높은 시험에는 예측할 수 없는 많은 변수가 엄연히 존재해요."

미소는 많은 도움을 준 호수한테 이런 말을 해야만 하는 자신이 너무 미웠다. 하지만 눈치 빠른 호수는 왜 미소가 이런 식으로 말을 하는지 알았기에 강경했던 태도를 버리고 미소를 안심시키기 시작했다.

"미소야, 너의 말뜻 충분히 알아들었으니깐. 이젠 걱정하지 않아도 돼."

"정말이죠?"

미소는 갑작스럽게 심적 변화를 일으킨 그의 말을 믿을 수 없었다.

"내가 내일부터 도서관에 안 나올 테니깐 너도 좀 일찍 나와 좋은 자리에서 공부해라. 그동안 정말 고마웠다."

호수의 말투는 이전처럼 부드러워졌다.

"선배, 제가 안 나올 거예요."

"아니야. 난 다시 노량진 고시촌으로 돌아가면 돼."

"선배, 그러면 제가 너무 미안하잖아요."

"미소야, 넌 내가 말한 사랑의 정의를 벌써 잊은 거 아니겠지? 힘들거나 공부하다 막히면 주저하지 말고 전화해라. 알았지?"

미소는 아무 대답도 할 수 없었다. 그의 사랑은 진심이라는 것을 미소도 오래전부터 알고 있었다. 잠시 후, 마음을 애써 정리한 호수는 '포에버' 나무에서 미소와 기념촬영을 했다. 연인 사이의 영원한 사랑을 기원한 게 아니라, 영원한 선후배의 우정을 기리기 위해.

41

미소는 잠시 사랑에 빠졌던 호수에게 이별을 통보한 후 폭포수처럼 흘러내리는 눈물로 뺨을 적시면서 하루를 보내야 했다. 겉으로는 냉정하게 보이면서 태연한 척하고 싶었지만, 마음속 깊은 곳에서는 슬픈 샘물이 계속 불어나고 있었다. 집으로 돌아오는 버스 안에서도 눈물은 멈추지 않았다. 많은 승객이 그녀 주위에 있었음에도, 호수를 더 이상 가슴 속에 담아둘 수 없다는 슬픔에 한없이 목 놓아 울기만 했다. 전후 사정을 잘 모르는 승객들은 미소가 한 남자에게 비참하게 버림받은 거로 알고 매우 안타까운 시선으로 쳐다보았다.

'쯧쯧. 행색을 보니 딱 백조네.'

맨 뒷좌석에 앉아있던 중년 신사는 혀를 끌끌 차면서 그녀를 매우 한심한 눈으로 쳐다보았다. 하지만 미소는 지금 그 어떤 것도 눈에 들어오지 않는 '눈 뜬 장님상태'에 있었기 때문에 주변의 시선은 전혀 아랑곳하지 않았다.

미소가 눈이 퉁퉁 부은 상태에서 집에 도착하니, 뜻밖에도 아버지가 집에 있었다.

'웬일이지?'

미소는 전혀 예상하지 못했던 상황에 내심 당혹스러웠다.

"우리 예쁜 딸, 이제 오는구나."

한성구는 애지중지 키운 미소가 문을 열고 거실로 들어오자 반갑게 맞아주었다. 하지만 그는 미소의 눈이 평상시와는 달리 굉장히 충혈되고 부어오른 것을 본 뒤, 조심스럽게 그 이유를 물었다.

"학교에서 무슨 일 있었던 거냐?"

한성구의 질문에 미소는 강하게 부인했다.

"아무 일도 없었어요, 아버지."

"그런데 눈 상태가 도대체 왜 이러는 거니?"

"집에 오다가 이물질이 눈에 들어와서 그런 거예요."

"정말이니?"

한성구가 물었다.

"네."

미소는 시치미를 뚝 떼며 대답했다.

"이 물질이 들어간 것치고 눈이 너무 부어올랐는데."

한성구는 오랜 경험을 통해 모든 상황을 추측할 수 있었다. 하지만 미소는 생각보다 완고해서 절대로 진실을 말하려고 하지 않았다. 그래서 한성구는 미소의 사생활을 존중해 줄 필요가 있다고 생각해 더 이상 질문을 하지 않고 말없이 베란다로 나가 저녁 풍경을 감상하고 있었다.

"아버지, 오늘 웬일로 이 시간에 집에 있으세요?"

저녁노을에 흠뻑 빠져있던 한 성구는 예상했던 미소의 질문에 밝게 웃으면서 대답했다.

"오늘 우리 딸하고 꼭 할 얘기가 있어서 지금까지 기다렸지."

"저한테 긴급히 전달할 사항이란 게…."

미소가 말끝을 흐리자 그는 뒷주머니에 있던 통장을 꺼낸 후 그녀 앞으로 갖다 놓으면서 말했다.

"내가 하고 싶었던 말이라는 게 이거야."

"이게 뭐죠?"

미소는 통장인 걸 두 눈으로 뻔히 보고서도 왜 이것이 자신의 눈 앞에서 있는지 도통 영문을 알 수 없었다.

"미소야, 여기에 현금 300만 원이 들어있어."

한성구는 새벽 2시까지 치킨을 팔아 모은 돈을 사랑하는 딸을 위해 내놓았다.

"아버지, 이걸 왜 제게 주는 거죠?"

미소는 아버지의 프랜차이즈 치킨집이 어렵다는 걸 잘 알고 있었기 때문에 통장에 들어있는 돈을 받고 싶지 않았다. 그러나 한성구는 자기 생각을 굽히지 않고 미소에게 계속 통장을 주고 싶어 했다.

"미소야, 살다 보면 무슨 일이 생길지 모르니 이 돈을 비상금으로 가지고 있어라. 만약 공무원 시험을 준비하고 싶다면 약간의 도움은 될지도 모르겠구나."

"아버지, 저 공무원 시험에 완전히 마음 접었어요."

미소가 단호하게 말했다.

"공무원 시험공부 하고 싶어 했잖니? 성호가 고시 준비해서 네가 이 애비에게 부담 안 주려고 양보한 거 다 알고 있는데."

한성구는 항상 자신을 배려하는 미소를 생각하니 눈물이 앞을 가렸다.

"아니에요, 아버지."

미소는 애써 부인하면서 아버지의 눈을 쳐다보고 있었다.

"어서 받으리. 미소야 이 에비가 해 줄 수 있는 게 이기밖에 없어서 미안하구나."

한성구가 물러서지 않고 집요하게 설득하자 결국 미소는 아버지의 땀과 눈물이 어우러진 통장을 끝내 받아야만 했다.

"분명히 살다 보면 어려운 상황이 있을 터이니 돈이 긴급히 필요할 때 유용하게 사용하도록 해라."

"아버지, 정말 고마워요."

미소는 늘 힘들 때마다 큰 힘이 되어주시는 아버지의 존재가 무척이나 크게 느껴졌다. 그래서 아무리 거친 파도가 휘몰아쳐도 아버지의 사랑만큼은 빼앗아 갈 수 없을 거라고 굳게 믿었다.

'아버지 정말 사랑해요.'

그날 밤, 미소는 아버지의 큰 사랑에 너무 감격한 나머지 밤새 울어, 눈의 형체를 알아볼 수 없을 정도로 눈이 부어올랐다.

42

언제나 미소의 자리를 맡아주었던 호수가 도
서관을 떠난 후, 그녀는 말로 다하지 못할 공허함을 느꼈다. 하지만
눈앞에 다가온 상반기 취업 때문에 그런 사치스런 감정은 잠시 접어
두고 이전보다 더 치열하게 하루하루를 살아야 했다. 기업의 정보를
자세히 분석하고 시험일정을 점검해야 했으며, 아직 만족할만한 수
준이 아닌 프레젠테이션 기술도 더 세밀하게 가다듬어야 했기 때문
에 항상 무언가에 쫓기는 듯한 느낌을 받았다.

때로는 숨이 턱 막히는 것 같고 또 어떤 때는 '내가 이렇게 까지
살아야 하나'라는 생각이 그녀의 머릿속을 종종 지배하기도 했지만,
미소는 지난날, 자신에게 엄청난 좌절감과 굴욕감을 심어주었던 윤
주상을 생각하며 참고 또 참으면서 스스로를 심하게 채찍질했다.

미소는 서류 전형 통과 확률을 좀 더 높이고 자신만의 특색을 제
대로 홍보하기 위해 일반적으로 쓰는 자기소개서 스타일을 완전히
무시한 그녀만의 색깔이 듬뿍 담긴 소개서를 밤새 씨름하며 만들고
또 만들었다. 그 결과 며칠이 지난 후 각 기업의 특색에 맞는 다양
한 형태의 취업원서를 완성할 수 있었다.

'이 정도면 완벽하겠지.'

미소는 스스로 만족했다. 하지만 이런 처절한 노력에도 불구하고 미소가 처한 현실은 몇 달 전보다 훨씬 더 심각했다. 인터넷 포털 취업사이트에는 나이를 불문하고 취업을 희망하는 사람들로 넘쳐나서 기본 경쟁률이 100:1을 가볍게 넘어섰으며, 심지어 학교도서관에도 경쟁자가 셀 수 없을 정도로 널려있었다. 다행히도 미소는 이런 현실에 전혀 굴복하지 않고 세상과 당당히 맞서 싸우며 자신의 길을 개척하고자 했다.

그러나 하루하루가 지나도 미소에게 면접을 보자는 업체는 한 군데도 없었으며 심지어 보험용으로 지원한 회사마저도 그녀에게 불합격을 통보하자, 미소는 자신도 모르게 한숨을 크게 쉬었다.

'도대체 이유가 뭐지?'

미소는 토익성적도 우수하고 컴퓨터 및 기타 자격증도 여러 개 가지고 있어서 취업에 문제없을 거라고 생각했는데, 현실은 서류전형조차 통과하지 못하는 비참한 상황만이 또다시 무한 반복되었다.

'뭔가 잘못된 것이 틀림없어.'

미소는 스스로를 위로하며 어떻게든 이성을 찾고자 했다. 하지만 강력한 의지와는 달리 가슴과 머리에 꽉 차 있었던 자신감이 조금씩 사라지고 있다는 것을 느끼고 있었다. 병원에서 퇴원한 후에는 무엇이든지 할 수 있을 것 같았던 젊은 숙녀의 뜨거운 에너지가 서서히 고갈되고 있었다. 게다가 바깥 날씨조차도 무척 더워지고 있었기 때문에 미소의 체력은 정상궤도에서 조금씩 이탈하고 있었다.

미소의 날개

몸에서는 땀방울이 쉴 새 없이 흘러내렸고 계속 갈증이 났으며 하루하루가 괴로워서 미칠 지경이었다. 하지만 취업에 대한 꿈을 절대 포기할 수 없었다.

한낮 38도를 웃도는 무더위도, 인사담당자들의 냉정한 불합격통보도, 가족과 친한 친구를 제외한 주변 사람들의 비아냥도 미소를 예전의 모습으로 완전히 끌어내리지 못했다. 하지만 취업의 문은 여전히 굳게 닫혀있었다.

　　자신감으로 충만해 있었던 상반기 취업에 실패한 후, 미소는 황량한 사막에 홀로 남겨져 있는 느낌이 들었다. 그녀를 진심으로 도왔던 호수도 없었고 이번에는 틀림없이 될 것이라고 생각했던 취업전쟁에서 실패하자 자신감도 반으로 줄어들었다. 그녀는 다시 머나먼 사막을 홀로 여행하기가 너무 두려웠다.

　　'이러다 평생 취직도 못 하고 폐인 되는 거 아닌가.'

　　미소는 불안한 마음에 책이 눈에 들어오지 않아 문득 옆자리를 보았더니 낯선 남자가 무척이나 열심히 토익 공부를 하고 있었다.

　　'공 선배는 지금쯤 무얼 하고 있을까.'

　　옆에 앉아있는 남자 학생을 보니 가장 어려웠던 시기에 항상 곁에 있어 주면서 헌신적으로 도와주었던 공호수가 생각이 났다.

　　'공 선배, 정말 미안해.'

　　미소는 같이 있을 때 잘해주지 못한 것이 영 마음에 걸려 쓰린 가슴만 눈물로 달래야 했다.

　　그날 오후, 미소는 예전에 호수와 같이 점심을 자주 먹었던 해오름에서 식사를 하고 있었다. 그곳은 강산대 근처에서는 가장 유명한 식당답게 늘 사람이 많은 곳이었다. 하지만 점심시간이 조금 지나서 가서 그런지 그날따라 유독 손님이 없었던 덕분에 미소는 식당주인 눈치 보지 않고 마음 편하게 밥을 먹으면서 호수와의 추억도 즐겁게 회상할 수 있었다. 그러던 중, 남루한 옷을 입은 노신사가 식당 문을 조용히 열고 들어 왔다.

'누구지? 혹시 밥을 구걸하러 온 할아버진가?'

미소는 낯선 노인의 갑작스러운 출현에 알 수 없는 호기심이 생겨 났다. 그러나 미소의 이런 관심보다 더 놀라웠던 것은 식당주인의 태도였다.

"어르신 또 찾아주셔서 감사합니다."

그는 마치 대통령에게 인사하는 것처럼 예의를 최대한 갖춘 상태 에서 정체불명의 노인에게 공손히 인사를 했다.

'도대체 이게 무슨 일인지?'

미소는 형편없는 옷을 입고, 엄청나게 낡은 구두를 신은 노인에 게 깍듯이 대하는 식당주인의 모습을 도저히 이해할 수 없었다. 그 래서 미소가 잠깐 숟가락을 놓고 노신사만 빤히 쳐다보자 뜻밖에도 그는 천천히 미소가 앉아있는 쪽으로 걸어왔다.

"여기 같이 앉아도 될까?"

노신사가 정중히 부탁했다. 그러나 미소는 자리가 많이 비어있음 에도 불구하고 굳이 자신과 합석을 하려는 그 노인을 이해할 수 없 었다.

'내가 자꾸 쳐다봐서 혼내주려고 왔나?'

미소는 왜 노신사가 자기 옆에 앉고 싶어 하는지 궁금했다.

"할아버지 왜 하필 이 자리에…."

"그냥 앉고 싶어서 그래."

노신사는 미소의 질문에 대충 대답한 후 그녀를 마주 보고 앉아 버렸다.

'아니 이 할아버지가 점점 이상해지시네.'

미소는 노신사의 돌발 행동에 갑자기 짜증이 나기 시작했다. 하지만 노신사는 이런 미소의 모습에 전혀 개의치 않고 식당주인에게 된장찌개를 주문했다. 그리고 미소를 부드럽게 응시하면서 말했다.

"초면에 실례 좀 했소. 숙녀 아가씨."

노신사가 이제 제정신이 들어온 듯 정중하게 사과를 하자 미소도 더 이상 불편한 심기를 드러내지 않았다.

"아닙니다. 할아버지 전 괜찮습니다."

미소는 간단히 예의만 차린 후 다시 점심을 먹기 시작했지만, 노신사는 그녀에게 궁금한 것이 많은 듯 보였다.

"숙녀 아가씨, 혹시 강산대 학생인가?"

노신사가 느닷없이 질문했다.

"몇 달 전까지만 해도 그랬죠. 지금은 졸업생 신분이고요."

"그래, 그럼 현재는 취업준비생이겠네?"

"네, 그렇습니다."

미소는 마지못해 대답했다.

"근데 왜 아직 취직하지 못했나?"

"그건 요즘 우리나라 경제가 어렵고 일자리는 없어서."

미소는 제대로 답변을 할 수 없었다. 하지만 그녀는 남루한 옷차림을 한 노신한테 이런 질문을 받는다는 게 너무 불쾌해서 직설적으로 한 마디 던졌다.

"할아버지 앞가림이나 제대로 하세요."

미소는 자기도 모르게 무례한 말을 내뱉었다. 그런데도 노신사는 예상과 달리 매우 흥미로운 표정을 짓고 있었다.

"내 앞가림이나 잘하라고? 이거 너무 재미있네."

노신사는 뭐가 좋은지 계속 껄껄대며 웃기만 하자 식당주인이 와서 공손하게 그 이유를 물었다.

"강 회장님, 이 학생이 무슨 말을 했길래 그리 행복하십니까?"

"별거 없으니깐. 어서 된장찌개나 갖다 줘."

노신사의 말 한마디에 식당주인은 다시 주방으로 갔지만, 미소는 방금 들었던 강 회장이라는 말에 머리가 어지러웠다.

'강 회장이라고? 혹시 사채업자인가?'

미소는 노신사의 신분이 너무 궁금해서 다시 밥 먹던 숟가락을 놓고 백발의 할아버지를 말없이 쳐다보았다.

"할아버지."

미소가 노신사를 불렀다.

"어서 말해봐."

노신사는 이미 미소의 마음을 다 읽은 듯 보였다.

"이런 질문하기는 좀 그렇지만 혹시 뭐 하시는 분이세요?"

미소의 목소리는 매우 조심스러웠다.

"그냥 장사 좀 하는 사람이야."

"근데 주인아저씨께서는 왜 회장님이라고 부르는지 궁금하네요."

"글쎄, 난 그 이유를 잘 모르겠는데."

노신사는 시치미를 뚝 떼려고 했지만, 마침 음식을 가지고 오던 식당주인이 미소의 말을 듣고 불쑥 대화에 끼어들었다.

"학생 정말 이 분 몰라?"

"저는 처음 보는 분이래서."

미소가 무안한 듯 머리를 긁적이자 식당주인이 그 노신사의 정체를 대신 밝혀주었다.

"학생, 이 분은 우리나라 무역업계의 대부인 대한실업의 강 회장님이셔."

식당주인이 자랑스럽게 말했다.

"방금 대한실업이라고 하셨나요?"

미소는 식당주인의 말이 끝나기가 무섭게 한국 최고의 종합상사인 대한실업의 기업이미지와 전혀 어울리지 않는 강 회장의 옷차림에 믿을 수 없다는 표정만 지었다.

"눈에 보이는 것만이 전부는 아니지. 안 그런가?"

"그렇습니다, 회장님."

식당주인은 공손히 대답했다.

44

미소는 거상인 답지 않게 이런 소박한 곳에서 맛있게 식사를 하는 대한실업 강 회장이라는 사람의 정체가 너무 궁금했다. 비록 미소가 겉으로만 사람을 평가하는 실수를 하기는 했지만, 노신사는 충분히 이해해 줄 것 같은 인자한 할아버지처럼 보였다.

"강 회장님, 아까는 죄송했습니다."

미소는 무례했던 자신의 언행에 대해 사과했다.

"뭐 그럴 수도 있지."

"근데 회장님, 왜 제 옆에 앉았는지 솔직하게 얘기 좀 해주실 수 있겠어요?"

미소는 아직도 의문이 풀리지 않았다.

"으흠, 생각보다 궁금증이 많은 숙녀로군."

강 회장은 된장찌개 맛에 푹 빠진 듯 미소의 질문에 건성으로 대답한 후 식사를 계속했다. 하지만 미소도 포기하지 않고 강 회장의 식사속도에 리듬을 맞추면서 그가 솔직한 답변을 해주기만을 기다렸다.

"정말 알고 싶은가?"

강 회장은 어느 정도 포만감을 느낀 후 미소의 질문에 다시 관심을 보이기 시작했다.

"네. 회장님 말씀해 주세요."

"그럼 대답하기 전에 먼저 물어볼 게 하나 있어."

"그게 뭔데요?"

"숙녀 아가씨 이름이 뭔가?"

강 회장의 질문에 미소는 즉각 대답했다.

"제 이름은 한미소입니다. 강산대 사회학과를 올 2월에 졸업했죠."

미소는 강 회장이 궁금해할 것 같아서 묻지도 않은 전공과목까지 말을 했다.

"이름 좋네. 한미소. 그럼 내가 이제부터 미소라고 불러도 되나?"

"그렇게 하시죠. 회장님."

"앞으로는 회장님 대신에 할아버지라고 부르게나. 그게 더 정감이 가잖아."

"네, 할아버지."

미소의 답변에 강 회장은 무척 흐뭇한 듯 호탕한 웃음을 지어 보였다. 그리고 잠시 후 미소가 질문한 내용에 대한 솔직한 답변을 늘어놓았다.

"내가 이 텅 빈 자리를 앉지 않고 미소 옆에 착석한 이유는 얼굴 속에 어둠의 그림자가 잔뜩 낀 이유를 듣고 싶어서였네."

"제 얼굴에 빛이 없다는 말씀이신가요?"

미소의 질문에 강 회장은 고개를 끄덕였다.

"그럴 리가 없는데."

미소는 최근에 취업에 실패한 후, 자신감을 많이 잃기는 했지만 그렇다고 낙담하거나 우울해 하지는 않았기에 강 회장의 말에 동의하기가 힘들었다.

"미소의 연기는 매우 훌륭하지만 내 눈을 속일 수 없지."

강 회장은 지난 35년 동안 사업을 하면서 산전수전을 다 겪은 인간 심리학의 마술사였기 때문에 미소의 현재 상태를 정확히 꿰뚫어보고 있었다.

"미소는 아직 인생의 바닥을 겪지 않았어."

"할아버지 그건 또 무슨 말씀이신지?"

미소는 알코올 중독증세로 병원에 입원했을 때가 자기 인생의 바닥이라고 생각했는데, 난데없이 나타나 그것을 모두 부인하는 강 회장의 말이 틀렸다는 걸 증명하기 위해서 최근 1년간 자기한테 일어났던 일들을 모조리 다 얘기했다. 미소의 얘기를 다 들은 후, 강 회장은 웃으면서 말했다.

"그것 봐, 내 생각이 맞네. 미소는 아직 생의 바닥을 맛보지 않아서 겪어야 할 시련이 더 남아있어. 물론 본인은 인정하고 싶지 않겠지만."

"할아버지, 제가 1년 동안 험한 일을 많이 겪었는데 아직 끝이 아니라고요?"

미소는 재차 물었다.

"안타깝게도, 더 겪어야 할 불행이 남아있어."

"제 인생의 내리막길이 계속 더 이어진다니 믿을 수가 없어요. 전 완전히 바닥을 쳤다고 생각하는데."

미소는 대한실업 강 회장의 말을 받아들일 수 없었다.

"보통 사람들은 자기 인생의 바닥이라고 생각되는 지점에서 굳은 결심을 하고 다시 일어서려고 하지만, 운명의 신은 그리 호락호락하지 않아. 그런 사람에게 조금 더 혹독한 시련을 준 후 그가 진정으로 일어설 수 있는 용기를 가진 자인지 시험해 보려고 한다네. 바닥이라고 생각되는 지점에서 미소는 힘을 내기 시작했지만, 그 밑에 지하 2층, 3층이 남아있다는 거지."

강 회장의 확신에 찬 말을 듣고 미소는 잔뜩 겁이 나기 시작했다.

"제게 취업 실패 말고 더 큰 불행이 있을 수 있나요?"

"아마 있겠지. 구체적인 것은 나도 잘 모르겠지만."

강 회장은 미소를 보면서 말했다.

"그럼 할아버지 제 얼굴에 그림자가 생기는 이유는 뭔가요?"

미소는 궁금한 게 많았다.

"미소가 아직 진정한 인생의 바닥을 아직 겪어보지 않아서 조그만 일에도 열정을 잃기 때문이야."

미소는 강 회장의 대답을 듣고 깜짝 놀랐다.

'어떻게 내 심리를 정확히 알고 있지.'

하지만 미소의 놀란 표정과는 상관없이 그는 자기 생각을 계속 얘기했다.

"정말 숨도 쉬기 어려울 정도의 인생의 바닥을 맛본 사람의 눈빛은 맹수처럼 강렬하고 얼굴은 밝게 빛나지, 왜냐하면 그의 삶은 이제 더 이상 떨어질 때가 없고 올라갈 일만 남아서 항상 희망으로 가득 차 있기 때문이야. 그래서 중간에 실망할 일이 생겨도 전혀 마음에 담아두지 않고 바로 목표를 향해 다시 달려갈 수 있는 거야."

강 회장의 말을 듣고 미소는 아무런 대답도 할 수 없었다. 그의 말은 모두 사실이기 때문이었다.

"하지만 미소는 걱정하지 말게. 내가 딱 보니깐 나중에 크게 성공할 상이야."

"할아버지, 위로의 말씀은 고맙지만 전 지금 아무것도 가진 게 없어요. 직장도 없고 경제력은 제로여서 남자 친구한테 버림받았고, 누구보다도 열심히 취업준비 했는데 아무도 절 불러주는 곳이 없어요. 정말 미칠 지경이에요."

강 회장은 미소의 말을 들은 후, 웃으면서 말했다.

"취업의 신께서 미소를 블루칩으로 만들려고 그런가 보네."

"블루칩은 또 뭐에요?"

미소가 물었다.

"나중에 자수성가해서 크게 성공할 사람을 의미하는 거지."

"정말 제가 성공할 수 있을까요?"

"세상 살면서 일어나는 모든 일은 인간이 마음먹기에 달려있고. 게다가 인생사 내리막이 있으면 오르막이 반드시 있는 법이니깐 하루하루 최선을 다하면 반드시 좋은 일이 있을 거야."

강 회장의 말에 미소는 불안감이 없어진 듯 표정이 전례 없이 환해져 있었다.

"할아버지 아니 회장님, 정말 감사해요."

미소가 고마움을 표시했다.

"난 그저 내 할 일을 했을 뿐이야."

강 회장은 그렇게 말한 후 식당 앞에 대기 중이던 벤츠를 타고 어디론가 가버렸다.

"할아버지, 잘 가세요."

미소는 벤츠가 자기 시야에서 완전히 사라질 때까지 강 회장을 향해 손을 흔들어 주었다.

45

김명국 교수의 세밀한 취업전략에 힘입어 전 학기보다 더욱 많은 졸업생들이 사회에 진출할 수 있었다. 그러나 이런 외형적인 성장에도 불구하고 미소의 취업은 여전히 답보상태에 있어서 그녀는 자신도 모르게 우울증에 다시 걸릴 것 같다는 불길한 생각이 서서히 들었다. 하지만 그때마다 며칠 전 만났던 할아버지의 조언을 떠올리면서 희망의 밧줄을 만들기 위해 계속 노력을 했다.

'도대체 내가 뭐가 부족한 걸까?'

미소는 지난 몇 개월 동안 취업에 꼭 필요한 능력들을 충분히 습득했다고 생각했지만, 아직 서류전형조차 한 번도 통과하지 못했다.

'토익 900점대도 소용이 없는 걸까?'

미소는 실패에 대한 원인을 분석하느라 머리가 지끈지끈 아팠다. 하지만 무거운 현실 앞에 그런 고통은 사치에 불과했기에 그녀는 애써 두통을 외면했다. 미소의 바닥국면은 대한실업의 강 회장 말대로 계속 진행형이었다. 그녀가 아무리 치열하게 노력하고 사회에 나갈 준비를 충분히 했어도 미소에게 돌아오는 건 공허한 메아리뿐이었다.

그러던 어느 날, 가을비가 유난히 굵게 내리던 날에 미소는 우울한 마음을 달래고자 우산도 없이 집까지 그냥 걸었다. 비록 옷은 다 젖고 걷기에도 불편했지만, 오히려 이게 더 마음을 편안하게 만들었다. 굵은 빗방울이 머리를 타고 내려와 눈을 살며시 적셔줄 때의 기분은 미소에게 형언할 수 없는 동병상련의 슬픔을 느끼게 해주었다. 비와 무언의 대화를 나누는 것이 너무 즐거워서 오랜 시간 동안 빗속을 걸으면서도 시간 가는 줄 몰랐다. 그래서 문득 정신을 차려보니 어느새 집 앞에 다다랐다.

'벌써 다 왔네.'

그녀의 모습은 물에 빠진 생쥐와 다름이 없었지만, 미소는 친구와 헤어지는 것이 아쉬운 듯 조금 전보다 더 천천히 발걸음을 옮겼다. 그리고 바로 그때, 귀에 익은 목소리가 그녀의 귓가를 세차게 때렸다.

"한미소, 나하고 얘기 좀 하자."

미소는 이 목소리의 주인공이 윤주상이라는 걸 즉각 알아차렸다.

'오빠가 웬일이지?'

미소는 갑자기 머릿속이 복잡해졌고 그를 보기가 두려워졌다. 하지만 주상은 미소의 마음은 전혀 배려하지 않은 채 즉각 곁에 다가와 잠시만 시간을 내달라고 부탁했다.

"난 오빠하고 할 말이 없는데."

미소의 대답은 싸늘했지만, 주상은 애절한 목소리로 그녀를 붙잡았다.

"잠깐이면 되니깐 여기서라도 그냥 들어."

주상이 막무가내로 밀어붙이자 미소는 옛정을 생각해서 차마 거절하지 못하고 그의 말을 들어야 했다. 주상은 비를 맞으면서 미소에게 다시 그녀를 사랑할 수 있게 해달라고 부탁했다. 염치없는 행동을 하고 있다는 것을 잘 알고 있었지만, 주상은 미소가 정말 보고 싶었다. 밤마다 술 없이는 잠을 못 잤다고 고백하면서 그녀의 마음을 흔들어 놓고 있었다.

그러나 미소는 주상의 말을 들은 후 어이가 없는 정도가 아니라 차마 말로 표현할 수 없는 분노가 치밀어 올랐다. 자신을 비참하게 버린 것도 모자라서 유부남 신분에 다시 사귀고 싶다는 끝없는 뻔뻔함에 한때 그녀가 주상을 사랑한 사실조차 부끄러웠다.

"오빠는 도대체 날 뭐로 보는 거야?"

미소는 열이 잔뜩 받아있었다.

"미소야, 내가 정말 미안해. 그땐 내가 철이 없어서 그랬던 거야."

주상은 미란의 독선적이고 배려 없는 성격에 속이 타들어 가서 따뜻한 마음씨를 가진 미소가 너무 그리웠다.

"오빠는 내가 능력도 없고 집 안도 별 볼 일 없어서 헤어진 거잖아, 근데 지금도 달라진 게 하나도 없거든."

"상관없어. 난 단지 너만 있으면 돼. 돈은 내가 얼마든지 있어."

주상은 자랑스럽게 말했다.

"지금 그걸 말이라고 하는 거야?"

"너도 자존심만 생각하지 말고 현실적으로 좀 봐봐."

"오빠처럼 비열하게 살라고 충고하는 거야?"

미소는 주상을 비아냥거렸다.

"내 말은 그게 아니고, 넌 나만을 사랑하니깐 내가 다시 기회를 주겠다는 거야."

"뭔가 착각하나 본데 난 더 이상 오빠를 좋아하지 않아."

"거짓말하지 마."

주상이 강하게 부인했다. 그러나 미소는 마음은 진심이었다.

"공호수 때문에 그러는 거야?"

주상의 비열한 모습이 조금씩 드러나기 시작했다.

"나 호수 선배하고 사귄 적 없어. 괜한 트집 좀 잡지 마."

"넌 내가 학교에 없다고 모르는 줄 아나 본데, 나에겐 다 정보망이 있거든. 그러니깐 어서 솔직히 시인하란 말이야."

주상이 고함을 치면서 미소를 협박하자 그녀의 마음속은 점점 증오심으로 가득 차기 시작했다.

"이렇게 형편없는 사람이었어?"

미소의 도발적인 발언에 주상은 발끈하였다.

"뭐라고!"

"오빠는 물질을 찾아 떠났으면 그곳에서 만족을 찾지 왜 나를 자꾸 노리갯감으로 이용하려고 해?"

"내가 너에게 그런 대접을 했다고?"

"오빠는 내가 아직도 순진한 여자로 보여?"

"미소야 도대체 무슨 말을 하는 거야?"

주상은 자신의 진심을 밝힐 수 없었다.

"그럼 오빠가 날 다시 찾은 이유가 뭐야?"

"너를 너무 사랑해서 잊을 수가 없었어."

"그래?"

"응."

주상은 재빨리 고개를 끄덕였다. 하지만 미소는 차가운 말로 그를 더욱더 궁지에 빠트렸다.

"오빠의 사랑은 여자가 힘들 때 비겁하게 도망가는 거구나."

"미소야, 그때는 정말 어쩔 수 없었어. 나도 먹고살아야 하다 보니 잠시 널 떠나보낼 수밖에 없었던 거야."

주상은 강하게 변명했지만, 미소의 반응은 싸늘했다.

"그게 오빠의 사랑이구나. 애인이 능력 없다고 냉정하게 버렸으면서 이제 와 사랑을 다시 구걸하다니."

"미소야, 그건 오해야. 내가 능력이 없어서 너하고 이별했다면 왜 지금 와서 널 다시 찾아왔겠니?"

주상은 그럴싸한 변명으로 미소의 마음을 되돌리기 위해 안간힘을 쓰고 있었다. 하지만 미소는 더 이상 달콤한 말로 넘어갈 만한 여자가 아니었다.

"오빠, 말은 바르게 해야지. 날 다시 찾은 이유가 편안함을
다시 느끼고 싶어서 아니야? 오미란은 굉장히 도도하고 자기 잘난 맛에 사는 여자라던데, 오빠는 그 여자한테 심한 열등감을 느껴서 더 이상 보기 싫어진 거야. 그렇지?"

미소의 질문에 주상은 움찔했다.

'얘가 그걸 어떻게 알았지?'

주상은 미소가 독심술을 배웠나 의심할 정도로 당황했고 그가 넋 놓고 있는 사이 미소는 계속해서 말했다.

"오빠는 이제 그 집이 싫어진 거야. 그토록 원했던 아파트를 가졌지만, 마음속은 완전히 곪아 터져서 더 이상 행복하지 않은 거지. 그래서 날 다시 찾은 거고. 그러니깐 돈은 오미란에게서 얻어내고 내적 만족은 나한테서 찾겠다는 거지?"

주상은 미소의 날카로운 질문에 아무런 대답도 할 수 없었다.

'미소가 왜 이렇게 변했지?'

주상은 생각보다 훨씬 냉정하게 변해버린 미소의 모습에서 이질감을 느끼기 시작했다. 그녀가 예전의 모습만 그대로 간직하고 있었으면 자신의 이익을 위해 충분히 이용할 수 있다고 생각해 찾아왔는데 지금 와서 보니 그것은 완전한 착각이었다.

"미안하다. 미소야."

주상은 더 이상 미소를 설득하지 않기로 했다. 그러나 미소는 그의 사과를 받아들이고 싶지 않았다.

"오빠, 제발 인생 비굴하게 살지 마. 나도 취업이 어려워서 힘들고 우울하지만 그렇다고 오빠처럼 자기를 속이면서 살지는 않았어."

"미소야…"

주상은 이런 상황 속에서도 망가진 자신의 이미지만을 생각하고 망연자실했다. 하지만 미소는 그런 반응과는 상관없이 자신의 상처를 계속 여과 없이 드러냈다.

"제발 부탁인데 사랑 가지고 장난치지 마. 오빠는 괜찮을지 모르겠지만 당하는 사람은 삶을 포기하고 싶은 생각이 들 정도로 굉장히 고통스럽거든."

주상은 미소의 진지한 말투에 겁이 덜컥 났다.

'이런 식으로 대화가 계속된다면 난 정말 미쳐버릴지도 몰라.'

주상은 자신의 실체가 구체적으로 언급되는 것을 원하지 않았다. 그래서 더 험한 말을 듣기 전에 서둘러 미소에게 작별인사를 하는 것이 좋겠다고 판단했다.

"미소야, 오늘 일은 정말 미안했어."

"미안하다고 끝날 일이 아니잖아?"

"난 더 할 말이 없으니 이제 그만 가야겠다. 나 같은 사람 빨리 잊고 행복하게 살아라."

"난 할 말 남았어!"

하지만 주상은 미소의 부름을 외면하고 쓸쓸히 빗줄기 속으로 황급히 자취를 감췄다.

'나쁜 자식.'

미소는 또다시 상처를 안겨주고 간 그가 너무 미워서 온몸이 부들부들 떨렸다.

주상이 떠난 후, 집으로 들어온 미소는 더욱더 비굴하게 변한 그의 모습 때문에 슬픔이 물밀 듯이 몰려왔다. 무척 증오했고 두 번 다시 만나고 싶지 않은 남자였지만, 대학 시절 순수하고 자상했던 모습을 상실한 채 시간이 갈수록 더욱더 이기적으로 변하는 그에게서 심한 배신감과 함께, 동정심도 느꼈다. 현실에서의 각박함을 탈피하고자 수단과 방법을 가리지 않는 그의 모습에서 대다수 사람이 짊어지고 살아갈 수밖에 없는 삶의 무게를 느꼈다.

하지만 미소는 가나의 굴레를 벗어나기 위해 주상처럼 비겁한 방법은 쓰고 싶지 않았다. 대신, 그녀는 미친 듯이 능력을 계발하고 발전시켜서 자신에게 주어진 운명의 한계를 철저히 부숴버리고자 했다. 그리고 만약 그렇게 된다면 미소는 혜연이가 준 목걸이대로 절망의 늪에서 멋지게 다시 날아오른 희망의 여성이 될 거라고 확신했다.

46

　　혜연은 공무원 시험을 1주일 앞두고 불면증에 시달리기 시작했다. 삶에 너무 쫓긴 나머지 공부를 충분히 하지 못해 시험을 보기가 너무 두려웠다. 집안 가세도 기운 지 오래되었고 최근에는 생활비도 모자라 빚까지 졌는데 공무원 시험마저 떨어지면 그녀는 더 이상 기댈 곳이 없었다. 혜연은 심장이 터질 것 같은 절박감에 밤새 신음했다.

　'시험에 떨어지면 난 어떻게 하지.'

　혜연은 이 질문에 좀처럼 대답을 할 수 없었다.

　충분한 잠을 자지 못한 상태에서 일어난 혜연은 머리가 너무 아프고 위장도 뒤틀렸지만, 약값도 아까운 형편이었기에 아픈 몸을 이끌고 근처 도서관에서 공무원 시험 최종정리를 하고 있었다.

　'삶이 너무 힘들어 미칠 것 같아.'

　혜연은 온몸이 만신창이가 된 상태에서 무리하다 보니 삶의 압박감이 그녀의 어깨를 다시 짓누르기 시작했다. 겉으로는 항상 웃고 평온한 모습이었지만 속마음은 여리고 부정적이었던 혜연은 최근 들어 우울증이 극심해지는 걸 느낄 수 있었다.

하루가 멀다고 TV나 인터넷 포털사이트에서 유명인뿐만 아니라 자신과 같은 서민들의 자살사건이 연일 보도되자 그녀는 이것이 비단 남의 일만이 아니라는 걸 알고 있었다. 아픈 부모님을 생각하면 어떤 현실이 닥치더라도 꿋꿋이 이겨내며 살아가야 했지만 그러기에는 하루하루의 삶이 너무 치열해서 숨이 막힐 지경이었다. 물론 몇 달 동안 만나지 못했던 미소도 혜연과 같은 증세로 신음하고 있었지만, 미소는 한 번 큰 시련을 겪었기 때문에 어느 정도 심신이 단련되어 있었다. 하지만 혜연의 연약한 웃음 속에는 그녀를 강하게 붙잡아 줄 그 어떤 것도 존재하지 않았으며 그러는 사이 혜연의 심장은 바람 앞의 등불처럼 점점 위태로운 상태로 변해가고 있었다. 그리고 어떤 누구도 이런 사실을 정확하게 눈치채지 못했다.

미소는 혜연의 시험이 얼마 남지 않았다는 걸 알고 택배로 합격기원 초콜릿을 선물하였다. 물론 미소는 바쁜 와중에도 직접 가서 선물을 전달해 주고 싶었지만, 혜연이가 시험 최종 정리 때문에 극구 사양해서 할 수 없이 간접적인 방법을 선택했다.

'요새 혜연이가 왜 그럴까?'

저번에 주리와 함께 만날 때도 그랬고 지금도 자신을 피하는 혜연을 미소는 이해할 수 없었다. 여태까지 한 번도 이런 적이 없었는데 최근 몇 달 전부터 혜연은 미소와도 만나기를 거부했다.

'내가 무슨 큰 잘못이라도 했나?'

하지만 아무리 생각해보아도 자신이 가장 아끼는 혜연이에게 잘못한 일이 없었다. 그래서 미소는 자초지종을 듣고 약속을 확실히 잡기 위해서 전화를 걸었다.

'내 인생이 우울할수록 극한의 슬픔은 나의 가슴을 적시고.'

미소가 혜연에게 전화를 거니 들어보지도 못한 우울한 곡이 컬러 링으로 흘러나왔다.

'이거 노래가 왜 이러냐?'

미소는 우울한 곡을 들으니 기분이 이상하게 다운되었다.

"미소야, 잘 지내고 있니?"

침울한 곡에 잠시 넋을 놓고 있는 사이에 혜연이 전화를 받으며 그녀를 반겼다.

"너 요즘 정말 괜찮은 거야?"

미소는 혜연의 안부가 몹시 걱정되었다.

"공무원 시험 1주일밖에 남지 않아서 정신이 하나도 없어."

혜연은 망가진 모습을 보이면 미소가 취직준비 하는 데 지장이 있을까 봐 겉으로 무척 바쁜 척했다.

"혜연아, 바쁜 거 이해하겠는데 그렇다고 10분도 만나주지 않는 건 너무 하잖아?"

미소의 불만에 혜연은 웃으면서 말했다.

"미소야, 시험 끝나고 맘 편히 만나면 되잖아"

"계집애, 능청 떨기는."

미소는 혜연이가 밝게 대답하자 조금 안심이 되는 듯 목소리에 여유가 넘쳐흘렀다. 하지만 이것은 미소에게 조금이라도 피해를 주지 않으려는 혜연의 계산된 연기였다. 공무원 시험으로 인해 극도로 예민한 상태에 있었기 때문에 만약 미소가 와서 1분이라도 자신의 얘기를 들어주기라도 한다면 온종일 신세 한탄만 할 것 같다는 생각이 들었다. 그래서 혜연은 오해를 받더라도, 미소를 거부하기로 한 것이었다.

"고맙다. 항상 날 생각해줘서."

혜연은 비록 최근에 만나지는 못했지만, 항상 자신한테 관심을 두고 가식 없이 대하는 미소가 아주 고마웠다.

"친구 사이에 그런 말 하지 마."

미소는 친구가 잘 지내고 있다는 사실 하나만으로도 너무 감사했다.

"마지막까지 최선을 다해 꼭 시험에 붙어라. 시험 보기 전에 전화한 번 더 하겠지만 내가 선물한 초콜릿 먹는 것도 잊지 말고."

"정말 고마워, 미소야."

혜연의 목소리는 감격에 겨운 듯 보였다.

"내가 연락할 테니 시험 끝난 후에 만나서 이야기 보따리나 풀어보자."

"알았어, 미소야."

"그럼 이제 안녕."

미소는 밝은 목소리로 인사를 했다.

'나한테는 미소밖에 없어.'

전화를 끊은 후, 혜연은 미소와 진한 우정을 나눈 것에 무척 만족한 듯 잠시나마 웃음을 지을 수 있어서 행복했다.

밤이 되자 혜연은 다시 시험에 대한 공포감으로 온몸이 굳어버렸고 이성적인 사고는 점차 마비되어갔다. 그래서 혜연은 이런 증세를 완화하고자, 자신이 미소에게 선물한 목걸이를 부드럽게 만졌다.

'어떤 고통도 이겨내고 다시 날아올라야 하는데.'

혜연은 이것이 자신한테 암시해주는 바를 잘 알고 있었다. 하지만 본인의 의지와는 무관하게 공무원 시험이 하루하루 다가올수록 불면증 증세만 날로 심각해져서 시험 전날에는 단 한 시간도 잠을 자지 못했다.

'나 이제 어떡하면 좋지?'

혜연은 시험 당일 날, 뜬눈으로 밤을 새운 후 하늘이 무너질 것 같은 충격에 죽고 싶다는 생각만 강하게 들었다.

47

강명국 교수는 최근에 우울증으로 인한 자살률이 급증하고 있다는 기사를 자주 접하게 되자 사랑스러운 제자들의 근황이 매우 걱정됐다. 특히 그가 가장 아꼈던 미소와 호수가 아직 취직도 못 한 상태에서 자살 충동을 느꼈을까 봐 심히 염려됐다. 그래서 강 교수는 오래간만에 제자들의 얼굴도 보고 맛있는 음식도 사주기 위해 시내에 있는 유명한 한정식 식당에 그 둘을 조용히 불렀다.

"교수님, 그동안 잘 지내셨습니까?"

방금 막 도착한 미소와 호수는 강 교수에게 깍듯이 인사를 했다.

"그래, 어서들 오게나."

강 교수는 두 제자의 얼굴을 보고 반가운 나머지, 자신도 모르게 벌떡 일어서서 그들을 환대했다.

"교수님, 그냥 앉아 계셔도 되는데."

호수는 강 교수가 너무 예의를 갖추자 어쩔 줄 몰라 했다.

"교수님은 얼굴이 더 젊어지신 것 같네요."

미소는 나이가 들수록 얼굴에서 빛이 나는 강 교수가 무척 부러웠다.

"제자한테 칭찬을 들으니 부끄럽네."

강 교수는 미소의 칭찬에 기분이 매우 좋은 듯 호탕하게 웃으면서 자리에 앉았다. 그리고 그는 이 식당에서 가장 유명한 코스 메뉴를 주문한 후, 그동안의 안부를 주고받았다. 이윽고 강 교수가 주문한 음식이 커다란 한옥 문 사이로 들어오자 미소와 호수는 놀란 입을 다물지 못했다.

"도대체 반찬이 몇 개야?"

식탁에는 셀 수 없을 정도로 많은 산해진미가 가득 차 있었다.

"교수님, 보기만 해도 침이 넘어가요."

미소의 얼굴은 어린애처럼 해맑았다.

"어서 들게나. 배도 많이 고플 텐데."

강 교수가 기뻐하는 두 제자에게 식사를 권하자, 호수와 미소는 기다렸다는 듯이 식탁에 놓여있는 음식들을 하나둘씩 맛보기 시작했다. 이런 모습을 강 교수는 조용히 지켜보면서 매우 흡족한 표정을 지었다.

"천천히 많이들 먹어."

강 교수는 아버지 같은 심정으로 두 제자에게 말했다.

"교수님 덕분에 오늘 정말 제대로 포식합니다."

호수가 고개를 조아려 강 교수에게 감사의 표시를 했다.

"아닐세. 난 제자들의 취직도 제대로 돕지 못했는데."

강 교수의 말투에는 제자들에 대한 미안함이 물씬 풍겨 나왔다.

"아닙니다, 교수님. 제가 졸업생 신분으로 교수님의 취업특강을 가끔 들었는데 실제로 매우 유익했습니다."

미소가 말했다.

"맞습니다, 교수님. 제가 학과조교한테 들었는데 우리 사회학과 졸업생 취업률이 작년 대비 많이 올랐다고 들었습니다."

호수가 미소의 주장에 힘을 실어주었다.

"아니야. 아직도 갈 길이 멀어 멀다고."

강 교수는 보이지 않는 곳에서 외롭게 취업준비를 하는 제자들이 아직도 많다는 걸 아주 잘 알고 있었기에 걱정이 끊이지 않았다.

"교수님, 죄송합니다. 아직 저도 취직을 못 해서."

미소는 스승의 짐을 덜어주지 못했다는 자괴감이 들어 괴로웠다. 하지만 그녀는 강 교수의 말을 잘못 이해하고 있었다.

"내 말뜻은 그게 아닐세."

"그럼?"

미소가 조심스럽게 묻자 그는 자세히 자신의 속마음을 얘기해 주었다.

"나는 내가 가장 아끼는 제자들이 취업 때문에 우울증에 걸려서 혹시 극단적인 길을 택할까 봐 그게 더 걱정이었네. 마음속에 그 무엇으로도 채울 수 없는 커다란 공간이 생겨버리면 그때는 회복하기가 쉽지 않거든."

미소와 호수는 진지하게 말하는 강 교수의 표정에서 제자들에 대한 진실한 애정과 관심을 느낄 수 있어 가슴이 뭉클했다.

"교수님이 그 정도까지 저희를 생각해 주실지는 정말 몰랐습니다."

미소의 말에 그는 웃으면서 화답했다.

"나는 내가 가르친 제자들이 최악의 환경 속에서도 끝까지 삶을 포기하지 않고 결국 원하는 길을 갈 거라고 믿는다네."

강 교수의 말 속에는 깊은 염원이 담겨 있었다.

"교수님, 우리가 정말 해낼 수 있을까요?"

호수의 물음에 그가 다시 질문을 던졌다.

"혹시 카르마가 무슨 뜻인 줄 아는가?"

"잘 모르겠습니다, 교수님."

호수가 대답했다.

"카르마란 사념이 '업'을 만든다는 의미를 내포하고 있는데, 좀 더 구체적으로 설명하면 인생은 마음에 그리는 대로 이루어진다는 뜻일세. 즉 생각한 것이 원인이 되어 그 결과가 현실이 되어 나타난다는 말이지."

강 교수의 설명이 끝나자 호수는 이제야 이해가 됐다.

"그럼 교수님 말씀은 지금 당장 현실이 어렵고 우울하더라도 자신이 품은 꿈을 강렬히 생각하고 실천할 방법을 찾는다면 언젠가 그 뜻을 이룰 수 있다는 말이네요."

호수의 대답에 강 교수는 살며시 고개를 끄덕이며 만족했다.

'카르마, 카르마, 카르마.'

옆에서 조용히 듣고만 있던 미소는 카르마란 단어가 좀처럼 머릿속에서 지워지지 않았다.

'생각한 것이 곧 현실이 된다. 절대 우울해 하지 말자.'

미소는 마음속으로 끊임없이 다짐했다.

48

식당에서 나온 후, 미소와 호수는 근처에 있는 공원을 조용히 거닐면서 오래간만에 둘 만의 시간을 보냈다. 밤은 점점 깊어가고 있었으며 공원을 밝게 비추고 있는 가로수 불빛은 그들의 얼굴을 더욱더 밝게 만들어 주었다. 호수는 이미 마음을 다 접었지만, 한때 그가 매우 사랑했던 미소와 낭만적인 공원거리를 함께 걷고 있다는 생각을 하니 감개무량했다. 미소의 얼굴을 살짝 보았다. 그녀는 여전히 자신의 눈에는 가장 아름다웠으며 아직도 따뜻한 심장을 가지고 있었다.

호수는 미소가 정말 그리웠다. 항상 전화하고 싶었고 옆에서 자신이 알고 있는 모든 것을 내주고 싶었다. 하지만 그들 사이에 놓인 정신적 장애물은 쉽게 뛰어넘을 수 없었다. 서로 그것을 잘 알고 있었기에 '포에버'에서 미소의 고백을 들은 후 한 번도 만난 적이 없었다.

미소도 호수와 정답게 산책하면서 구름 위에서 걷는 것 같은 묘한 기분이 들었다. 이런 생각이 들면 안 되는 줄 알고 있었지만, 그녀의 잠재의식은 순간적으로 미소의 이성을 마비시켜 놓았다.

'도대체 내가 왜 이러는 거지.'

미소의 날개

미소는 너무 놀란 나머지 마시고 있던 커피를 쏟고 말았다.

"미소야, 왜 그래?"

"아무것도 아니에요."

미소는 굉장히 쑥스러운 듯 보였고 달빛에 비친 얼굴에는 순수함이 가득 묻어 나왔다. 그는 이런 모습을 흐뭇하게 지켜보았다.

"시험은 잘 보셨어요?"

미소는 분위기를 전환할 겸 아까부터 묻고 싶었던 질문을 어렵사리 꺼냈다.

"그냥 공부한 대로 봤지. 결과는 하늘만이 알겠지만."

호수는 대충 대답했지만, 미소가 관심 가져 준 것이 고마웠다.

"합격기원 초콜릿도 못 사드려서 정말 죄송해요."

"난 그런 것 없어도 마음만 있으면 돼."

비록 호수는 초콜릿을 받지 못했지만, 시험 하루 전날 미소가 보낸 격려 문자메시지 덕분에 시험장에서 최상의 실력을 발휘할 수 있었다.

"그래도 선배님은 항상 저에게 베풀기만 해 주셨는데."

미소는 호수에게 미안한 감정이 많았지만, 그는 이런 것에 전혀 개의치 않았다. 호수는 미소 같은 여자를 알게 되었다는 사실 하나만으로도 행복했기 때문이었다.

"그나저나 전 선배를 볼 면목이 전혀 없네요."

미소는 호수에게 진 빚이 많아 보였다.

"취업 때문에 그러는 거야?"

"네."

"올해 안에 좋은 데 취직하겠지. 실무적인 지식도 갖추었고 토익점수랑 다른 자격증까지 취득했는데 네가 취업 못 하면 누가 하겠냐?"

호수는 미소의 능력을 믿었기에 별로 걱정하지 않았다.

"그래도 선배님이 제 취업을 위해 물심양면으로 도와주었는데, 아직도 헤매고 있으니 정말 부끄럽네요."

"난 때가 되면 좋은 일이 많이 생길 거라고 믿는다. 너 조금 전 강교수님이 한 말 잊은 거 아니겠지?"

"잘 기억하고 있죠, 카르마 즉 생각한 것이 현실이 되는 게 세상 이치죠."

미소가 또렷하게 대답했다.

"그래. 너 말대로 취업 때문에 힘들어도 항상 긍정적이고 희망적인 생각을 하면서 살아야 한다고 생각해. 나 또한 공무원 시험 결과발표를 앞두고 심리적으로 매우 불안하지만, 오늘 교수님 말씀을 들은 이후로는 그런 불필요한 생각은 하지 않기로 했어."

호수의 말이 끝나기 무섭게 미소도 맞장구를 쳤다.

"그건 저도 마찬가지예요. 병원에서 퇴원한 후에 마음 독하게 먹으면서 항상 긍정적인 생각만 하면서 잘 해보려고 했는데, 계속 미끄러지자 나도 모르게 부정적이고 우울한 사람으로 다시 변하더라고요. 사실 지금도 좀 그렇고요."

미소는 지난 몇 개월간을 돌아보니 그녀가 가지고 있던 인간으로서의 나약한 모습을 선명하게 볼 수 있었다. 하지만 그때마다 항상 혜연이가 선물한 목걸이를 만지면서 삶의 희망을 놓지 않으려고 발버둥을 쳤다.

"미소야. 우리 데이트 하는 거 맞아? 마치 인생철학에 관해 토론하는 학자들 같은데."

호수가 미소의 얼굴을 물끄러미 쳐다보면서 말했다.

"공 선배, 데이트에 무슨 형식 같은 게 있나요. 서로 즐거우면 그만이지."

"그래, 너 말이 맞다. 우리 계속 걸으면서 철학자 행세 좀 해 볼까?"

"좋아요, 선배."

미소의 흥겨운 대답에 호수는 세상을 다 얻은 것 같이 행복했다.

'아! 이 시간이 정말 영원했으면 좋겠다.'

호수는 시간이 멈추길 간절히 기원했다.

　　공무원 시험 결과 발표를 3일 앞둔 11월 15일 저녁 8시쯤, 미소는 한강 유람선 선착장에서 혜연을 만나기로 약속했다. 솔직히 미소는 분위기 좋은 카페에서 조용히 얘기를 나누고 싶었지만, 혜연은 어찌 된 영문인지 오늘 꼭 유람선을 타고 싶어 했다. 여의도 한강공원은 기온도 영하로 떨어지고 강바람도 매섭게 불어서인지 주변에 데이트하러 온 커플이나 가족단위로 놀러 온 사람이 거의 없어 아주 썰렁했다. 이런 음산한 분위기는 미소가 몇 달 전 괴로움을 달래기 위해 혼자 술을 마시러 왔을 때와 비슷했다.

　'혜연이도 나처럼 말 못 할 고민이 점점 많아지나 보네.'

　미소는 혜연이의 현재 심리 상태를 가늠할 수 있을 것 같았다.

　'만나면 절대 우울해 하지 말고 열심히 한 번 살아보자고 힘을 복돋아 주어야겠다.'

　미소는 이제까지 자신한테 훌륭한 조언을 해 준 인생의 선배들을 떠올리면서 속으로 흐뭇해 했다. 하지만 혜연의 상태는 미소의 생각과는 달리 이제 어떤 조언으로도 다시 일어설 수 없는 회복불능의 상황에 놓여있었다. 단지 미소가 취업 준비에 너무 바빠 이 사실을 간파하지 못했을 뿐.

이윽고, 혜연이 유람선 선착장에 도착하자 미소는 두꺼운 외투에 넣었던 손을 꺼내면서 반갑게 그녀를 반겨주었다.

"혜연아! 이게 도대체 몇 달 만이야."

미소는 가끔 나라월드나 핸드폰으로만 안부를 주고받다가 막상 이렇게 얼굴을 보니 기쁘고 새로웠다.

"너도 그동안 잘 지냈지?"

혜연의 말에는 힘이 하나도 없었다.

"나야 뭐 그저 그렇지. 근데 너는 왜 이렇게 살이 빠졌어?"

오래간만에 만난 혜연의 몰골은 핏기가 하나도 없었으며 체중은 급격히 감소해서 보는 사람을 더 안타깝게 만들었다.

"그냥, 삶이 퍽퍽하니깐 재미도 없고."

"그래도 힘내면서 열심히 살아야지. 그게 인간의 숙명인 걸."

"그러게 말이다. 나도 그러고는 싶은데 자꾸 힘든 일만 생기니까 이제는 웃을 힘도 거의 없어."

혜연은 이렇게 말한 후, 유람선표 2장을 발권하러 갔다.

"혜연아, 내가 낼게."

미소는 표를 사려는 혜연을 급히 제지하고 자신의 지갑을 꺼내려고 했다.

"아니야, 오늘은 꼭 내가 내고 싶어."

혜연은 미소의 제안을 거절하며 책 속에 몰래 숨겨두었던 만 원짜리 지폐 2장을 티켓 창구에 내밀었다.

"성인 2명 8시 30분 걸로 주세요."

혜연은 결국 자신의 의지를 관철했다.

"내가 산다니깐."

미소는 혜연의 가정형편을 잘 알고 있었기에 마음이 불편했다. 하지만 더욱더 놀라웠던 사실은 혜연이 돈을 꺼낸 책이었다. 그것은 미소가 2년 전 혜연이에게 생일선물로 주었던 것이었다.

'아니 쟤가 왜 저 책을 오늘 들고 나왔을까?'

미소는 아무리 생각해보아도 이 책을 유람선 타면서 볼 일은 없을 것 같았기에 혜연이의 의도가 무척 궁금했다. 하지만 그 이유까지는 물어볼 수는 없었다.

유람선을 타고 맛보는 초겨울의 낭만은 예상했던 것보다 훨씬 많은 감동을 안겨주었다. 비록 강바람은 거세게 몰아치고 영하의 날씨는 몸을 움츠리게 하였지만, 낭만적인 한강의 야경에 푹 빠지고 싶은 마음까지는 뺏을 수 없었다.

"분위기 정말 끝내준다. 날아갈 것 같네."

미소는 환호성을 지르며 어린아이처럼 기뻐했다.

"미소야! 오길 정말 잘했지?"

"물론이지."

미소는 혜연을 칭찬했다.

하지만 흥겨워하는 미소와 달리 혜연은 강물만 계속 쳐다보고 있었다. 혜연의 이런 행동이 조금 의아스러웠는지 미소는 잠시 기분을 가라앉히고 질문을 던졌다.

"강물에 보물이라도 숨겨 놓은 거야? 왜 이렇게 강물만 뚫어지게 쳐다봐?"

"아니, 난 그냥 강물이 이상하게 친구처럼 느껴져서 왠지 한몸이 되고 싶다는 생각이 드네."

"혜연아! 그거 도대체 무슨 말이야?"

미소는 혜연의 말을 즉각 이해할 수 없었다.

"별 뜻은 없고 그냥 추운 겨울날 강물이 차가운지 궁금해서 호기심이 발동한 거야."

혜연은 구체적인 언급을 회피한 후, 화제를 다른 방향으로 돌렸다.

"미소야, 한강의 야경은 참 고요한데 왜 인간의 마음은 항상 평온하지 못하고 심하게 요동을 치는 걸까?"

혜연이 물었다.

"글쎄. 이게 대답이 될지 모르겠지만, 아마 인간은 잘살고 싶은 욕망이 항상 마음속에 가득 차서 그런 거 아닐까?"

"정말 그렇게 생각해?"

"아마도."

미소가 본인의 대답에 확신하지 못하자 혜연은 넌지시 자기 생각을 언급하기 시작했다.

"인간의 마음 상태가 절망스러워서 심할 경우에 우울증이 걸리는 이유는 희망이 없어서 그런 것 같아. 아무리 발버둥 치고 꿈이 있는 곳으로 날아가려고 해도 곧장 제자리로 돌아오는 현실에 결국 좌절하게 되잖아. 그리고 마침내 희망을 버리게 되면서 삶의 의욕을 잃어버리게 되지."

혜연은 은유적으로 자신의 속마음을 밝히면서 미소의 반응을 살짝 엿보았다.

'역시 예상했던 대로구나.'

미소는 자기 생각이 맞았음을 느끼고 준비하고 있었던 조언들을 하나둘씩 혜연에게 설명했다. 하지만 혜연의 삶의 엔진은 이미 그 힘을 잃고 서서히 멈추는 중이었다. 하지만 그 사실을 모르는 미소는 혜연이가 충고를 들으면 이것을 가슴 속에 깊이 새긴 후 점진적으로 자신을 발전시킬 거라고 생각했다. 그래서 혜연이의 만족스러운 표정을 보고 미소는 그녀가 다시 날아오를 수 있을 거라고 생각했다.

'난 다시 날 수가 없어. 미소야, 날 수 없다고.'

혜연은 웃고 있는 미소에게 솔직한 심정을 다 말해버리고 싶었다. 하지만 혜연은 차마 그것을 말할 수 없어서 만족스러운 표정을 애써 지으며 물끄러미 미소만 응시하였다.

"내 얼굴에서 빛이나?"

미소는 혜연이 계속 쳐다보자 우스갯소리로 물었다.

"아니, 그건 아니고 이 책 좀 줄려고."

혜연은 그렇게 말한 후, 가방 속에서 책 한 권을 꺼내 미소에게 건네주었다.

"이건 내가 선물 했던 책 아니야?"

미소는 자신이 선물한 책을 돌려받자마자, 머리가 혼란스러웠다.

"이거 내가 2년 전에 선물한 건데 왜 돌려주는 거야?"

"그냥 별 뜻은 없고, 나중에 시간 나면 너도 한 번 보라고, 분명히 유익한 내용이 있을 거야."

미소의 질문에 혜연이 너무 자연스럽게 대답하자 그녀는 더는 자세한 이유를 묻지 않고 책을 핸드백 속에 집어넣었다.

'혜연이의 깊은 뜻이 뭔지 나중에 보면 알겠지.'

미소는 되돌려 받은 선물에 대한 의미를 나중에 찾기로 했다. 혜연은 미소가 책을 핸드백 속에 넣은 걸 확인한 후, 유람선 맨 앞부분 하트모양이 멋들어지게 장식된 곳으로 걸어갔다.

"혜연아, 거기 왜 서 있어?"

미소는 하트모양의 전구가 밝게 빛나는 곳에 들어가 있는 혜연을 물끄러미 쳐다보았다.

"그러지 말고 너도 이리로 좀 와 볼래."

혜연은 미소를 하트 전구 속으로 불러들였다.

'쟤가 왜 저러지?'

미소는 오늘따라 이상한 행동을 하는 혜연이가 영 불안해 보였지만, 그렇다고 안 갈 수도 없는 상황이었다.

"미소야 어서 이리로 들어 와봐. 여기 진짜 낭만적인 곳이야."

혜연은 천천히 걸어오고 있는 미소를 재촉했다.

"알았어, 간다 가."

미소는 하트모양의 장식이 연인들만을 위한 장소라고 생각했기 때문에 혜연이 무슨 생각으로 자신을 불러들이는지 궁금했다. 그래서 그 안으로 들어오기 무섭게 그 이유를 조심스럽게 물었다.

"혜연아! 왜 이곳에?"

하지만 미소의 질문이 채 끝나기도 전에 혜연은 그녀를 와락 껴안고 눈물을 흘리기 시작했다.

"혜연아! 갑자기 왜 그래?"

미소는 갑작스러운 혜연의 눈물에 당혹감을 감추지 못했다.

"고마워서 그래. 여태까지 내 옆에서 항상 힘이 돼 주었잖아. 그래서 고마워서, 너무 고마워서 눈물을 흘리는 거야."

혜연은 애절하게 말했다.

"그건 나도 마찬가지야. 혜연이 네 덕분에 나도 너무 행복했어."

"우리 둘의 우정 영원할까?"

혜연의 질문에 미소는 주저 없이 대답했다.

"물론이지. 우리 둘의 우정은 천국에서도 영원할 거야."

"정말 그렇게 생각해?"

"너만큼 나를 이해해 주는 사람이 어디 있다고 그런 말을 하는 거야?"

"고마워, 미소야. 난 너를 영원히 잊지 못할 거야."

미소는 계속되는 혜연의 애절한 말에 깊은 감동을 받았다.

'그럼, 우리 둘의 우정은 영원하지.'

미소는 혜연이를 깊이 신뢰하고 있었다.

"미소야, 우리 여기서 사진 좀 찍자."

어느 정도 안정을 찾은 혜연은 추억에 남길만한 사진을 찍자고 제안했고 미소도 흔쾌히 승낙했다. 그리고 잠시 후, 미소와 혜연은 옆에 있던 승선객의 도움으로 영원히 기억에 남길 사진을 여러 장 찍을 수 있었다.

"사진 정말 잘 나왔다. 이거 빨리 현상해야겠는데."

미소의 말에 혜연은 맞장구를 쳤다.

"그래, 우리 둘의 우정이 정말 살아 움직이는 것 같네."

혜연은 그렇게 말한 후, 카메라를 넘겨주면서 말했다.

"이 사진기도 네가 보관 좀 하고 있어."

"아니 이걸 왜 나한테 줘?"

"시간이 지나면 자연스럽게 알게 될 거야."

혜연의 말에 미소는 점점 혼란스러워졌다.

'선물한 책도 넘겨주고 아르바이트해서 힘들게 산 카메라도 내게 맡기고 이제까지 한 번도 하지 않았던 애절한 포옹도 하고…. 아 혼란스럽다.'

미소는 혜연과 뜻깊은 시간을 보내서 기분은 좋았지만 계속되는 그녀의 이상한 행동에 뭔가 미궁 속으로 빨려 들어가는 것 같았다.

50

공무원 시험발표가 있는 날 혜연은 이미 모든 마음은 비웠지만, 마지막으로 자기 이름이 있는지 한 번 더 확인해 보았다. 그러나 아무리 찾고 또 찾아도 합격자 명단 어디에서도 찾을 수 없었다.

'이제 정말 끝이구나.'

혜연은 절망의 나락에서 신음했고 그동안 참기 힘들었던 일들이 주마등처럼 스쳐 지나가기 시작했다. 혜연의 능력으로는 도저히 감당할 수 없었던 집안의 빚과 지난 몇 년 동안 공부와 아르바이트를 병행하느라 만성피로에 시달렸던 일 그리고 집주인의 전세금 인상 때문에 밤낮으로 고민했던 일들이 더 이상 견디기 힘든 삶의 굴레가 되어버렸다.

'이제는 끔찍한 인생의 고통에서 벗어나고 싶다.'

혜연은 거대한 삶의 무게에 비틀비틀 중심을 잃고 이미 회복하기 어려운 지경에 이르러 자포자기 상태에 빠져있었다. 게다가 오래전부터 앓아온 우울증은 자살 충동을 느끼게끔 그녀의 심신을 끊임없이 괴롭혔다.

'이제는 내가 원했던 파라다이스로 날아가는 거다.'

그녀는 오래전부터 꿈꾸어오던 유토피아, 즉 먹고 사는 문제가 없는 곳으로 멀리멀리 자유롭게 날아가고 싶었다.

'그곳에는 돈이 필요 없겠지?'

혜연은 우울증 증세가 점점 깊어가면서 현실과 이상을 혼동하기 시작했다. 하루하루 버티기 힘든 현실 세계를 증오하기 시작했고 급기야 오래전부터 생각해온 자살이라는 극단적인 선택을 실천에 옮기기로 했다. 부모님과 남동생이 걱정되기는 했지만, 더 이상 식구들을 부양할 능력도 힘도 없었기 때문에 스스로 내린 결정을 번복할 가능성은 전혀 없었다.

'이제 어쩔 수 없는 거야.'

혜연은 완전히 의욕을 잃었고 조용한 곳에서 삶을 마치기 위해 인터넷에서 강물과 낭떠러지가 있는 인적이 드문 곳을 찾고 있었다.

'그곳이라면 내가 아름답게 삶을 마칠 수 있을 거야.'

끝을 알 수 없는 절망의 낭떠러지에 몸을 내 던지고 싶었다. 아무도 볼 수 없는 곳에서 아주 자연스럽게….

인생의 마지막 여행 장소를 선택한 후, 혜연은 그동안 알고 지내던 사람들에게 마지막 작별인사를 나라월드에 올리기 시작했다. 하지만 항상 밝은 내용만 홈페이지에 올려놓았던 혜연이었기에 잠깐 그곳을 방문한 지인들은 그녀가 단순히 장난치는 줄만 알았다. 그래서 혜연의 행방 추적을 의뢰한 사람은 아무도 없었다. 만약 미소가 그것을 미리 보았더라면, 사태의 심각성을 바로 직감해 조치했겠지만, 그 시각 미소는 취업 원서를 접수하느라 정신이 하나도 없었다. 그래서 혜연이 올린 유서 형태의 글을 볼 수 없었다.

달리는 고속버스 안에서, 부모님 생각을 하며 혜연은 심장이 타들어 가는 아픔을 느꼈다. 평생 고생만 하시다가 말년에는 몸마저 심하게 다쳐 생계조차 어려워진 부모님을 외면하고 세상을 떠나고자 하는 그녀는 어떤 이유로도 용서되지 않는 불효녀였다. 하지만 이미 삶에 지쳐 우울증까지 걸린 그녀에게 더 이상 선택의 여지는 없었다.

'부모님, 정말 죄송해요.'

혜연은 세상에 남겨질 부모님을 생각하면 가슴이 미어지는 것 같았다.

그녀는 경기도 끝에 있는 풀 냄새가 물씬 풍기는 전망 좋은 곳에서 마지막 여행을 하기로 했다. 인적이 매우 드물었고 간간이 낭떠러지 밑에서 낚시하는 사람도 있었지만, 오늘은 평일이어서 그런지 혜연이가 도착했을 때는 아무런 인기척도 없었다.

'자연은 나를 이렇게 반겨주는데 세상은 왜 이리 냉정하기만 한지.'

혜연은 절망감에 신음했다. 자연과 절묘하게 조화를 이루고 있던 숲을 헤치고 조심스럽게 낭떠러지 앞에 섰다. 석양과 멋진 하모니를 이루고 있는 강물의 형상을 보면서 이처럼 아름다운 세상에서 살지 못하고 몸을 내던져야 한다는 것이 슬펐다. 참을 수 없는 눈물이 그녀의 뺨을 타고 흘러내리고 있었다.

'나도 살고 싶은데.'

낭떠러지에서 넓고 깊은 강을 바라보면서 삶에 대한 의욕을 강하게 느끼기도 했지만, 현재의 어려운 현실을 극복할 자신이 없었다.

'이제는 자유롭게 날아서…'

그녀는 자신의 몸을 감싸고 있던 두꺼운 외투를 벗고 '미소의 날개' 목걸이를 자신의 목에 걸었다. 당장 깨질 것만 같은 낭떠러지 위에 서서 지난 25년간의 삶을 되돌아봤다.

'후회 없이 살았다고 자부했는데 어쩌다 이 지경까지.'

그녀는 인생의 희로애락 기억을 마음껏 재생시켰다가 지우면서 세상과의 마지막 작별을 준비하고 있었다.

'한 번 왔다 가는 인생 무엇이 이리 아쉬울까?'

혜연은 철학자처럼 생각하면서 죽음에 대한 공포감을 최소화시키려고 했다.

석양의 노을이 완전히 지고, 달빛이 강물 속에서 찬란하게 비추기 시작하자 소지하고 있던 지갑, 핸드폰, 신발, 반지 등을 낭떠러지 위에 살며시 올려놓고 인생의 마지막 날갯짓을 하기 위한 준비 작업을 모두 마쳤다.

'이제 세상과 작별할 시간이구나.'

혜연의 목소리는 미세하게 떨렸다. 강물에 투신하기 전 마지막으로 가장 사랑하는 부모님과 남동생 그리고 친구 미소를 위해 기도를 했다. 특히 '미소의 날개' 목걸이를 오른손에 꽉 쥐면서 미소의 성공을 진심으로 기원해 주었다.

'내 몫까지 두 배로 열심히 살고 꼭 멋진 삶을 살아야 한다.'

혜연은 자신처럼 인생의 바닥에서 신음하고 있는 미소의 축복을 빌어준 후, 눈을 감고 달빛이 선명하게 비치는 강물에 자신의 몸을 던졌다.

'풍덩.'

강물은 미세한 소리를 내면서 혜연을 자신의 가족으로 받아들였다. 그녀는 말없이 아무런 저항도 하지 않고 물속에 서서히 자신의 몸을 맡기며 이 세상과의 작별을 고했다.

51

　　미소는 밤새 악몽 때문에 잠을 뒤척였다. 정말 흔하지 않은 일이었다. 미래에 대한 불안감으로 불면증에 시달린 일은 많이 있었지만, 꿈자리가 사나워 중간에 눈을 여러 차례 뜬 것은 처음 이었다. 미소는 알 수 없는 불길한 기운이 느껴졌다.

　'아! 도대체 왜 이러지.'

　좀처럼 안정을 찾을 수 없자, 침대에서 몸을 일으켜 세운 후 부엌에 있는 냉장고로 걸어갔다.

　'시원한 물 어딨지?'

　미소는 깊은 어둠 속에서 갈증을 해결하기 위해 몸부림치고 있었다. 다행히 생수는 미소 눈에 잘 띄는 곳에 놓여 있었다.

　"아, 이제 살 것 같다."

　밤새 악몽을 꾸느라 이마에 땀이 마를 새가 없던 미소는 생수 한 통을 그 자리에서 다 마시고 말았다. 잠시 후, 소기의 목적을 달성한 미소는 어두운 거실 속을 조심조심 걸으면서 방으로 다시 돌아오고 있었다.

　미소가 방문을 열고 다시 들어오자, 어둠 속에서 귀에 익은 핸드폰 벨 소리가 울리고 있었다.

'혜연이다!'

미소는 전화를 건 사람이 누군 인지 즉각 알아차리고 기쁜 마음으로 전화를 받았다.

"혜연이니?"

미소가 반갑게 이름을 불렀다.

"혹시 한미소 씨 되십니까?"

뜻밖에도 남자의 목소리였다.

"맞습니다만. 혹시 혜연이 핸드폰이 아닌가요?"

미소는 영문을 알 수가 없었다.

"어젯밤, 주혜연 씨는 자살하셨습니다."

"뭐라고요?"

미소는 너무 놀란 나머지 핸드폰을 떨어트렸지만, 전화를 건 남자는 계속해서 말을 했다.

"여기는 주혜연씨 시신을 보관하고 있는 진리병원 영안실입니다. 지금 당장 오셔서 본인 여부 확인 부탁합니다."

아무런 감정의 동요를 느낄 수 없는 지극히 사무적인 말투였다.

'이럴 수가….'

전화를 끊은 미소는 다리에 힘이 풀려 그 자리에서 털썩 주저앉고 말았다. 지난밤 꾼 악몽의 실체가 바로 현실에서 나타나자 공포감이 엄습해 왔다.

'혜연이가 죽다니….'

미소는 지금까지 살아오면서 가장 큰 충격에 휩싸였다. 하지만 이미 현실을 되돌릴 방법은 아무것도 없었다.

'아니야. 무슨 착오가 있을 거야.'

미소는 즉각 정신을 차리고 생사를 확인하기 위해 서둘러 나갔다. 새벽어둠이 아직 짙게 깔려 있어 운전하기에는 애로사항이 많았지만, 미소는 이런 사실을 신경 쓸 틈이 전혀 없었다.

'빨리 가야 해.'

미소는 아직 운전이 서툴렀지만, 조급한 마음에 모든 신호를 무시하고 가속페달만 계속 밟았다.

병원에 도착 후, 미소는 영안실로 한걸음에 내달렸다. 숨을 헐떡거렸고 얼굴은 창백했지만 별로 개의치 않았다. 어떻게든 빨리 사실을 확인하고 싶었다.

"누구 보호자 되시죠?"

영안실에 들어가려는 미소를 덩치 큰 남자가 막았다.

"방금 연락받고 온 한미소라고 합니다."

"잠깐만 기다려 주세요. 신원 여부를 확인해 봐야 하니깐."

남자는 미소를 잠시 제지한 후 컴퓨터를 통해 그녀의 신분을 확인하였다. 잠시 후, 남자는 모든 정보를 확인한 듯 차분한 목소리로 말했다.

"주혜연 씨 친구분 되시죠?"

"네, 그렇습니다만."

"이리로 와서 시신확인 좀 부탁합니다."

남자의 말을 들은 후 미소는 멈칫했다.

"어서 오시죠."

망설이고 있는 미소에게 남자는 어서 오라는 손짓을 했다. 차마 떼어지지 않는 발걸음을 그녀는 온 힘을 다해 내디뎠다.

"갑니다."

미소는 한 걸음 한 걸음 걸어가는 게 마치 십 리처럼 느껴졌다. 하지만 남자는 아무렇지도 않다는 듯 혜연이의 시신을 보여주더니 냉랭하게 물었다.

"주혜연 씨 맞습니까?"

남자가 하얀 천을 살짝 뒤로 젖히면서 혜연의 얼굴을 보여주자, 미소는 심장이 멎을 것 같은 충격 속에 아무런 답변을 못 하고 있었다.

"친구분 맞습니까?"

남자가 재차 묻자 미소는 갑자기 눈물이 범벅된 상태에서 간신히 고개만 끄덕였다.

'혜연이가 죽다니….'

미소는 모든 게 꿈만 같았다. 며칠 전까지만 해도 살아있던 혜연이가 싸늘한 시신으로 누워있다는 게 도무지 믿어지지 않았다.

'우리 우정 영원히 변치 말자고 약속까지 했는데.'

미소는 정신이 혼미한 상태에서 지나간 일을 생각했다. 혜연은 이미 오래전부터 자살을 생각하고 있었다는 생각이 들었다. 4일 전 유람선을 타면서 혜연이가 이해할 수 없는 행동을 많이 했을 때 약간 이상하다는 생각은 들었지만, 그 결과가 자살이었다니. 미소는 뒤늦게 혜연의 진심을 알아차렸다.

'죽기 전에 나한테 모든 것을 되돌려 주고 싶어 했던 거구나.'

미소는 혜연이 왜 그렇게 애절하게 울고, 선물한 책도 돌려주려고 했으며 영원한 우정을 얘기하면서 사진을 남기려고 했는지 이해하기 시작했다.

'내가 너무 무심했구나.'

미소는 자책했다. 하지만 미소를 슬프게 한 것은 이것뿐만이 아니었다. 영안실 담당자의 배려로 한 번 더 혜연의 시신을 확인했을 때 오른손에 자신과 똑같은 목걸이를 꽉 쥐고 있는 것을 발견했다.

'이것은 내가 가지고 있는 목걸이와 똑같은 건데.'

미소는 혜연이가 유품으로 남긴 목걸이를 유심히 보면서 그녀가 무엇을 원했는지 알아차렸다.

'최악의 상황에서도 꿈을 갖고 다시 날 수 있기를 희망하는구나.'

혜연은 낭떠러지에 몸을 던지는 마지막 순간에도 '미소의 날개'를 생각했다. 친구의 소중한 뜻을 진심으로 이해한 미소는 주체할 수 없는 감정에 휩싸여 이미 싸늘하게 식어버린 혜연의 가슴 위에 얼굴을 묻고 하염없이 눈물만 주르르 흘렸다.

"혜연아 정말 고마워. 흑흑흑…"

시신에 얼굴을 묻은 채 계속 흐느껴 울자 이에 놀란 영안실 담당자가 그녀를 강제로 끌어내려고 했다.

"이러시면 안 됩니다."

남자는 냉정하게 말했다.

"조금만요. 아저씨. 제 소중한 친구를 조금만 더 보게 해주세요. 부탁이에요. 제발."

미소는 두 손을 빌며 간절히 애원했지만 남자는 어쩔 수 없다며 할 수 없이 그녀를 밖으로 내몰았다.

"정말 죄송합니다."

남자는 눈물로 얼굴이 범벅된 미소에게 정중히 목례를 하면서 자신의 무례함에 대한 용서를 빌었다.

"혜연아…."

미소는 계속해서 목놓아 울기만 했고 분향소에 갈 때까지 아무것도 먹지 않아 거의 실신 직전에 있었다.

"그래도 산 사람은 좀 먹어야 하지 않겠어."

쓰러지기 직전인 미소를 일으켜 세운 건 호수였다. 그는 미소의 연락을 받자마자 만사를 제쳐놓고 검은 양복과 넥타이를 깔끔하게 차려입은 상태에서 주리와 함께 이곳으로 달려왔다.

"공 선배 말대로 미소 너마저 쓰러지면 그건 우리 두 사람마저 죽이는 거야."

주리는 미소가 다시 쓰러져 입원할까 봐 걱정되었다.

"주리야, 혜연이가 죽은 건 다 나 때문이야. 친구가 삶의 고통을 견디다 못해 나한테 여러 번 신호를 보냈는데 내가 무심해서 그걸 놓쳐버리고 말았어."

미소가 또다시 울부짖기 시작하자 분향소는 다시 적막감에 휩싸였다.

"미소야, 그건 너 잘못이 아니야. 너만큼 혜연이를 생각해 준 사람이 이 세상에 누가 있다고 그래."

주리는 혜연을 잃은 슬픔을 애써 감추며 미소를 위로했지만, 그녀는 아무것도 귀에 들어오지 않는 듯 고개를 푹 숙인 상태에서 하염없이 눈물만 흘리고 있었다.

"미소야, 힘내 이거 좀 먹고."

호수는 미소에게 억지로 음식을 먹이면서 그녀가 하루빨리 회복하기를 기원했다.

혜연의 분향소에는 사람이 거의 없었다. 거동이 불편한 혜연의 부모님만 딸의 영정사진을 계속 만지며 울부짖고 있을 뿐 미소와 호수 주리 그리고 혜연의 남동생을 제외하곤 방문하는 사람이 거의 없었다. 혜연의 친척조차도 그녀의 집안이 완전히 몰락한 후 거들떠보지도 않았다.

'없는 자에게는 현실이 참 냉혹하구나.'

호수가 자본주의 사회의 무서움을 뼈저리게 느끼고 있을 때쯤 낯익은 사람이 분향소 문을 열고 들어왔다.

"김 교수님."

텅 빈 분향소를 찾아온 사람은 제자들에 대한 애정이 가득한 김명국 교수였다. 그는 분향소에 들어오자, 정중히 묵념하고 먼저 세상을 등진 사랑스러운 제자의 명복을 빌어주었다.

"수고가 많구나."

조의를 끝낸, 김 교수는 제자들이 모여 있는 곳으로 와서 동석했다.

"아닙니다, 교수님."

김 교수는 초췌하고 실의에 빠진 제자들을 보니, 살이 찢어지는 듯한 고통이 찾아들었다.

'결국은 우울증 때문에….'

김 교수는 혜연의 자살 이유를 이미 들어서 알고 있었기 때문에 속이 더 쓰라렸다.

"너희는 무슨 일이 있더라도 마음 굳게 먹고 살아야 한다. 적어도 나보다 먼저 죽어서는 안 돼."

김 교수는 제자들에게 간곡히 부탁했고 그들은 스승의 진의를 충분히 이해하고 있는 듯 보였다.

"항상 신경 써 주셔서 감사드립니다."

호수가 정중하게 답례를 하자 김 교수는 진심 어린 눈빛으로 제자들의 건투를 빌어 주었다.

"그럼 난 수업이 있어서 먼저 가 볼 테니 발인까지 잘 부탁하네."

김 교수 말을 들은 직후, 실신 상태에 있던 미소는 힘을 내서 대답했다.

"혜연이는 제가 끝까지 책임질 겁니다."

그녀의 말에는 비장함이 실려 있었다.

"미소야, 너마저 우울증 때문에 쓰러지면 안 돼."

김 교수는 자신이 가장 아끼는 제자 미소에게 혹시라도 무슨 일이 생길까 봐 발걸음이 쉽게 떨어지지 않았다. 먼발치에서 그녀를 물끄러미 쳐다보고 있었다.

'교수님, 전 쉽게 무너지지 않을 겁니다. 전 반드시 희망의 날개를 활짝 펼 겁니다.'

미소는 의식이 혼미한 상태에서도 김 교수의 눈빛만 보고 그가 무슨 말을 하고 싶은지 정확하게 알고 있었다.

'교수님의 은혜 절대 잊지 않을 거예요.'

미소는 이제 막 신발을 신고 분향소를 떠나는 김 교수의 뒷모습을 보면서 마음속으로 거듭 감사의 표시를 했다.

혜연의 장례식은 일사천리로 진행되었다. 주변에 도와줄 수 있는 사람이 부족했던 그녀의 가족은 다행히 호수의 지인들 덕분에 염습과 입관식을 무사히 마칠 수 있었다. 하지만 정작 문제는 마지막에 발생했다. 혜연의 가족이 장례비용과 납골당에 안치할 비용을 마련하지 못하자 병원 측과 납골당 사업주가 장례진행을 막은 것이었다.

"죽은 사람 앞에 두고 이럴 수 있는 겁니까?"

혜연의 아버지는 울부짖으면서 거칠게 항의했다. 하지만 그들은 철저히 비즈니스 정신으로 무장한 사람들이었다.

"우리도 사정이 딱한 것은 알지만 이런 사정 다 봐주면 저희는 직원 월급은 어떻게 주고 관리비는 어디서 충당합니까?"

그들이 너무 냉정하게 말하자 유족들은 허리를 굽혀 사정사정했지만, 워낙 피도 눈물도 없는 사람들이라 눈 하나 꿈쩍하지 않았다.

'혜연아! 이 애비가 가난해서 정말 미안하구나.'

혜연의 아버지는 딸자식 마지막 가는 길까지 편안하게 보내주지 못하는 자신의 무능력함에 망연자실했다.

"3백만 원이면 됩니까?"

혜연의 가족이 당하는 것을 뒤에서 말없이 지켜보았던 미소가 분노에 찬 눈빛으로 물었다.

"학생이 돈 좀 있나 보지?"

그들은 거들먹거리면서 물었다.

"아저씨들은 자꾸 딴소리하지 마시고 제 질문에 답변이나 해 주시죠."

미소는 인간 같지도 않은 사업주들에게 강한 적대감을 느끼고 있었다.

"3백이면 보내 줄 테니깐 돈 있으면 한 번 보여 줘봐."

그들은 가장 어려 보이는 미소의 말을 믿을 수 없다는 표정이었다. 미소는 아버지가 비상시에 쓰라고 주었던 3백만 원이 든 예금통장을 그들 앞에 내놓으면서 말했다.

"아직도 제 말을 못 믿으시겠어요?"

"아니 이건…"

그들은 생각지도 못한 자금의 출현에 놀라움을 금치 못하며 무안한 듯 머리를 긁적였다.

"그렇게도 돈이 좋으세요? 어려운 사람들 형편도 봐주지 못할 정도로."

미소의 통렬한 한 마디에 그들은 말끝을 흐리면서 대답했다.

"우리도 그러고 싶어서 그런 게 아니라…"

"돈 많이 벌어서 잘 먹고 대대손손 잘 사세요."

미소가 비아냥거린 후, 다시 장례식 차에 올라타자 뒤에서 따라오던 혜연의 아버지가 말했다.

"미소야! 너 그 돈 써도 되는 거니?"

"걱정하지 마세요. 그건 제 돈이니깐"

"그래도…."

혜연의 아버지가 미안한 듯 말을 제대로 하지 못하자 미소는 그에게 마음의 부담을 주지 않기 위해서 솔직한 자신의 심경을 표명했다.

"저는 이 돈을 가장 좋아했던 친구를 위해 쓰게 돼서 뿌듯합니다. 아마 혜연이도 하늘나라에서 보고 기뻐할 거예요. 그렇게 생각하시죠. 아버님?"

미소가 부드러운 눈빛으로 그를 응시하면서 물어보자 혜연의 아버지는 감격에 겨워 울먹이면서 말했다.

"미소야 정말 고맙다. 네 덕분에 혜연이가 편안하게 눈을 감을 수 있을 거다."

"저도 그렇게 생각합니다."

미소는 그의 말에 동의했다.

"이제 가서 혜연이에게 영원한 안식처를 만들어주러 가자꾸나."

"혜연이가 많이 기다리고 있을 것 같네요."

미소는 혜연이의 영정사진을 들고 있는 그녀의 남동생을 보면서 안쓰러운 마음을 감출 수 없었다.

'혜연아 정말 미안해 생전에 더 잘했어야 했는데.'

미소는 환하게 웃고 있는 혜연에게 이제는 더 해 줄 말이 없어서 안타까웠다.

미소는 벽제 화장터에서 한 줌의 재로 변해버려 둥글둥글한 도자기에 고스란히 안치된 혜연의 영혼을 받게 되자 인생의 허망함을 느꼈다. 영원히 자신과 함께 있을 거라고 생각했고 부르기만 하면 바로 달려 나오던 혜연이가 상상도 할 수 없는 미세한 공간에 들어가 있다는 것을 도저히 믿을 수가 없었다.

'이건 꿈일 거야. 어떻게 이런 일이 나에게…'

미소는 벽제 화장터를 떠나 납골당에 도착한 순간까지 현실을 인정하고 싶지 않았다. 하지만 마음속에서 수백 번도 넘게 부른 혜연이는 끝내 아무런 대답도 하지 않았다.

'혜연아.'

미소는 마침내 오열하기 시작했고 그녀 곁에 서 있던 가족과 친구들도 모두 고개를 숙인 채 슬픔을 삭이고 있었다.

"미소야 이제 혜연이가 편히 쉴 수 있게 해줘야지."

호수는 혜연이를 납골당에 안치하는 걸 계속해서 거부하는 미소를 달래고 있었다.

"공 선배, 저는 친구를 이곳에 버려놓고 갈 수 없어요."

미소의 두 눈에는 눈물이 쉴 새 없이 흘러내리고 있었으며 호수는 그런 미소의 모습을 바라보는 것이 고통스러웠다.

"혜연이가 생각날 때마다 오면 되니깐 이제는 편히 쉴 수 있게 해줘."

호수도 가슴이 찢어질 듯 아팠지만 애써 냉정하게 말했다.

"공 선배."

미소가 눈물을 글썽이면서 그를 계속 쳐다보자 호수는 고개를 끄덕이면서 혜연이를 이제 가슴속에 묻으라고 다독였다. 그도 정말 마음에 내키지 않는 일이었다.

"알겠어요, 선배. 이제 혜연이를 편히 쉬게 해줄게요."

미소는 떨리는 두 손으로 혜연이의 영혼이 숨 쉬고 있는 둥그런 도자기를 지정된 장소에 살며시 내려놓았다. 미소와 주변 사람들은 혜연이가 평소 좋아했던 음악CD, 구두, 옷, 액세서리, 책 등을 가지런히 놓아주면서 그녀의 영원한 행복을 빌어주었다. 혜연이가 죽는 순간까지 손에 쥐고 있었던 '미소의 날개' 목걸이는 그녀가 웃고 있는 사진에 살며시 걸렸다. 그것을 보며 미소는 친구에 대한 고마움으로 다시 눈물을 주르르 흘렸다.

"미소야, 너 마음 다 아니깐 이제 그만 울자. 너무 많이 울면 혜연이가 미안해서 편히 쉴 수가 없잖아."

호수는 눈물샘이 마르지 않는 미소를 진심으로 위로했다.

"선배, 이 목걸이가 무엇을 의미하는 줄 아세요?"

미소는 흐느끼면서 물었다.

"솔직히 잘 모르겠어."

호수는 '미소의 날개' 목걸이를 여러 번 쳐다보았지만 도통 무슨 뜻인지 알 수 없었다.

"이 목걸이 속에는 혜연이의 간절한 염원이 들어있어요. 저는 반드시 성공할 거예요. 어떤 시련이 와도 포기하지 않고 꿈을 향해 멀리 날아갈 거예요. 지금은 낭떠러지에서 떨어져서 바닷속 깊은 곳까지 추락했지만, 희망의 날개를 활짝 펴서 저 지평선 위에 떠 있는 태양을 향해 날아간 거예요. 선배 저 할 수 있겠죠?"

미소의 질문에 호수는 웃으면서 대답했다.

"물론이지. 넌 분명히 멋지게 성공해서 훌륭한 커리어 우먼이 될 거야."

호수는 그녀의 포부만 들은 후 '미소의 날개'라고 새겨진 목걸이가 의미하는 바를 직감적으로 느낄 수 있었다.

'미소와 혜연이의 우정이 이 정도였다니.'

호수는 남성들도 쉽게 만들 수 없는 진실한 우정을 지금까지 쌓아온 두 후배가 부러웠다.

'미소의 날개라.'

호수는 미소가 착용한 '미소의 날개' 목걸이를 쳐다보면서 미소의 성공을 진심으로 빌어주었다. 혜연이가 마지막 순간까지 친구의 성공을 빌어준 것처럼….

에필로그

혜연이 죽은 후, 미소는 슬퍼할 겨를도 없이 다시 취업 전선에 뛰어들었었지만, 여전히 그녀를 받아주겠다는 기업은 단 한 군데도 없었다. 또다시 깊은 좌절감을 느껴야 했고 낭떠러지에 서 있는 듯한 절박감이 온몸을 휘감았다. 포기하고 싶은 마음이 굴뚝같이 들 때마다, 미소는 혜연이 선물한 목걸이를 만지면서 이를 악물고 자신의 꿈을 펼칠만한 곳을 열심히 찾고 또 찾아 나섰다.

그러나 미소의 이런 절박한 노력에도 불구하고 그녀는 결국 규모가 있는 기업체에 입사하지 못했고 결국 신생회사인 CM 헬스 푸드에 들어가게 되었다. 이 회사에 처음 입사했을 때 준비되어 있던 것은 아무것도 없었다. 직원도 미소를 포함해서 5명에 불과했고 게다가 고객들에게 홍보할 만한 상품도 전혀 없어서 그녀는 무엇을 해야 할지 감을 잡지 못했다. 그런데도 미소는 하루하루 온 힘을 다해 열심히 살았다. 아침에는 제일 먼저 출근해서, 그날 할 일을 먼저 머릿속에 정리했고 사장의 책상 위에 신제품에 대한 기안문을 올려놓았다.

혼자 밤늦게까지 남아서 일을 하는 것이 너무 즐거웠다. 때때로 짙은 어둠이 밀려오는 한밤중에 사무실에서 일하는 것이 무서울 때도 있었지만, 일에 대한 열정으로 이 모든 것을 이겨냈다. 각고의 노력과 건강식품에 대한 높은 관심으로 미소의 마케팅과 기획력은 날이 갈수록 향상되었다. 이를 눈여겨본 CM 헬스 푸드 박 사장은 결국 투자받은 모든 자금을 그녀가 기획한 '미소의 날개 홍삼정'에 회사의 운명을 걸어보기로 결심했다.

직원들의 반발도 적지 않았다. 회사의 막내인 데다가 건강식품에 대한 경력도 전혀 없는 새내기한테 모든 것을 건 박 사장의 결정은 누가 보아도 비상식적인 것이었다. 하지만 박 사장은 성공에 대한 강한 확신을 가지고 있었다. 그는 단순히 그녀의 열정을 높이 평가해서 미소의 날개 홍삼정을 출시하기로 한 것이 아니었다. 세상을 오래 살지는 않았지만, 박사장은 밤을 새워서 노력하는 사람이 널려 있다는 것을 잘 알고 있었고 본인도 한때 그런 부류의 사람이었기 때문에 단순히 노력만으로 성공할 수 없다는 것을 알고 있었다.

박 사장은 상품을 기획한 미소의 의도를 높게 평가했다. 기획안에 담긴 고객에 대한 진실한 사랑, 친구와의 약속을 지키고 싶은 간절한 마음, '미소의 날개' 상표에 숨겨진 의미 등을 며칠 전 미소한테 직접 보고받았을 때 이제까지 단 한 번도 경험하지 못했던 강한 전율을 느꼈다.

'바로 이거다.'

박 사장은 속으로 쾌재를 불렀고, 이 면담 이후로 미소는 그의 절대적인 신임을 얻었다.

박 사장의 전폭적인 지지로 신제품 미소의 날개 홍삼정 출시에 더욱더 강한 탄력을 받게 된 미소는 하루하루가 어떻게 가는지도 모를 정도로 정신없는 나날을 보내야 했다. 하지만 지친 기색은 조금도 찾아볼 수 없었다. 잠자는 시간을 제외하고 모든 시간을 미소의 날개 홍삼정을 히트시킬 궁리만 했던 그녀는 늘 시간이 부족했다.

그로부터 몇 달 후, 각고의 노력과 철저한 시장조사 끝에 출시된 미소의 날개 홍삼정은 이 전에는 볼 수 없었던 세련된 디자인과 합리적인 가격으로 젊은 층을 사로잡는 데 성공했다. 특히 미소가 만든 감성광고 '우정'은 많은 사람의 심금을 울렸고 그 덕분에 CM 헬스 푸드 고객 충성도가 급속도로 높아졌다.

미소의 날개 홍삼정의 큰 성공으로 미소는 일약 건강식품업계의 블루칩으로 급부상하게 되었다. 예전에는 거들떠보지도 않았던 유명기업들이 앞다투어 미소에게 높은 연봉과 복지혜택을 제시하며 스카우트하려 했지만, 미소는 오갈 곳이 없을 때 자신을 받아준 박 사장과의 의리를 지키기 위해 그 모든 유혹을 뿌리쳤다. 미소의 이런 진실한 마음이 하늘을 감동시킨 것인지, 그 이후로도 미소가 기획한 새로운 건강식품은 모두 히트 상품이 되었다. CM 헬스 푸드는 불과 5년 만에 직원 수 700명에 이르는 업계 최강자로 군림하게 되었다. 회사의 급성장은 정말 믿을 수 없는 기적의 연속이었다.

박 사장은 회사 성장의 1등 공신인 미소의 업적을 높이 평가해 불과 30세인 그녀를 부사장에 앉히는 파격적인 조치로 그녀의 노력에 화답했다. 끝이 보이지 않는 절망의 긴 터널에서 죽을 것만 같았던 미소는 이토록 짧은 기간에 성공을 거둔 자신이 믿기지 않았다. 처음 시작할 때 아무것도 가진 게 없었고 그냥 하늘의 뜻에 따라 열심히 일한 것밖에 없었던 자신에게 높은 연봉과 마음의 풍요로움을 선물해준 세상이 그저 감사할 따름이었다.

'혜연이가 함께 했으면 더 좋았을 텐데.'

미소는 그녀가 선물해 준 목걸이를 만지며 항상 보이지 않는 곳에서 자신을 응원해 준 혜연이의 존재가 고마워 눈물을 흘렸다.

'여기서 이러지 말고 이 기쁜 소식을 혜연이에게 말하러 가야겠다.'

미소는 얼굴을 흠뻑 젖힌 눈물을 닦으면서 급하게 혜연이가 숨 쉬고 있는 납골당으로 가려 했다. 평상시 잘 타지 않았던 승용차를 이용해서 움직이려고 하자 미소의 비서는 놀란 표정으로 물었다.

"제가 대신 운전해 드릴까요?"

"아닙니다. 사적인 일인데 직접 운전하죠."

미소는 주차장까지 쫓아온 비서의 제안을 부드럽게 거절한 후, 자신의 승용차 시트에 허리를 깊숙이 파묻고 시동을 걸었다. 차를 몰고 바깥으로 나와 보니 도로도 뚫려있었고 무엇보다도 혜연이를 빨리 보고 싶은 마음에 과속으로 페달을 밟았다.

"이게 얼마 만이야."

납골당에 도착한 후, 미소는 탄식하듯 말했다. 혜연의 작년 기일

이후로 바쁘다는 핑계로 한 번도 찾아오지 못했다. 굉장히 미안했지만 그나마 좋은 소식을 가지고 와서 한결 기분이 가벼워졌다.

"혜연아, 알고 있니?"

미소는 언제나 환하게 웃고 있는 혜연의 영정사진을 보고 말했다.

"나 말이야. 이제 규모가 제법 되는 회사의 부사장으로 승진했어. 정말 생각도 못 했던 일인데…. 이게 다 네 덕분이야. 내 능력으로는 어림도 없는 일이었는데 네가 나한테 선물해준 '미소의 날개' 목걸이 덕분에 절망의 나락에서 포기하지 않고 노력할 수 있었어. 그 결과 예전에는 상상도 할 수 없었던 곳까지 날아오르게 됐어. 정말 신기하지 않아?"

미소의 물음에 혜연은 아무런 말이 없었다.

"혜연아, 왜 아무런 말이 없니?"

미소는 갑자기 알 수 없는 슬픔에 복받쳐 가슴이 뭉클해지기 시작했다.

"너도 살아있었으면 좋았을 텐데. 왜 날 버리고 혼자 간 거니?"

미소는 혜연의 영정사진을 붙잡고 아무리 불러도 대답 없는 친구를 향해 울부짖었다.

'우리 함께 날았으면 정말 행복했을 텐데…. 혜연아, 내 말 듣고 있니?'

미소의 물음에 혜연은 계속해서 웃기만 했다. 마치 친구의 성공을 진심으로 축하해주는 것처럼.